大地谷仓

周蓬桦 ○ 著

山东文艺出版社

目 录

第一辑 河 灯

河 灯 ………… 2
微 火 ………… 5
姆 妈 ………… 8
瓦与沙 ………… 10
墙上的洞 ………… 12
瓮：新麦地 ………… 15
马灯里的雨 ………… 17
勾魂戏 ………… 19
打麦场 ………… 22
灶 火 ………… 25
干 葵 ………… 28
雪地上的狗 ………… 33

第二辑 森林响了一夜

白山栅栏 ………… 38
柴木灰 ………… 41
白桦树皮 ………… 45
参北斗 ………… 48

从黑土里钻出许多东西 ………… 51

月光照亮蒲草丛 ………… 54

弯路上的野花 ………… 57

山中夜宿 ………… 60

森林的迷宫 ………… 63

松塔上的雨滴 ………… 66

窄门里的世界 ………… 68

松花酒的气息 ………… 71

雨水里有松脂的气味 ………… 73

萤火天堂 ………… 76

会跑的人参 ………… 79

森林响了一夜 ………… 84

缓缓飘落的树叶 ………… 87

游猎者的黄昏 ………… 90

在林间住多久合适 ………… 93

缓慢的马车 ………… 97

一株躺在地上的树木 ………… 101

林间消息 ………… 105

第三辑 运草车

青草籽 ………… 122

大露珠 ………… 125

草尖上的信使 ………… 128

天堂寺的白云 ………… 131

羊的往事 ………… 134

雪夜温暖 ………… 136

草原上的懒人 ………… 139

星光闪闪的道路 ………… 142

运草车 ………… 145

向孤独者致敬 ………… 147

温泉的性格 ………… 149

农事诗：葵 ………… 151

在乌拉盖草原上挖掘 ………… 154

芒草里藏着野兔的家 ………… 157

第四辑　野果穗

一段路（五题） ………… 160

镜头：1980年 ………… 166

回忆花楸树 ………… 168

后院的光阴 ………… 170

铁路以南 ………… 172

去看鲁迅（二题） ………… 174

幽　寺 ………… 178

河流：闪光的预言 ………… 189

海边炉火 ………… 198

地　窖 ………… 211

野果穗 ………… 215

亲爱的孤独 ………… 218

西施的美人生涯 ………… 221

忧伤的回廊，遥远的风车 ………… 226

第五辑　遥远的火光

逃亡的羽毛　…………　244

幽暗的居室　…………　247

灾难的面孔　…………　250

阳光、青草以及发霉的身体　…………　254

雪乡的营生　…………　257

雪乡的地理与节气　…………　260

在玛吉阿米餐厅小坐　…………　263

羑里之卜——《周易》的诞生　…………　267

遥远的火光（三题）　…………　281

竹：完整或残缺的器皿　…………　289

第一辑 河灯

河 灯

春天，我驱车来到鲁西平原，在一个陌生的村口停下来。我发现这是一个古朴的村子，散发着幽寂的气息，夹带着一股柴草被烟火熏燃的气味。

村口有一座石碑，一条长木板凳，七八个人。事后得知，这几位村民中有两个铁匠，一个木匠，一个会捏泥人的老奶奶，还有一个哑巴——他们都老了，正蹲在废弃的石碾前晒太阳。

大柳树伫立在村口，应该有百余年的树龄。阳光白得晃眼，照耀着刚被小雨洗刷过的村路。风吹得枯枝败叶落了一地，但路面上没有多少灰尘。坑塘里的矮柳，绿油油的，一个头戴鸭舌帽的小伙子，牵着一匹枣红马走过去，这个镜头被我悄然捕捉。

我把车停稳，从车子里走下来，细细观察打量这个古老的村庄。直觉告诉我，这样的村子合乎我的喜好。两天来，我沿着故乡的河流奔波，企图找到一个像样的旧村落，里面住着淳朴的乡亲，他们依然过着从前的生活。但往日的画面早已从人间蒸发，像一个恍惚的梦境——十多年前，平原上的田地已无须耕作，整个沙河镇上的村庄，看不到小麦，统一改种经济作物，随处可见的是蔬菜棚和家畜养殖场。这不，脚一落地，就从空气中闻到一股淡淡的鸡粪味，这是从附近的养鸡场传过来的。

像一块旧砖被搬走，平原上一夜间多出一个个崭新的村庄，一些整齐划一的房子，夹杂着几幢高层商品楼。远远看去，根本不像村子，倒像是小镇上的生活小区。新诞生的村子统一规划，一律是水泥建筑和砖瓦结构，连门窗尺寸都惊人地一致。自此，那些种植庄稼的乡民住进了楼房。

第一辑 河 灯

我看了稍稍不安，想着他们还能不能继续种庄稼呢；收工后那些农具摆放在哪里；耕田的牛在何处归栏，被雨水打湿的斗笠，要挂在哪一间屋子的墙上。我还担心有一天，满地的鸡鸭猫狗会不会从平原上消失。

作为游子，我怀念往日的村落，这当然与我固执的乡土情结有关。我是从故乡老式的村庄里走出来的。新东西自然有诸多好处，但没有旧年月的地气；没有人与牲口在日子里滚爬的包浆；没有烟囱与柴火把房屋熏染涂改的痕迹；没有干草垛和牛粪堆，村头溪畔，大片的围栅，梨树林和葵花地，以及月光里荡漾着的一汪狗尿。孩子们出生后，第一眼看到一缕油灯的光线，第二眼就看到屋梁和灶膛。

回忆起来，我的童年伙伴大都在土坯建造的黄泥屋里出生，蹒跚学步时深一脚浅一脚，在土地与野草织就的地表上，被风刮倒，被瓜藤绊倒，被夏天和野生浆果涂黑嘴巴；举着刈草的镰刀朝太阳的方向奔跑。孩子们在变幻莫测的天气里自由惯了，在大片的田地上，两只漆黑的眼睛像两片树叶，一抬眼就能看到蓝天上的白云。天空的云朵堆积如雪峰，时而静默，时而在峰尖上出现一片湖，有时则如一片森林。那时候，我们经常凝望着云朵遐想：远方是什么样子的呢？美丽的夕阳下，是一堆燃烧的篝火，还是一片沸腾的群山？

夏天的原野，平静的太阳下有时突然响起一声怪叫，像雪崩，像野牛的发怒，像风的低吼。但究竟是什么，谁也不想刨根问底，要问就问那一片起伏不定的青纱帐吧。人们想，好好地活着，知道那么多事情有什么用途呢？

乡亲们一年到头都在田野里出没，日出而作，日落而息，日子过得都差不多，因此没有明显的攀比。冬天虽然寒冷，孩子们却可以在下雪天玩耍到夜半，捉迷藏，追野兔，掏鸟窝……这些温暖细腻的往事，组成了一个人一生中最难忘的回忆，长大后依然可以用一根火柴点亮盏盏河灯。

乡民们无法想象城里人的生存状态。有人到城里走了一趟亲戚，回来便搞得全村的人心神不宁，好一阵子才会平静下来。他们只知道城里人的时间金贵，但不懂城里人也有诸多焦虑和烦恼。城市像一个幽深的迷宫，有一道道长廊。

大雪纷飞的冬天，闲下来的人们互相串串门，打打牌，喝喝酒，过节时才舍得宰一只鸡或一只羊，改善一下生活。村里的酒鬼们，总是在村路上东倒西歪地行走，嘴里发出大大的声响——嗝！远处的河滩便有很大的回声，落入伸手不见五指的夜，落到树的枝干上，以及散发着谷米和羊粪杂糅气味的磨坊里。

常常，村民们见到村子里突然来了外乡人，目光里流露出警觉，这是一种明显的排斥感。他们盯住对方问这问那，生怕这个人是逃跑出来的通缉犯。但只要对方一表明自己的身份，递来一支劣质香烟，人们就会变魔术般露出一张张笑脸。众人簇拥着外乡人，掏出火柴，互相点烟，情景和气氛的突变让空气微微颤抖。但这就是平原上淳朴和透明的乡亲雕像——他们看到伸过来的友善的手，就一定会递上自己那双粗糙真诚的手。天黑下来，大队部的木桌上，早已摆上喷香的菜肴和一壶温热的地瓜酒。那时候，一个陌生的外乡人，可以在村子里住上好几个月甚至更长的时间。

如今，多少年过去，平原上的村庄发生了惊人的变化，陈年旧迹几乎荡然无存，老房子变成废墟，被渣土车拉走。许多东西飞速消失，许多东西又在快速生长——我站在故乡的河岸上，看到远处驰过箭镞般的高速列车，它在风中发出巨大的轰响。它们不理睬马车的尖叫与感伤，自顾将贫穷和荒凉的月光碾碎。我知道，眷恋与怀旧注定是游子们稀释乡愁的桥段。事实上，对于从前的物事，除了用目光送行还能怎样呢？一切在时光里的变迁，人们留不住，因为新日子正滚滚向前，不可阻挡。而旧日子像一盏盏春天的河灯，正顺水漂远。

（载自《野草》2021年第5期，中国作家网重点推介）

第一辑 河 灯

微 火

我在野地里闲逛，手里夹着一支香烟。这个习惯已经形成了，当一个人孤独或者想事情的时候，香烟是最好的伙伴，它可以和内心暗藏的微火呼应。甚至，它还可以给你壮胆，让你在夜幕下或者大风中游走，穿过一条危机四伏的道路。

我有无数次在茫茫夜色中奔走的经历，那是多年以前的事了。那时候我还很年轻，有些害怕生活，搞不懂它貌似复杂的结构。现在终于明白了：生活其实没什么可怕的，黑夜有时比白天更安全。而在野外出没的生灵，地鼠、刺猬，等等，它们的胆子比人类小得多，但却是黑夜的主人。它们昼伏夜出，挖掘，搬运，热汗淋淋。

时光飞逝，经历却在悠远的怀想中像一座座浮雕，清晰度一天比一天加深，以至达到伸手可及的地步。往事的余温和细节，比现场中的夜晚更真实。

一切都暗了下来，而内心的微火却在冉冉升起，像吹奏一支黑管。我的耳畔响起了动物们在黑夜奔忙的声音，窸窣的落叶下潜伏着蚂蚁等搬运工。

世界上的许多事物，是如此混浊，像从泥塘中舀出的一瓢水。你永远都无法说清它们是什么。因此，我欣赏伟大的辛格。他说："事实是从来不会陈旧过时的，而看法却总是会陈旧过时。"

一个人内心的火焰，生来就有。它让我联想到每个人的体内同样是一个家庭，所有的器官都是成员，它和平常意义上的家庭没有区别。当所有的器官都相继衰老时，只要还有一丝丝火焰没有熄灭，人就仍然能活一两年，或者一两个月，一两天。

我知道有个人凭借这丝微火，活了许多年。这个人曾经是我的一位邻居，有一年他得上一种怪病，躺在床上再也没有起来。他用仰躺的方式延续生命倒也罢了，令我感到残忍的是，几乎每天，他的身上必须要扎满银针才能缓解疼痛。我隔一段时间就去看望他，出门后都要难过好久，因为我看到了一个全身扎满针的人如何向来客展示微笑。

他太太告诉我，如果哪天碰巧天气不好，大夫没有及时赶来，老人就会陷入恐慌状态，即便他的病当时并没有发作。他让家人一次次打去电话。"大夫到哪儿了？快催催，我觉得快不行了。"一场大雨过后，大夫终于赶来，他迫不及待地朝身上指指，说道："快，给我的全身都扎上针。"

我听了这样的讲述，被这位老人强烈的生命欲望深深震撼，同时对死亡的疑虑又增加了几分。死亡世界究竟意味着什么？每个人必须付出死的代价才能体会。

因此我常常想：死亡世界也许是文明社会中的最后一桩冤案，它永远得不到平反昭雪。于是死亡本身仿佛愤愤不平，更加起劲地工作，借助时间的威力和手，把一个又一个活生生的生命往它的身边拖拽，然后随手一扬，将它们弃之荒野，让它们变成另一种物质。

换一个角度说，假如死亡世界果真是个美妙的仙境，这个事实得到科学的鉴定，人类会不会忽然就变得轻松？会不会丢下眼前痛苦琐碎的生活，纷纷往死亡的仙境里逃跑？

我记得在夜晚穿行的那一刻，总是在头上闪烁的星光突然消失。这给人造成一个很可怕的错觉，觉得自己置身于某种设计中了，此刻连星星都在配合。还有风声，夜鸟的叫声，远处的村庄，都达成了对生命进行考验的默契。

四周是晚冬的荒野，扭曲的枯树，几丛苇草，僵硬的地表，早已干涸的水洼，斜坡上的幽暗洞穴。洞穴里面其实已经空了，但却像一只只眼睛一样，它们比动物本身更恐怖。人的恐惧正是源于这种未知，心想如果今夜能走出荒野，就是上苍最大的恩赐。而在我走出困境、抵达温暖的屋舍之后，与友人饮酒聊天，畅谈历险，却又很快忘记了恐惧。

第一辑 河 灯

人往往会对一个白眼、一个硬币耿耿于怀,甚至落下疾病。

田野上有一幢草楼,其中用来支撑的木柱已经被人拆了,那是被农人废弃的护青人的居所。想起它我的脑子里就立即浮现出一个满头长癞疤的人,手里提着一杆火枪围着大片的农作物转悠。这个人是我母亲的叔伯兄弟,我叫他癞疤四舅。他的生活没有讲究,饿了就从土里拔出一只萝卜,渴了就削下一根秫秸,从中汲取甘汁。他的身上没有一点赘肉,他身上有了多余的东西,就把它归还给野地。

在他的整个人生中,与以下事物有关:粮食、劳作、睡眠、青草、星月、牲口、雨雪、阳光、木器、河湾、秸秆、锅灶、烧酒、土炕、跳蚤……而远离会议、研究、报告、牢骚、不满、礼仪、检查、述职、嫉妒、谣言、伤害、名声、等级、威望、会员表等一切所谓文明社会的零部件。

日益重复的生活已经磨灭了我们的激情,需要不间断地到野地里摄取获得天然的元素。有时候我真的羡慕癞疤四舅,他怀抱一杆土枪做梦,秋收后离开田野,熬过冬天直至过完一生。后来在一年秋收过后,他果真死去了,过了一个多月才被人发现。于是人们感叹:"癞疤可真可怜哪!"但我分明看到他倚着土墙的样子,死亡在他的脸上,流淌得十分安详。在癞疤四舅死后不久,我姥姥镇上的大人物一个姓胡的镇长死了,镇上顿时热闹起来,全镇停工三天。接下来是隆重的追悼会,送葬的男男女女都哭肿了眼睛。可结果还是得把镇长埋到土里,埋到荒野里。

胡镇长死后不到一年,他年轻的老婆就改嫁了。而在此之前,人们就早已不再提起胡镇长,这个人死得很干净,"像一滴水回到水中"。

今天,在沉沉夜幕下,我重温着人世间发生的这些事情,感到人的一生像一支燃烧的香烟,吸一口才能亮一下。

(原载《天涯》2006 年第 5 期,《散文选刊》2007 年第 12 期转载)

姆　妈

> 我期待你哟，食粮！
> 我要走遍天涯海角，
> 寻找满足我的欲望。
>
> 　　　　　　　　纪德

　　纪德的诗篇总是令人心醉神迷，把我带向一道忽闪的光线。那是八月的乡村阵雨，大片的农作物被浸泡在水里。低矮的屋檐下，放着一排接水的瓦罐，门口蹲着一位年轻俏丽的已婚女子，穿着薄薄的麻布衫。

　　我给她取了一个富有韵味的名字："姆妈"。

　　"姆妈，让俺再吃一口吧……"在热烈的恳求下，女子示意身边的男人回避一下，然后解开了纽扣，掀开衣襟，将其塞入孩子鲜红的嘴里。这汹涌着一位乡村少妇朴素、毫无功利的善心。

　　自此以后，像天空朝河流输送雨水，我被一个母亲之外的女人影响，改变着血液的流向。

　　只是一直到今天，我也不明白为何给她取了一个那样的名字。而她竟然没有丝毫惊讶，愉快地接受了这个称谓。我怀疑她将其误听为方言中对馒头的呼唤了，在贫瘠的鲁西平原上，人们把小麦做成的干粮叫作"馍馍"。

　　在四月里散发着残酷的丁香气息的春天，大片的麦子随风翻滚，一团绿焰扑向大地，多像人们饥饿的眼睛！到了六月，天气炎热而干燥，人们开始了一年中最繁忙的收割。在那些日子里，整个乡野爆炸了：金黄的草帽沿小路疾速流动，镰刀闪闪。月光下的打麦场，马灯忽闪，人声鼎沸，笑声像星光一样弥漫……

离开麦穗的麦粒被装入口袋，它们没有被碾轮粉碎，而是被存入谷仓，贴上封条，等到过年的时候由生产队队长当众打开幽暗的仓门。仓内蛛网罗织，这时候，新麦已经开始发霉变质，生出无数虫蛾，丑陋的壁虎在墙上蹲伏，不舍昼夜。

而在麦收最繁忙的时节，我的姆妈却悠闲地领着我在村头的池塘乘凉。她端坐在一块竹席上，让我躺在她的怀里。我赤条条的身子，感受着蒲扇送来的阵阵凉风，耳畔响着蛙声、虫吟、蝉鸣……

在朦胧与混沌里，我能隐隐地感到季节的烘烤，像在烘烤一块牛乳。在这灼热的烘烤里，有一个身外的高天与阔地存在于我的周身，天地间的大美在隆隆运行。偶尔，姆妈与路人间的对话与嬉笑会把我惊醒：

"哈！这是谁家的孩子？"

"长太的孙子嘛。娘在城里，也怪可怜。"

"知道知道，听说这孩子只和你亲哩！你长得俊嘛，连孩子都知道。如果你和我在一起，肯定能生个好娃，比你怀里的这个娃强上百倍……"

"滚开……"

那个粗鲁的男人嘟嘟囔囔地走开了。在他走后，有一串温热的泪水扑到了我的脸颊上，接着我承受了一阵狂吻，脸上的泪痕被一一吻干。

长到很大，直至到了城里，我才知道我的姆妈承受了一个乡下女人最不幸的命运。

她的丈夫是个面貌丑陋、老实巴交的农民，呆滞的目光盯着一片被水冲走的薯干，沉默得像一根枯朽的木桩。有一次，姆妈把我带到了她的家里，那是一幢紧靠场院的草房，周围大水泱泱，八月的苇荡在远处瑟瑟作响。姆妈掌灯，在打发他为我驱赶嗜血的蚊蝇……

夜里，炕头响起一阵粗重的喘息。

（原载《山东文学》2003年第3期，收入美国柯捷出版社2004年《文心》创刊号）

瓦与沙

有一条土路令人记忆犹新：夏天的夜晚，月光照得整个村庄惨白，树叶瑟瑟作响，嘶鸣的蝉声似乎给周围增添了闷热的气流。由于干旱日久，村东的土路上堆满了细小的沙土。我们把脚丫子伸进土里，当脚趾探入深土的瞬间，有一种奇妙的感受——细腻的沙土，像水一样在趾缝间潺潺流淌，裹挟着被日光晒过的温度，迅速穿越每一个敏感的毛孔。

成年之后，每当我回忆起故乡的河流、人与事物时，这一捧细沙带给我的快慰，总是率先浮出水面。它们在记忆的泥塘里开出一朵白荷，根部是一串残缺的藕。

如今回忆起来，那时候的乡村布满残缺的痕迹：物质是残缺的，精神世界更为残缺。在我眼里，童年残缺的事物随处可见，天上的月亮是残缺的，砌了半边的屋舍是残缺的，被风拆散的马车是残缺的，以及残缺的水缸、瓦片、陶罐和雨水。当然，最本质的残缺是爱的残缺——在寂寥贫乏的夏夜，村子里时常爆发一场又一场激烈的争吵，此起彼伏，像风一样急促和密集，随之而来的是阵阵哭嚎声。

夜晚的乡村，是各种声音的制造场：如果你呆立在某一个废弃的墙头旁边，会听到细小的流水声，听到一阵捣米声、浣衣声、小声的咕哝声，以及责骂声、碗的破碎声，甚至木棍的断裂声。第二天，如果留心观察，会发现大路边和屋舍后，到处是倾倒的炉灰和碎瓦，还有空酒瓶。

在许多个露水洒落的清晨，我曾经无数次扒开一处篱笆和藤萝缠绕的院落，绕到屋后去捡拾碎瓦。它们大多来自乡村的粗瓷碗，窑工们烧制时只强调它的实用功能，上面既没有手工描绘的青花图案，也没有哪怕一朵粉彩小花。我知道，每一片碎瓦渣都与昨晚某个孩子的哭泣有关，与贫穷和缺席的克制有关。在村子里，哪怕遭受微小的损失，这家人都有可能爆发一场野蛮的战争，把饭碗摔碎——这其中隐含着多么巨大的无奈。除了惩罚那些在白天惹了祸或者不听话的孩子，也有某个醉汉酒后发泄，掀桌子摔板凳，伤及无辜。

挨了父母责骂的孩子往往会饿着肚子跑出家门，在伙伴们面前，悄然擦去眼睛里委屈的泪水，藏起额头上的肿包、肩头的青瘀和疼痛，取而代之的是一张佯装无事的笑脸。值得庆幸的是，他可以奔向村头那段发白的土路，用一捧温暖的沙进行疗伤，让沙的热量一丝丝地弥漫周身，将哀伤覆盖和吸附。

在旧乡村，瓦和沙构成了事物的两端，一端连着暴力，另一端连着大地恩赐的怜悯和草木之爱。那时候，一点人间之爱都会让人热泪盈眶，可以迅速起到止血的作用，给肉体和心灵的伤口打上一块补丁，哪怕是一碗粥，一根火柴，一句从风中飘来的话语。

在那条土路上，除了沙，我们还遭遇过许多令人惊惧的事情。有一次，我们在明亮的月光下看到路中央躺着一根"草绳"，争着跑过去把它抓在手里时，才发现是一条蠕动的蛇。

（载自《野草》2021年第5期）

墙上的洞

中午，绕过西厢房，我去屋后的青草垛里看小人书。阳光强烈，只能眯起眼睛走路。像往常一样，我在草垛上半躺下来，翻开画册，进入故事叙述的情节中。但当我无意间抬头时，我发现远处的土墙壁上突然出现一个黑洞，像一只眼睛，正十分诡异地盯着我，似乎还翻着白眼珠。

这时候，天生的好奇心发生效力，于是，我轻手轻脚地朝黑洞走去，欲看究竟。那一刻，我如履薄冰，心怦怦直跳，整个世界都静下来，可以听得见远处一只昆虫正开足马力撞击窗棂的声音。我脚底绵软，朝黑洞目标悄然靠近。整个过程中，我的脑海里兀自冒出许多画面，它们与传说中的金银财宝有关，或者与某一桩秘密事件有关。

阳光把周围的一切照得更加幽暗，晒干的草垛芬芳四溢。

经过两天的观察，我发现墙壁上的洞里似乎有一些细微的响动，窸窸窣窣，就像从水缸里发出的声音。那声音是如此弱小而又神秘，类似于深夜风吹动一片落叶的声音。不知怎的，我一边感觉兴奋，一边又心怀恐惧。

在童年的乡村，一个偶然发生的事件足以改变人的命运。比如，南街的一个孩子在老屋的地下挖出满满一大坛银圆，主动上缴了大队部，他因此获得村里的表彰，免试上了镇中学，成了全镇孩子的仰慕对象。

有一年夏天，村里一位叫朱八的青年人，从沙河里捞出一条会唱歌的怪鱼，有人说朱八捞上来的是极其罕见的美人鱼。消息传开，一下子轰动了周边三四个村庄，人们络绎不绝地前来观瞻，精明的朱八一家早已把怪鱼藏匿起来，排队购票后才能饱一下眼福。虽然票价只有区区五分钱，但在那个年代也让他们一家人迅速发了一笔小财。在那一段时期，人们经常看到朱八家炊烟袅袅，三天两头地烀牛头，炖猪下货。肉香弥漫村庄，惹得村民们无端地流了许多涎水，其直接后果是去沙河里捞鱼的人多了起来，一度达到了"哄抢"的地步。当然，除了几条泥鳅和一些小鱼小虾，再也没有人捞上怪鱼，幸运的朱八只有一个，仿佛世上的怪鱼只有一条。

事实表明，神灵对万物所持的态度是公正的，人的贪欲越强，幸运之星降临的机会就越少。而在整个童年时代，天生胆小如鼠的我历来感觉幸运与我无缘，对世间的事从不敢做非分之想，即便是面对墙壁上出现的一个神秘黑洞，也不敢独享——万一是个天大的秘密呢，一旦被我捅破，无论是福是祸，我都无力承受。

每天，除了照例去草垛里读小人书，我都会悄悄地来到墙洞下，静静地谛听和观察一会儿，仿佛黑洞里隐藏着另一个世界。它或许比现实的世界更加单纯、明亮、温暖，如一场细雨对小草的呢喃。

就这样，在狐疑了七天之后，我决定把这件事悄悄告诉哥哥。

我哥哥当时正端着一只海碗喝玉米粥，他健壮如牛，食量也大得惊人，一顿饭可以喝五碗粥，因此人们看到他的肚皮总是胀得圆圆的，像一面牛皮鼓，敲击时会发出一阵激荡人心的声音。而且，他喝起粥来动静也很大，旁若无人，像一台强力收割机横扫一片庄稼地。见我支支吾吾了半天，他忽然听出了什么，瞪大眼睛问："什么洞？在哪里？"当然，手里的碗仍没有放下，半碗粥还冒着热气，散发出一丝蒸熟的胡萝卜的味道。

我说："在西屋后面，草垛旁边。"

我哥哥眨巴了一下眼睛，迅速放下了手中的碗，起身转向灶火间，找出一把掏炉灰用的铁钩子，拉起我的胳膊就来到了西厢房，双脚站立在那个折磨了我一周的黑洞下。

他吩咐我把院子里的一个树墩子搬过来垫在脚下，踩上它就能俯视黑洞里的一切。只见他手持铁钩子，探入洞中，三下五除二地就把一个

"惊天"秘密破解了：原来洞里隐藏着一个鸟窝——两只老麻雀和五只小麻雀。

奇怪的是，两只老麻雀进进出出地哺育幼儿，墙根儿下竟然没有留下一粒鸟粪，也没有发出暴露目标的鸟叫声。这让我觉得，这是很聪明的一家子，如果不是墙上的黑洞，没有人会想到这里隐藏着一个正在繁衍的家族。

哥哥哈哈大笑，从树墩上跳了下来。

望着散落一地的草茎和羽毛，我的心中泛起阵阵懊悔，顺手捡起两只碎裂的蛋壳。

（载自《散文》2021年第2期）

第一辑 河 灯

瓮： 新麦地

除了池塘里的蛙声，村前还有一片新麦地，我爷爷是这片新麦地的主人。印象里，他起早贪黑，肩扛锄头，往来于池塘旁边的家与新麦地之间，把一条小路踩得又白又亮。

那时候，村里人要先从事集体劳动，大家一起干活挣工分。大片的田地是集体的，人们一年四季都在耕种，秋天收了粮食分给村民一部分，余下的用来缴公粮。而新麦地则属于自留地，是集体之外分给个人的土地。每家每户都有几分这样的自留地，有的种烟叶，有的种瓜菜，也有的荒着，长满了芦荻草。

我爷爷是个闯过关东见过世面的人，他太爱惜土地了，舍不得让一寸土地荒废掉。因此，他总是聪明地充分利用季节的时间差，在麦地里套种其他植物：黄豆、玉米、西瓜之类。他最擅长的是在麦地里套种西瓜，以一米左右为一带做畦，在大畦上种植六行小麦，再在小畦上种植两行西瓜。

现在想来，土地在爷爷手里，就是一块泥巴团，可以由他任意揉搓和摆弄，像一只碗打碎了再磨成粉末，放到火窑里烧成一只新碗，或者一只烛灯台。

六月麦收过后，西瓜也进入了生长成熟期，空气里弥漫着甜丝丝的气息。爷爷便在新麦地里搭上一间草棚，晚上睡在新麦地里看守西瓜。当时，西瓜地是最容易招贼的，在一些毛贼眼里，偷一个西瓜远比偷一袋粮食有趣得多，即便被抓到了也不太丢人——在他们看来，西瓜圆滚滚的模样这么好看，原本就该是被盗了吃的。另一个重要的原因是，西瓜长在荒田野地，比较容易得手，人在月光下趴在西瓜地里，朝一个西瓜匍匐前行的感觉也比较刺激。

是的，话说至此，正是在那个时期，我无意中发现爷爷平添了一个新毛病。那天中午，我提了饭篮子去新麦地给他送饭，穿越池塘边的一片花楸树，绕过一道小溪水，远远地看到了亲切的茅草棚。草棚外两根黑漆漆的木桩像两个人影，晾衣绳上晒着西瓜秧和爷爷的老汗巾，而从风中飘来一阵呜哩哇啦的说话声：

"嗯嗯，好着哩，俺好着哩！"

"大娥子，你和孩子们都好吧？……那就好。呵呵。"

我一听顿时惊呆了，手中的饭盒差点落地。因为大娥子是在东北吉林公主岭生活的我的一位姑奶奶，是爷爷最小的一个老妹，她的居住地与故乡沙河镇相距近两千公里。难道她从东北回来了？唔，不可能。我当即摇头。慢慢走近草棚子，才发现是他一个人在嘀嘀咕咕地说话，还很投入地打着手势。自那以后，我知道世界上还有一种人会在孤独时自言自语，呼朋唤友，或怀念故交。这种人我在后来的人生中又遇到过几位，他们多半神经不太好，但我爷爷属于健康正常的一类。事后得知，因为看守瓜园要吓跑小偷，他才平添了这个毛病。有时他睡着了，仍然可以磨磨叨叨地说话，远远地听上去，像是一群人在说话。

岂止说话，他还能在昏睡状态下讲述一个长长的故事，故事里反复出现的物象是一口瓮。

（载自《散文》2021年第2期）

第一辑 河 灯

马灯里的雨

春天里，有个病男孩原本就睡得迷瞪，对一场雨的到来没有任何防备，他甚至还以为是在梦境中行走，穿山入林。推开窗棂，天空很及时地打下一道闪电，照亮了村庄里的一切：荒凉的土地，苏醒的河流，稀疏的树林，低矮的屋舍，简陋的马槽，一条正在惊恐逃窜的草狗——狗在转过头来朝向他的刹那，他看到了一双琥珀色的泪眼。

而当他睁大的眼睛企图搜索更多的事物时，闪电熄灭了。

好在，第二道闪电很快就打了下来，雷声也像鞭炮一样炸响，雨水倾泻而下。在第二道光的照耀下，他看到天空有一朵镶着金边的乌云，乌云里有一辆马车。马车从天而降，落到村头那条最宽敞的乡路上，拉马车的是一匹英俊的白马，车厢里是几麻袋棉籽饼。

是的，你猜到了——在时间的深处，黑黝黝的村庄里，这个手扶门框耽于幻想的七岁男孩就是我。

一大早，人们照常出工，到田里劳作，春天的农活无非是给麦苗浇水施肥，或者用犁耙翻弄土地。远处的树林里传来阵阵布谷鸟的叫声，这时候，太阳突然隐匿了，屋内比黑夜更黑，散发出一股腐烂麦草的气息。雨让天空暗了下来，人们出现了视觉上的错位。雨让整个村庄都笼罩在一片模糊的阴影里，磨坊和蛛网都在轻轻摇摆，像一幅荡开涟漪的水墨画。

我还记得在雨的背后，是隐秘的花蕊，枝头的青杏和沟畔柔弱的穗芒，以及房前屋后的荠菜花、紫地丁和车前草。当然，春雨过后，田野里的事物也随之改变：坟茔被雨水冲刷，有的长满了青草，有的则露出了棺材板和白骨。

而我当时正在生病，被爷爷圈在家里不许出门。印象中是比感冒更严重的疾病，具体的名称却忘记了。我只是感觉头比平时大出一倍，像戴上了一顶漏斗，还嗡嗡响，仿佛有成千只蜜蜂在我耳边飞翔。因为感觉头大，走路便跌跌撞撞地打趔趄，有几次撞在院子里的梨树上，撞得眼前金星四溅。

人生病了便格外嘴馋，什么都想吃却又吃不下，尤其要命的是，再好的食物也变了味道，吃到嘴里根本不香。在生病期间，前街的二婶送来了烙鸡蛋饼，那可是我平时做梦都想吃的食物，但我吃了几口就吐了出来。爷爷和二爷急得团团转，生怕他们的孙子性命不保，那样他们将无法向我那在外地工作的父亲交代。在那些天，他们一直趴在我耳朵旁边问："想吃啥？吃啥就说。"我咳嗽着，小脸蜡黄，只是摇头，他们的眼睛里便流露出惊惶和担忧。

有一次，我突然馋一种食物——"燎麦穗"。就是麦子还未成熟时，用火烤熟的青麦粒。

两个爷爷一听就傻了眼，因为时令刚过惊蛰，田里的麦子刚刚抽穗，而催熟术当时还没有诞生。

另一次，是突然想吃棉籽饼，爷爷们听了都表示不解，齐声说："有毒呢！"我就说去年村里的张二驴吃着一块棉籽饼故意馋我，老远就闻着香。这一次，爷爷们妥协了，连夜冒雨分头去寻找棉籽饼，最终是二爷披着蓑衣进屋，手里拿着半块饼。爷爷看他全身都是泥水，就问："摔倒了？"二爷咧咧嘴，说："回来路上，雨太大了，一跤跌到水沟里了。"爷爷骂了一句："笨！马灯呢？""被水冲走了。"二爷一脸沮丧。

当晚，我拿着二爷从生产队仓库保管员处要来的棉籽饼，只吃了手指肚大的一小块，就拒绝再吃了。坚硬的棉籽饼实在难以下咽。

值得一提的是，第二天，爷爷从水沟里捞出了二爷丢失的那盏马灯。它被我收藏至今，摆放在书房的一角。马灯里有时间和一场雨的较量。

（载自《散文》2021年第2期）

第一辑 河 灯

勾魂戏

过了春节，日子进入漫长寂寥的乏味期。人们在心里隐隐期盼着一个仅次于春节的热闹场景：说书唱戏。

除了县京剧团，来乡下巡演的还有一些外县和外省的草台班子。他们赶着马车，走街串巷，每个演出团由二十来个男女组成，一起说说笑笑，打打闹闹，让村里人艳羡不已。村里人不太计较戏班子的来头，只要演得好唱得妙，就会献上掌声，并为之沉迷与倾倒。天气转暖，积雪消融，狗在村口汪汪地吠叫。唱戏的一来，蛰伏一冬的人们拿了板凳、马扎子，早早占好座位，有的人兴奋得连晚饭都不吃，就来到宽阔的场院地，等待一场精神盛宴。那一刻，再勤劳的庄稼人也会放下手中的活计，心甘情愿地被一场戏俘虏。

当时，上演的剧目自然是以现代京剧八大样板戏为主：《红灯记》《沙家浜》和《智取威虎山》等。它们成为二十世纪六十年代出生的孩子们一生的情结，尽管过度脸谱化的人物剧情不尽完美。时光到了七十年代末，一些传统剧目陆续解禁，剧中被时代遮蔽的历史人物粉墨登场，大大颠覆了人们的认知：黑脸的包公、红脸的关公、白脸的曹操，罢官的海瑞和杨家将，都从某种程度上激发了人们的壮士情怀和革命斗志。戏班子走后，村里舞刀弄棍的人多起来，弄得鸡飞狗跳，一时不得安宁。

紧接着，一批才子佳人飒飒地来了——贾宝玉、林黛玉、崔莺莺、张生、杨贵妃、貂蝉、虞姬……正是从这一幕幕古老的戏曲里，村里人知道从前的人管丈夫叫"相公"，管老婆称"娘子"，大户人家的姑娘都叫"小姐"，有学问的人称"先生"。相比之下，眼下的称呼

19

就显得土气。经过一出出戏的洗礼，村里最突出的变化是在路上哼小曲的人多起来了，女人们开始在镜子前轻施粉黛，练习兰花指。与此同时，"娘子""官人"的长腔在村子上空飘荡，真是嗲得要命，酸得倒牙。

"哎，这是让戏勾了魂哩！"村里的老人看不惯，发出类似的哀叹。"还过日子吗？甭忘了咱是庄户人，两腿的泥刮下来能烧块砖，还摆兰花指！"

老人的警告无济于事。他们不知道，一个压抑已久的村庄，像一片饥渴的麦田，期待一场暴风雨的到来，像期待一出"勾魂戏"。

印象里称得上"勾魂戏"的，要数《梁祝》。这出爱情戏创下了在村子里演出时间最长的纪录，连续唱了七天七夜，惊动了沙河镇的四五个村庄，一天两场，累计演出十五场。

"百看不厌哩！"人们互相传播，述说着剧情，人物的唱腔，一颦一笑，都在争论与评说之中。有趣的是，梁祝化蝶不过是一则民间神话传说，人们却坚信不疑，认定是一个真实故事，以至大人孩子都纷纷到田野里去捉蝴蝶。捉到的蝴蝶不是用来赏玩，而是当作梁山伯与祝英台的化身，和灶王爷一同供奉。无奈蝴蝶是不易饲养的自由生物，很快绝食死去一批，这又引起一片恐慌。大队部一声令下，全村捉蝶者一律放生，不得有违。一时间整个村庄上空，都是漫天飞舞的蝴蝶，夹杂着人们对唱词蹩脚的模仿："梁兄——梁兄呀！"

在那些勾魂的日子里，整个村庄像是被施了魔法，陷入一种缠绵悱恻的气氛里。人人都悲苦着一张脸，见面也不再打招呼，而是点头微笑而过。那些飞越房顶的鸡，歪斜着身子走路的鸭子，默默吃草的羊，甚至连池塘边的柳树，都像害了相思病似的打蔫了。而场院地里的一个大喇叭筒，正像洒农药一样把勾魂的唱词洒向村庄上方：

    啼啼哭哭到灵前
    今夜我要伴哥眠

同学三年六个月
左右不离哥身边
一旦分离到九泉
哭声梁兄叫声天
快显原形到灵前

  戏一时收不了场，大队部便决定加演一场，但仍是难以满足广大群众的需求，结果一下子加演了三场。这出戏惊动了镇上的领导，领导来看了一场，第二天又来了，于是大队部决定继续加演下去。

  在那一个时期，戏班子成了村里人的宠儿。人们把生产队饲养了多年的黑猪杀了两头，用来招待辛苦卖力的演员们，每天好酒好菜地招待，像众星捧月般，不敢怠慢分毫。

  最后，说点扫兴话。戏唱到第七天时，草台下出现了一场骚乱事件。这场骚乱让演出就此终止，画上了一个不太圆满的句号，也让全村人从迷醉中清醒过来。事情由两位年轻人引起，村子里一个叫王小鱼的青年，当时正在和镇邮电所的一个姑娘谈恋爱，这天他约了女朋友一道来看戏，早早占下前排的好座位，结果与人起了争执。在贼亮的嘎石灯下，人们看到对方膀大腰圆，戴着一副风镜，身后跟着两位光头弟兄，人们喊喊喳喳地议论着。此人是镇上著名的青痞，外号"黄三枪"。争执之下，王小鱼自以为是本村人，哪肯示弱，一头朝"黄三枪"撞去。"黄三枪"似乎早有防备，微笑着顺势倒地，倏忽间一个鲤鱼打挺，起身，用右手掏出怀中的火枪，朝王小鱼的脑袋从容地开了三枪。

（载自《野草》2021年第5期）

打麦场

直到今天，我对观察星空的感受，还停留在那个遥远的童年夏夜。它让我在成年后每一次对星空的观察，都变得潦草而不认真，仿佛是在观看一件复制品。

在村子以东不到一公里处，有一个宽敞的打麦场，每年的麦收时节，那里是最热闹的地方。那时，我大约只有六七岁的年纪，穿着一件蓝道道的海军背心。爷爷把我领到场院里，摸一下我的头，说："自己玩耍去，爷爷要和大伙一道干活。"爷爷负责扬场，肩上扛着一把大大的木锨，木锨是专门扬麦子用的，它的形状和铁锨一模一样，只是没有铁锨的利刃。爷爷说完，矮瘦的身影融入人群，我看到他把脱离了麦穗的麦粒朝风口一下下地扬起，麦穗顺风飞走，光洁的地面上留下金色的麦粒。爷爷劳作的身影骤然高大，我看到他全身很快落满了麦穗，头发和眼眉都变成了灰白色。

几盏马灯高高地照耀着打麦场，宽大的打麦场上，三口铡刀格外耀眼，切割麦草的声音响彻四野。那是给麦子脱粒的一个必然程序。我看到几位包着头巾的年轻妇人把成捆的麦子喂向铡刀，锋利的铡刀由男人执掌，男人用力地把身子一弯，只听咔嚓一声，麦穗连同麦秆的中间部位被齐刷刷地切下。再由专人负责分类：麦茬儿丢到一边，麦穗拿到场院中央进行脱粒。

三头健壮的黄牛拉动着外表光滑的碌碡，把麦穗一一压碎，长长的麦秸草用木杈一一垛起在场院边上。我和伙伴们爬上去，仰面朝天，四肢放肆地展开，然后神情专注地凝视浩渺的星空。我当时并没有意识到，那正是我一生中最初的，也是最纯粹的一次仰望。

我清晰地记得，我手里拿着一个在路边随手摘下的甜瓜，嘴角有一弯液汁和几粒幼小的瓜子。耳边始终响着一种嗡嗡的声音，不知是蚊虫的声音还是闷热的蝉声，反正我的耳膜像灌进了流水一样模糊不清。但我心里却是那样寂静，那样安详。星星在我头顶闪烁，像一个个低垂的果实，仿佛伸手就能触摸得到。那一刻我想起了远在城里的母亲，她怀中的乳香仿佛在我鼻间萦绕。当时，我的母亲还是个很年轻的妇人，她带着哥哥和姐姐在鲁西北的一个小城教书。他们和父亲生活在一起，我猜不透他们的生活。我至少有整整一年没有见到她了。而在那一刻她突然出现在天幕上，她美丽的脸庞温柔地注视着我。我忍不住咧嘴叫了她一声，她还没有来得及答应就消失了。

我把脸一扭，流出了眼泪。

这时，打麦场上突然有人尖叫起来，是个女人的声音。接着是一片骚动，人们停下了手中的农活，似乎发生了什么事情。我从麦垛上一骨碌滚下来，像一条鱼一样朝人堆里挤，挤到中心时已是满头大汗。我立即看到一个骇人的场面——一个负责往铡刀里续麦秆的年轻妇人，哆嗦着一只血淋淋的手，睁大的眼睛里充满了惊恐。原来，她一不小心，在劳动过程中把一只手伸得太靠里面了，于是一排手指被铡刀连同麦秆整齐地切了下来。受伤的是左手。

我听到有人嚷叫：“快，找找那几个指头，看能不能接上……”

几天过后，那个妇人脖子上挂着白色的绷带，左手被严严实实地包扎着。在她的胸前，一个大大的白布裹缠的球形格外醒目，像个肿胀的大白馒头一样。当时的医疗条件很差，从此，她就全凭一只右手劳动了，给猪拔草，往田野里插地瓜苗，她躬身收割庄稼的样子显得吃力。

令我略感惊讶的是，她和往常一样，与大家一道说说笑笑地做活，脸上依然展露出灿烂的笑容。听说她曾对人诉说：多亏了受伤的是一只左手。如果是右手，会耽误做活哪。

遥远的打麦场像一部黑白电影，上演了我一生中最难忘的一幕。在那个夏夜，我领略到星空的炫目和迷人，耳边响着一片嘈杂声，还有麦垛四周起伏的风声、虫鸣，以及草丛里被人随手丢弃的瓜果腐烂的气息。多年之后，它们形成了我对远逝乡村的刻骨怀念，延伸为一种对于人类命运的同情与悲悯。我在作家蒲宁的名篇《安东诺夫卡苹果》中读到这样的文字："每当阳光明媚的早上，顺着村子按步徐行的时候，你止不住要想，人生的乐趣莫过于割麦，脱粒，在打麦场的麦垛上睡觉。"

我承认在那一刻，我的内心与蒲宁产生了深深的共鸣。

（原载《岁月》2006年第12期，《散文选刊》2007年第3期转载）

第一辑 河 灯

灶 火

我喜欢火柴被擦燃的瞬间发出的声音，紧接着是一股刺鼻的硫黄气味。在它微弱的上升过程中，一粒火种打通了往日闭塞的道路，那里藏着我们被用完的好时光。

有一次，我从一个旧抽匣里翻出一盒有点潮湿的火柴，它身上的磷片已经明显破损。起初，我以为这盒火柴像一页旧日历，它被一个时代的巨手永远掀过去了。但当我尝试着擦燃它时，不料，只听砰的一声，一把废弃的旧手枪打响了，说出了压抑已久的语言。

于是我又闻到了一股亲切的硫黄气味，我瞬间陷入失神的迷醉状态，眼前掠过远逝的故乡、河流、树林、雪地、亲人的脸……我把那盒火柴一根根地擦燃，一下，一下，咻啦咻啦的声音响在耳边，又似乎响在远方。像安徒生笔下卖火柴的小女孩，蜷缩在世界寒冷的一角，眼前堆起一根根白骨似的小木棍儿，每一朵颤抖的火焰里，都是凄美的天堂。

此时，我的内心已经塌方，决口，崩溃。我用最后一根火柴点燃了那个纸糊的火柴盒，默默地看着它化为灰烬。做完这一切，感觉像是完成了一件大事似的，欲哭无泪，哽咽在喉。

是的，人若想回到过去，只需一根火柴的契机。这就会引发一场熊熊燃烧的火焰。

一场罕见的北方大雪让我想起了一个久违的名字：灶火。除了雪，点亮这一意象的应该是一位手部红肿的老妪。她包着一方粗布头巾在野地里拾柴，然后背回家点燃厨房里的灶火。不一会儿，会看到低矮的茅屋顶上，冒出袅袅的炊烟，米饭的香气在空中消散，又丝丝缕缕地被吸进人们的鼻孔间。这气味吸引着在雪中走动的旅者，荒野上的牧羊人，一大早就跑到芦塘里割苇子的老汉……夜幕四合，整个世界陷入了黑暗，冰凉的气息在大地上弥漫，唯有灶火的意象给人带来安静、力量、勇气，以及持久的镇定和温暖。

我想，那个点燃灶火的老妪，或许就是我的外婆，或许是许多人的外婆。她是人间美好的化身，慈祥的眼睛温柔地注视……灶火，让我有了一个奇妙的感性认知：一个童年身居乡间的写作者，那最初的人生塑造，不过是通过一个善良的女性形象来实现的，与之密切相连的，是结冰的池塘、茂长的荆棵、熏黑的锅台、木质的风箱、粗糙但却喷香的食物……第二天，路边堆满了焚烧过后的草木灰。

我外婆的家在沙河镇以东，一个叫李堂的村庄，与我家的方向形成了一条斜线，中间相隔宽宽的沙河。那时候的沙河还没有干涸，但到了冬天会结冰，沙河一结冰，会招引一群玩陀螺的儿童。因为玩得兴起，每年冬天都有人掉进河心的冰窟窿里淹死。大雪深深，通往外婆家的路却是最幸福的一条。

在外婆家，我第一次吃到外公从苇塘里捕来的鲤鱼，晚上，可以睡上滚烫的火炕。外婆家拥有旺旺的人气：舅舅、表哥、表妹……我感到孤单的心绪得以化解，我甚至在那里拥有了一批最好的童年伙伴。我们在有月光的野地里游戏的情形，大雪过后追赶一只野兔的情形，至今历历在目……那一刻，所有的不愉快都被消解和遗忘。夜深人静，玩累了的我迅速进入了无底的睡眠，这时候是谁蹑着手足，将一个烤得焦黄的面饼，轻轻地放在我的枕边？它来自灶火余烬的能量。

如今，我的外婆已去世多年，和生前患有摆头症的外公埋在一起。自此，我也中断了与故乡的联系，并且一断就是十多年。直到去年春天，才和父亲一道去了一趟沙河镇，去了外婆的村庄……乡村巨大的变化是在预想之中的，我只能按住难以言表的复杂心绪。河岸上的梨花依然开放，只是没了树下锄禾的人们。幸运的是，外婆生前住过的老屋子还在，我在蛛网密布的灶台前久久伫立，四壁空空，扶门框的手渗出阵阵凉意。

我知道，当火焰熄灭，美好的往事已经走完，像一捧灶火在冬天的炉膛里完成了它的一生。

（载自《红岩》2008年第5期）

干 葵

"园子里的葵花都干死了。"

二爷一边滋滋溜溜地喝玉米粥，一边漫不经心地说。在吃饭的时候说点什么，哪怕是关于一只蚂蚁的事情也行。否则那一顿饭就会变得索然无味。如果我们爷儿仨谁也不说一句话，屋子里就只剩下喝粥的声音了，越听越不好听。

在搬入苹果园之前，我们和村子里的人一道吃饭。

说来特别有趣，我们村里的人都爱端着碗到大街上吃饭。大家找个墙角就地蹲下，一边说话一边吃各自碗里的食物：两个窝头，一块咸菜，一碗糊粥，或者两块红薯。

尤其是到了暖融融的春天，家家户户，一律端着碗到村街上吃饭。有时正吃着饭，突然有一辆牛车经过，在饭碗前拉下几摊牛屎，牛蹄子踩起一缕灰尘，飞到碗里。

我永远忘不了那年发生的一件事：

我正和爷爷在村街上吃饭，明显地感到气温自地下冉冉上升，我的头顶飞着一团春天草木的香气。我一边喝粥，一边把目光投向一户人家门口的水井。井沿光滑，上面趴着一只辘轳，看上去像只癞蛤蟆。

突然，从身后的胡同里跑出两个一高一矮的男人，他们差点踩翻了我面前的木碗，一溜风地朝村北的一条街上奔跑，猫着腰。紧接着，不等我醒过神来，身后的胡同里就传来女人哇哇的哭声。

这个模样俊俏的女人，全身赤裸，跑到了村街上。

她似乎疯了，嘴里发出哇哇的叫声，显然是在追赶那两个男人，而那两个身强力壮的家伙早已跑得无影无踪。她的出现，令所有在场的人都惊愕地停下了手中的筷子，张开空空的嘴巴。

我不明白发生了什么事情，只知道周围掀起一阵不安和骚动。在人们发出的阵阵惊叹声里，我隐隐地感到发生了一件很可耻的事情。回到屋子，我听到爷爷对二爷说："福成的老婆，今晚被人欺负了。""孬种。他们欺负一个哑巴……"我二爷愤愤地骂道。

当天夜里，我躺在土炕上，回忆着晚饭时发生的事情，内心十分恐惧。我受了很大的刺激。那是我第一次目睹一个女人赤裸的身体，这让我感到羞耻。这种羞耻感竟然延续下来，到今天，化成了一腔对故土的憎恶。

那是一种复杂万分的情绪。常常，在我抒发对童年乡村生活依依不舍的情怀时，一股对野蛮的仇恨力量会像八月的河水一样泛涨上来，将美丽的记忆之坝冲得一塌糊涂。

沙河上空，那一轮明晃晃的月亮可以做证。

苹果园里，大片金黄枯死的葵花也可以做证。

那件事发生不久，我们把家搬到了苹果园。当然，我们搬家这件事与那件事毫无关系，就算没有那件事，我们还是要把家搬到苹果园。

它离村子有二里多路，途中要经过大片坟地和一片打麦场。打那以后，我们吃饭的时候就失去了往常的热闹。一张小木桌上，摆放着三只寂寞的碗。

后来村子里又发生了两件丑闻，平均半个月发生一件：村子里著名的小偷六指偷了一个孤老太太的羊，并用羊皮做了个棉袄，结果被细心的老太太认了出来；看守瓜园的那个瘦老头干巴三调戏了前来送饭的儿媳。但它们都似乎与我的生命无关。在我看来，它们就像是一篇篇关于乡村生活的民间传说，汹涌骚动的原始情欲理应成为必不可少的内容之一。

多年过去了，唯有哑婶遭受污辱后的追喊声让我时常忧愤。她惊慌失措的样子穿越时间的屏障，扑到我的书桌上，化成了一缕忧伤的叹息。

离开村子以后，我有好长时间没有见过哑婶。我只知道她确实长得很俊俏，不然也就不会遭遇那场劫难了。爷爷们因忙于果园里的劳动，也很快和村里人一样，把那件事忘光了。再说，有些事你记着没用。有些事你记着，只能伤害你自己，不如把它埋在记忆里，永远不要碰。

我只是隐隐地听说，有几个老光棍儿被叫到大队部接受调查。那些光棍儿汉们像是商量好了似的，异口同声地否认是自己作了孽。有的对天盟誓，有的嗷声大叫，有的用脑袋撞墙，有的抽下裤腰带上吊。这件事最终成了一桩悬案。那时候，我们村的悬案很多，时间越长，悬得越高。

哑婶的男人，我的本家叔叔周福成是个牛倌。他对这件事表现出了惊人的大度。唯一的改变是他也搬出了村子，把家安到了村外的饲养棚里。这个饲养棚离苹果园很近，近得能感受到牛粪的气味随风舞蹈的阵阵亲切。

一天，一头年幼的小母牛不知怎么死掉了，他杀了小母牛然后煮了一锅小母牛肉。我看到的情景是，他端着一碗小母牛肉来到了苹果园，用一只豁了嘴的黑碗盛着。我听到爷爷与他谈了好长时间的天气和牛的成长问题。我坐在木凳子上，大口大口地吃他送来的小母牛肉。忽然，我爷爷小声冒出的一句话让我支棱起了耳朵："福成，那两个坏蛋找到了吗？"

周福成长着一脸黑锅底似的皱纹，咧嘴笑了笑。"嘿！哪那么好找？"他说。

我爷爷听了周福成的话，说道："就是啊，就是……日子该咋过咋过。"

"嗯！"

周福成答应着。"长太叔，没事吧？没事我得走了，今天的草料还没铡呢。干不完的活儿。"说完，周福成就拿着他带来的碗，揣在怀里，一晃一晃地离开了苹果园。

我再次看清了，是只黑碗。还豁了一个口子。

那一天，他还带来了一袋葵花子，说是哑婶去年种的葵花收获了，让我们尝尝。不知怎的，一听是哑婶种的葵花，一家人都没有去动它的念头。我们不忍心用牙磕它。

黄昏，我们三个人一道把它种在屋后的一片空地里了。于是，在春天茁壮的阳光下，苹果园里就多了一片金黄的葵花林。

我至今对葵花留有美好的记忆。它在风中长得很快，它的头会不停地转动，跟随阳光的方向奔跑。而且，它会长得很高，比高粱还高。在大片身高相等的苹果树丛中，它显得出类拔萃。那时候，我常常钻到葵花林中，好奇地想：这叫庄稼呢，还是叫树呢。

我曾用镰刀砍下一株年幼的葵花，看到从细长的葵花杆里涌出一股植物的液体。味道腥甜而又浓郁。我被这味道弄得头昏了，倒在苹果树下睡了整整一个晌午。

阳光懒洋洋地照耀着我，直到把我晒醒了，我额头发热，全身都是湿漉漉的汗水。我睁开眼睛，不经意地瞟了一眼不远处的饲养棚，看到周福成躬身劳作的样子：他手持一根长长的木棍子，在往石槽里搅拌牛饲料呢，很吃力。哑婶挺着高高隆起的肚子，靠着牛栏，在晒太阳。阳光在她脚下的露珠里，一闪一闪地发出光芒。

她眯着眼，微微笑着，一脸妩媚的表情。

"呵，园子里的葵花都干死了。"

立冬那天，我的二爷这样说。我和爷爷都没理他，继续喝着碗里的玉米粥。满屋子都是好笑的喝粥声：滋溜——滋溜——滋溜——

过了一会儿，二爷又蹦出一句："昨晚，福成的老婆生了。是个丫头。"

（原载《散文》2004年第2期，《散文选刊》2003年第6期转载，收入《布老虎散文·2003·春之卷》、百花文艺出版社《散文2004年精选集》）

第一辑　河　灯

雪地上的狗

阳光下的雪地上，寒气逼人。

小牲畜在我眼前奔跑，它总是跑到在我前边，偶尔也会蹿到我的身后。如果它蹿到我的身后，那么我就会转过身来，它就又在我的前面了。一句话，我总是在追赶的位置上，嘴里不停地呼出白茫茫的气息，我像它一样喘息，只是不像它一样把大舌头伸出来。

我觉得那样很难看，像吊死鬼。

我头上的棉帽子是爷爷缝制的，不怎么讲究，它抵挡不住肆虐的北风。我的两只耳朵有一只已经冻僵了。我的棉袄是沙河镇上的姥姥做的，袖子和背上已经开出了像雪一样的花朵。我的爷爷看了，并没有理睬那些花朵，到了冬天，他就躲到苹果园的小屋里，把木门关严，偎着奄奄一息的炉火喝瓜干酒。酒肴是一碟咸菜，一碟花生仁。但他的酒量真的不算大，喝到第三盅的时候眼睛就红了，第五盅过后整个脸都红了，喝到第七或者第八盅时他就会让屋子里的人出去。

他说："啊，都都都……出去。"

在一旁剥麻的二爷听了一愣，厉声责问："干啥去？"

我的爷爷用哆哆嗦嗦的手指，指向窗外那片刺眼的雪地，说："都都都给我到外边……啊就凉快凉快去。"

我的二爷知道他的哥哥又喝醉了，二话不说，从灶膛里抄起一根拨火用的棍子，然后一棍子打了过去。只听砰的一声，棍子重重地落下——当然，棍子不会落到爷爷的身体上，棍子总是准确地落到碟子上，花生仁会四下散开。

花生仁四下散开的一瞬，好像还咯咯地笑。

我坐在炕沿上，翻看着一本名叫《小马倌》的连环画。我知道两个爷爷又打起来了，唉。他们是我的祖辈，性格里像埋下了火种，一点就着。他们让我的性格里也有了火的元素，这是我长大后才发现的。它让我不停地燃烧自己。直到今天，我还时常为某些不公平的事物而悲愤地燃烧。

我知道这种燃烧是无奈的，它只能让我的灵魂变成一副骇人的骨架。

事情就是这样的，我的两个爷爷，因为类似的小摩擦打了一辈子架，从来没有谁真正赢过，当然，也没有谁真正输过。

最后，他们不约而同地死去，两个人的坟墓却又相依得很紧，差不多连到了一起，看上去十分和睦。这很好，我想，他们终于和睦了。他们的殉葬品是：两只碗，两双筷子，两个碟子，一壶酒，两根旱烟袋。

二爷有玩扑克牌的嗜好，在我的再三要求下，他的棺材里，比爷爷多了一副扑克牌。

每逢我的两个爷爷打架的时候，小牲畜就会很懂事地跑过来，颠颠颠地跑过来。是的，颠颠颠。它本来在院子的麦草里睡觉，听到屋子里的声音就跑过来了。它不是来看热闹的，它是家庭成员之一。村里人有看热闹的坏习俗：不久前的秋天里，在一次打架时爷爷们的高嗓门被风吹到了果园外，一个过路的妇女听到了，结果苹果园围满了看笑话的人。他们把木栅栏拆散，像麻雀一样探着或大或小的脑袋，最后还偷走了许多青苹果。事后，面对着满地狼藉，我爷爷感叹说：看看。我二爷也感叹说：看看。

但过不了几天，他们就又干上了。

这时候，小牲畜跑过来，用它亮闪闪的黑鼻头嗅我的手，用它柔软精致的小舌头舔我的手背，用它洁白的小牙齿呜呜地撕咬我开花的棉袄袖子。它的眼神流露出凄楚，可怜巴巴的样子，美丽的瞳仁里泛着蓝光。呵，小牲畜长着一对蓝眼珠，我因此给它取名叫兰兰。它呜呜地叫着，嘴里发出稚嫩的声音。我放下连环画，轻轻摸着它光滑的头。

"嘘，兰兰。"

它用头拱我，意思是：让他们吵吧，我们出去玩会儿。

于是，我们来到了果园外的雪地上，把吵骂声远远地抛在身后。隐隐地，我听到力气很大的二爷，把他的矮个子哥哥弄出了沙哑的哭声。我当时想，爷爷的哭声不好听，比兰兰的叫声差远了。你看它跑着跑着，在一个地沟旁停下脚，耳朵支棱起来，汪汪汪。地沟里顿时响起一阵窸窣声，接着箭一般飞出一只野兔，褐色的野兔。

它的叫声真的很好听，会把野兔吓跑，还会把流星从夜空邀请到地上。

中午的阳光照耀着麦田里的雪，我手里拿着一根木条，是专门为兰兰准备的。雪地上，我的影子忽大忽小。

只要我说：来，兰兰，亲一个！小牲畜就立即转过身，颠颠颠地跑过来，颠颠颠。它把潮湿的黑鼻头凑到我的脸上来，用舌头舔我的手，把动物特有的腥味留在我的脸上。

兰兰原本是我姥姥家养的，它的曾用名是花袍。那年春天，我姥姥家的大黑狗一次生下了六只狗崽儿，兰兰是其中的一个。入秋以后，我舅舅张登印骑着破自行车来给我送棉袄，它偷偷地跟在车后跑来了，来了就不想再回去了。我舅舅说："这只狗最懂事，你可得好好养。不行的话，你再给我抱回去。"

我说放心吧，它怎么叫花袍呢，它身上没有花呀。喷喷，我叫它兰兰吧，和我们村一个女孩同名。舅舅笑了笑说，坏啊，从小就坏。然后就走了。兰兰望着我舅舅张登印飞身上车的背影，汪汪地叫了几声。

沙河镇离我们村有五里路，说起来不算太远。但路不好走，途中还要经过一条浅河，秋水泱泱。我把兰兰抱在怀里，它的身上还很潮湿。

这年的腊月二十九，村里人都开始忙着过年了，屋顶上的烟囱里，飘出了阵阵香气。我们家却因一小块生猪肉的失踪爆发了激烈的争吵。两个爷爷互相责备，差点又一次动手。是的，如果在平时，他们不打一场除非太阳从西边出来。而眼下，过节让他们都拼命踩刹车似的表现出了最大限度的克制。

  爷爷发言："明明放在锅台上，一转眼没了。"
  二爷发言："我就出去抱了一捆柴火，当时你在哪里？"
  爷爷发言："我在撒尿哩，你能不让我撒尿吗？"
  二爷发言："你一泡尿，把一块猪肉撒出去了！"

  最后，他们停止争吵，认真分析，怀疑到了兰兰头上。兰兰的品行终于得到了一致的认定。于是，第二天，当我从睡梦中醒来，发现我的伙伴不见了。

  他们瞒着我对兰兰采取了必要的措施，二爷用我的那根木条狠狠地揍了它一顿，然后将它赶出了苹果园。

  就这样，在大年三十，我的兰兰走了，踩着茫茫积雪。

（原载《散文》2004年第2期，收入百花文艺出版社《散文2004年精选集》）

第二辑 森林响了一夜

白山栅栏

怎样向你描述我在白山脚下的临时住所呢？有时候语言是无力的，文字更是无力，连对某个现场的真实还原都做不到——因此，我从不盲目听信另一个人对我滔滔不绝地讲述某一件事物。

如果用一幅中国画将我的白山住所勾勒出来，大约是一幢简陋的砖瓦房，门前是一片稀疏的白桦树林，背景是远山云影——这曾经是一幢守林人的小屋，经过一番改造装修，成了专门为旅人准备的出租屋。为了完成一部作品，我要在这里住上整整一个夏季。但是，我要说，这只不过是周围地貌的一小部分，连五分之一都达不到。中国画讲究简约意境，画外有画，可它永远也画不出身临其境的诸多细节。

在白天，森林似乎安静得像一座古堡：枝叶被微风吹拂，发出轻轻的低语；蜀葵在溪水旁，结出一串花穗；野蜂在草丛中飞翔；屋后高大的古松下，有一个大大的蚂蚁窝，蚂蚁们正在日光下忙着搬运食物。每天早晨和黄昏，我沿着屋后的溪水散步，时常与松鼠和野兔相遇，我们对视片刻，然后各自礼让地走开。极目远眺，巍峨的白山顶上正飘曳着一团变幻多姿的五彩云朵，阳光投下的金线布满整个林间空地和每一片在风中燃烧的树叶。

有一次，遇到一只白狐，它先是在小溪的对岸一路小跑，似乎在追逐什么猎物，起初我还以为是一只流浪狗，但它优美的奔跑姿势比狗好看得多。它很快从独木桥上越过溪水，爬上土坡，然后一个箭步跃上了一堆被人废弃的木柴垛——这个木柴垛离我不过百米之遥。眼看着我与它的距离越来越近，我怕惊扰了它，只好暂时停下脚步远远地观察，并且有意地侧着身子向一棵大树靠拢。后来，我躲到树身后，方便观察和拍摄这只白狐的全貌。应该说，这只白狐太漂亮了，全身的皮毛简直一尘不染，它的眼睛像天使的眼睛，只是习惯性地眯成了一条细线，像一弯勾魂的新月，让人产生迷幻，让我想起《聊斋》中的白狐婴宁和娇娜。

我当时想，为什么这是一只独自活动的白狐呢？这么漂亮的动物不应该是孤单的。我怀疑，动物界大约是不分美丑的吧？在它们眼里，既无英俊小生，亦无窈窕淑女，有的只是强悍与懦弱，这是自然界亘古不变的丛林法则。

一只鹰隼从松枝上飞来，大概瞄准了河岸上的山鸡。只听得空中响起一声尖叫，机警的白狐从木柴垛上飞也似的逃遁。从此我再也没有见过这只白狐，但我能隐隐地感知到它的存在，它的巢穴就在附近，它的影子在月光下游荡。有好几次，我能闻到空气中弥漫着一股白狐的气味。这气味不太好闻，但很快便被森林的气息稀释覆盖。

在森林里，顶好闻的是雨后湿地散发的气味。树木经过一场雨的泼打，很快发酵出馥郁的香气，松油夹杂着各种花草的香气，附近的河水也制造出比平时更好闻的气味。雨后，我提着一只篮子在松林里寻找从树上落下的松果和野果，以及从空地上突然冒出的野葱和野蒜。翻开鼓起的软土，露出一朵香喷喷的白蘑菇，再往前搜寻，又发现一丛黑木耳或野生猴头。那么，整整一天的食物都有了。每当篮子被各种野货塞满的时候，我便忍不住喃喃自语："哦，大地是多么丰富、慷慨、奇妙！"

我把满满一篮子林中山珍拿到河边清洗干净，到厨房里收拾一下，从小冰柜里取出一块野猪肉，点燃木柴，把野味在灶前慢慢炖熟煨烂，让香气飘远，飘到小溪的对岸。炊烟在水面上飘散，在森林上空萦绕。饭做好以后，我把野味盛到碗里，端到河边一株躺倒的红松旁边，望着流动的河水，坐在树身上大肆饕餮。野葱蘸酱的味道招来一群游鱼，它们在脚下吐水泡泡。

当然，在白山度过的那个夏天，也不全是浪漫和宁静。比如，有一次一只白色大鸟在深夜突然降临到我的窗户前，它制造出的动静着实吓了我一跳。它有着长长的喙，尖尖的利爪，古怪的叫声和一双能够刺穿黑暗、散发幽蓝荧光的眼睛。尤其骇人的是一双巨大的翅膀，张开来几乎占据了整个窗户。

我对生物学的功课做得不够，至今叫不出它的名字。好在夏天很快过去了，我的林间写作也告一段落，我便收拾行装，离开了那幢诗意充盈的森林小屋。

第二年春天，我又来到白山，特意开车绕了好远一段路寻访故地。那幢小屋子居然还在，只是屋子周围被一根根白栅栏给圈住了，栅栏门上还落了一把铁锁，已经锈迹斑斑。

（载自《散文百家》2019年第8期）

第二辑　森林响了一夜

柴木灰

在森林里，最香的食物莫过于炖一锅野猪头肉。整整一个晚上，乌力在土灶前收拾冻了半个月的野猪头，拿火钳把猪耳朵上的毛烧干净，弄得满屋子都是过年的气味，灯光把白白的墙壁映照成橘黄色。

昨天夜里，山里刚刚下过一场雪，把茅屋子的窗户都糊严了，窗台上满是积雪，这样的情形我只在少年时见到过。早起一看，屋前的河流冻得硬邦邦的，远远地在树杈间闪着白光，树干被一只啄木鸟敲得当当响。

我沿着河岸转悠了一圈，看到远山迷蒙，树枝上的鸟窝都沾满了白色的雪沫。

我选择这个时节来白山，并非刻意为之，而是一种巧合。每年开春，我都会做许多计划，但实施起来却变了样，多半落空，眼瞅着一年就这么不咸不淡地过去了。而有些行程，却是说走就走。这一次，仅仅因为乌力的一个电话。他说："哥，来屯里吃炖野猪肉吧……可香了！我给你留着的，挂在仓房里，再不吃就变成老腊肉了。"我二话没说，当即应允。答应乌力后，我突然想起一个问题，就又把手机拨了回去，问："野猪是保护动物吗？如果是，我们还是不吃的好。"乌力在那头解释，说："哥，放心吧。我们要吃的野猪是屯子里人工饲养的杂交猪，不是从林子里套的。"

"哦，那好。"

我曾经听过乌力讲少年时代和屯里的大人们一起套野猪的故事，那样的时光属于上一个时代。

乌力住在山脚下的一幢小茅屋里，与屯子保持着适当的距离，地势也偏高，显得有些孤单。这个屯子吸引我的理由，简单到好笑。比如，听一晚风声，看一眼半夜时分的月亮，听几声远处的狗叫。乌力没有成家，倒也极爱干净，知道我来，他早早地把屋舍打扫了一遍，把土炕烧热，从木柜子里取出一床新棉被。如果天晴，他会把棉被拿到绳子上晒晒，被子散发着阳光的香味，人脱了衣服探入棉被的刹那，感受到瞬间的迷醉，眼前恍惚。

有时候，人的感觉十分诡异。比如，我每年都要来乌力家住一晚，仅仅因为这么一点小晕眩？当然也不全是，还有乌力质朴纯真的目光呢，这般清澈的目光在成年人中难见。但细一揣摩，我还是最留恋那一丝丝短暂的迷醉感。屋子里光线幽暗，木柜上摆放着盛酒的器皿，以及书橱和口琴，这些几乎是乌力的全部家当。

说来有趣，那年夏天，我来白山考察，和乌力认识是在半山腰上。由于我的腿关节刚刚做了一个小手术，还没有完全恢复，上山时没有感觉吃力，但下山时却出了麻烦，先是腿抽筋，接着膝盖疼起来。眼看着天要下一场雨，我又没有带雨伞，站在山腰上不知所措，陷入尴尬。我打量四周，竟然没有一个人影，白嘴鸦在树枝上得意地鸣叫。这时候，乌力出现了，奇怪，此前我一点也没发觉身边有人，他好像藏好了似的。总之，乌力的出现是个及时而又神秘的事件，让我在此后与这个小屯子结下了缘分。那一天，乌力连拉带拖地把我弄下山，到了山脚下，气都没喘一口，不由分说，把我扛到了肩上，一溜小跑将我背到了家中，让我躺在了散发着稻草气味的土炕上。那一天，印象最深的是在乌力开门的瞬间，有一阵薄薄的雾气迎面扑来，我的鼻子吸进了一缕陈旧的气息。事后猜测，那是从土灶的草灰里散发出来的气息。

乌力帮我解了困，我就认了这个山林里的兄弟。

我每次来屯里，都会带上两瓶酱酒——东北人习惯喝老烧，我喝老烧胃有点吃不消。此外，我还会带些过冬的棉衣棉被给乌力。

从市区到屯子，近二百公里路，不远不近。但在前往屯子的途中，遭遇雪雾，我小心翼翼地驾驶着一辆从集市上淘来的二手普桑，结果因为要接一个电话，刹车急了点，车轮飞速打滑，直接冲出了公路，一头栽进了路边的土沟里。折腾半天，我只好打110求助，来了两个巡警，他们经验丰富，车上携带着专业工具，很快把车子拖拽出来。车子的前脸已经损毁，好在是辆临时淘来的破车，我也没有感觉心疼，重新发动起来继续赶路。开了大约二十分钟，油表报警，亮起了小黄灯，我急忙搜索加油站，周围是莽莽丛林，静得没有一声鸟叫。有经验的旅人都知道，林区的加油站相距遥远，我紧张得满头大汗，转悠了大半天，才绕到一个镇上加了油，一颗悬着的心终于放了下来。否则，车子在这么个地方抛锚，前不着村后不着店，我非被冻死不可。

好在天黑之前，终于赶到了乌力的家。在山脚下，他提着一盏巡山灯迎接我。

当晚，乌力忙前忙后，终于把整个猪头收拾完毕，秉烛细瞅，发现摆在灶前的猪头看上去竟然是笑眯眯的。从头到尾，他不让我插手，说野猪味大，会破坏了我的兴致和写作的想象力，以后就不想到山里来了。乌力笑笑说："哥，我怕你哪一天烦了我，再也不来了，这是真心话。"

我一边感动，一边反对他的说法，心想我没那么重要的，你遇到了困难我也帮不上忙。但话到嘴边，成了一阵支吾。

我闲着无事，只好静静地观察。乌力动作麻利地涮锅，到屋外的木柴垛上取了几块柴桦子，很快烧开了一锅水，把收拾干净的猪头放进去。先要焯一遍水去除土腥味，然后再加上从山里采来的香叶，用文火慢慢煨。乌力说野猪肉瘦，身上肥肉太少，技术掌握不好烀不烂，吃起来很"柴"，尤其是老猪，如果烹艺差了，会感觉不如土猪好吃。我问乌力，我们炖的这头猪属于老还是嫩呢？乌力认真地说，这是一头不老也不嫩的野猪。

为了这一顿饭，细心的乌力还特意跑到镇上割了两斤土猪五花肉，说这样掺和在一起烀的肉更香更入味呢。此外，他还准备了各种山野菜，有松蛾菇、黄花菜、黑木耳，等等。渐渐地，夜已至深，干净的猪头终于下锅了，很快就散发出满屋的香气——这是山野的气味，人生的气味啊。为保证火候，乌力几乎是趴在灶前烧柴，一根一根地往灶膛里续柴草，模样像个精湛的技师，专注的表情里聚集着快乐与庄重。微小的火苗，像大海的波浪，映照着他的脸，他牙齿洁白，鼻梁挺拔，眸子明亮。

我一边在一旁观察，一边又在心里羡慕乌力。我在想：他是多么年轻！精力充沛得像头野鹿。而且，像传说中的林中精灵那样，他可以很随意地安排自己的生活，不缓不急地度过日月，平静地打发着流水似的时光。比较之下，我像一个饱经沧桑的老人。有那么一个瞬间，望着兴致勃勃、满面绯红的乌力，我的鼻头抽动了几下，急忙起身拉开木门，佯装要去屋外方便一下，乌力也没发觉有什么异样。我来到屋外，倚着一根木桩，从眼角处狠狠地挤出一颗大大的泪珠，它漫过眼眶流到嘴里，又苦又涩。

我知道乌力为我精心准备的这一顿饭，花了太多的功夫和心思。其实，有一点变化，是乌力做梦也没有想到的。仅仅过去一年多的时间，我的食量已经锐减。再好的饭端上来，吃上一碗就饱饱的了，这是长期伏案的结果。我想，忙活了一个晚上的乌力，若是见我只吃这么一点点饭，心里会怎么想呢？他一定茫然不解，责怪自己的手艺，而我又该如何向他解释呢。

突然，一阵莫名的沮丧涌上来，我打了个冷战，感觉自己像是灶火里一堆燃烧后的柴木灰，心生微凉。

（载自《散文百家》2019 年第 8 期）

第二辑 森林响了一夜

白桦树皮

嘿，你做的白桦树皮灯罩收到了。当快递员把包裹传递到我的手里时，我一时呆愣住了。对不起，从白山归来，便陷入日常忙碌，竟然忘记了我们的林间约定。但当我打开邮件，心里瞬间被一种难以名状的喜悦占据——这盏白桦树皮制作的灯罩，薄如白纸，更像透明的蝉翼，带有天然的纹理。白桦是俄罗斯的"国树"，是举世公认的"艺术之树"。而这只灯罩太漂亮了，通体散发着树木的清香，让我的灵魂瞬间插上翅膀重返白山。我把灯罩摆在案头，仿佛感知到自然的空灵与神性——自然赋予白桦树皮以生命和呼吸，同时赋予了你的灵性和你的气息，让我觉得你时时在我身边，注视着我的一举一动，我坐在书房里努力工作的情形，我冥思苦索发呆的面容。谁都无法想象，它的前身是一种北方树木，经过你一双巧手的精心改造，演变成了一盏沾满幸福味道的灯罩。

从此，我幽寂的书房里有了一盏橘黄色的小灯，它陪伴着一个人孤独落寞的夜晚，陪伴着屋檐的露水、墙角下的猫，以及蝙蝠、蜘蛛、蛐蛐和各种夜游的生物。眼前已是夏天，窗外又开始落雨了，阳台上从白山采来的松枝还泛着青绿，你送给我的登山木杖，还沾着河滩卵石的水草屑。

在通往白山的路上，阳光浮动，天高地阔，溪水在路两边流淌，树叶在风中喧哗，水边摇曳着野花。微风拂面，把沉睡一冬的心情也吹醒了。我打开封闭多年的话匣，对你讲述我的困惑，我的内省，我的焦虑，我对于未来的一些不成熟的设想。在路上奔走了这么多年，航标灯依然在黑夜的心海照亮，北斗星在头顶、在滩涂与草原、在茂密的桦树林上空寂寞燃烧。

　　车轮滚动，碾过初夏时节起伏不定的柏油路。车轮像读秒器，一页页翻去，在读大地这部没完没了的天书：丛林、田野、山岳、河流、湖泊、微风和低矮的乡村农舍。每经过一座屯子，我们都停下车来，进行一番考察。我们看到老人在树荫下闲叙家常，一只黑狗在柳树身上撒尿，女人端着簸箕到场院里晾晒大豆。而男人们早早醒来，赶着牛车，到黑土地上开始一天的劳作。白山脚下的一些屯子里，一些年轻人走了，到遥远的城里打工谋生，挣钱养家；另有一些年轻人读完了大学后，却义无反顾地回到了故乡，让双脚重新沾满白山的泥巴和麦草屑。许多从异乡的城市落户到屯子的年轻人，在这里娶妻生子，成了白山永久的居民。他们说："白山空气好，水土好，在这里度过一生是值得的。"

　　好空气已经成了一个时代的稀缺资源，而原生的水土，是一个地方葆有一世宁静和生生不息的前提要素。一切都没有那么复杂，选择适合个人的生存环境比你追我赶、失魂落魄的从众心态重要。我不由得想起我从前的居住地，那个以工业增长速度著称的城市。长期以来，天空看不到清晰的星月，流淌两千年的河流枯竭，山林光秃，地下资源被掏空，村庄随时有陷落的危险。而在城市的中心，高楼依然林立，遮挡住了日光，让生命一天天发霉变质。

　　是的，我觉得在这个时代，我们迫切需要的，是真正有责任感的智者、思想者和具有科学思维的精英分子，是持续的建设性和对自然法则的足够尊重，是能够经得起时光考验的内心秩序和接纳宇宙的开阔格局。而不是一场又一场的功利表演，言行不一的人格分裂和扭曲。

　　在白山茂密的白桦林中，我们陶醉于野生灌木和漫天飞舞的雪花中，仿佛置身于列维坦的名作《桦树丛》中的画境：明亮的光线，茂密的草丛，清澈的溪流，美丽的白桦……我们搂定一棵高大光洁的白桦，与树身上的一双双眼睛互相对视，沉默良久。在这片人迹罕至的白桦林中，我们发现了一株被风吹倒在地、连根拔起的白桦，树身上有被松鼠咬啮的痕迹，有被暴风雪猛烈击打的痕迹。烈日吸走了它的水分和汁液，野兽曾经朝它身上泼洒污水。不知是哪一年的山火焚毁了它的根须，树干也开始糟烂腐朽。它死了，从植物学的角度而言，它已经没了生命感知，没有了担忧和生之苦痛。但它的树皮却依然光滑鲜亮，可以制作一百盏灯罩。

你小心地把这一片片伟大的树皮取下来，放到一块蓝布头巾里。

（载自《散文百家》2019年第8期）

参北斗

居住在湖边小区，每天沿湖散步，当仰脸望见夜空的北斗星时，便会瞬间怀念辽阔的北方。森林莽野，白山脚下的那条路像跳动的火苗映入脑海——哦，那里有我的小木屋，有白桦林、野山参、梅花鹿、紫貂、松塔和萤火……

夜晚，大地滴水成冰，可以听到冰雪在屋檐聚集，窗花窸窣开放，氤氲雾气在空中飘散。而星光的照耀，使我的内心渴望森林。远方，北斗星下，暴风雨正在聚集，有各种突如其来的危险，但那是大自然带给人的考验，充满了战斗的欢娱和荣光。当然，更多的是美景，是视觉的盛宴和全新的体验。每年，我都要挤出时间把自己放逐，去草原、沙漠、湖畔、山野等原生面貌尚存的地方，吸取大地的精气和能量，而白山渐渐成为一个考察营地。

白山周围，地貌复杂而开阔，有太多值得挖掘的故事。莽莽群山中隐藏着人与大地相亲相爱的奥秘。

第一次去白山看天池，正落山雨，天池和潜伏其中的水怪，始终在雾气中不肯露出真容。而令我失望的还有天池周围的地貌，居然是一片寸草不生之地，火山灰遍布，仿佛带有热度，这与想象中的满山花开的画面不符。但从天池返回的路上景色大美：瘦削的山体被自然的伟力切开，地下森林神秘幽深，奇异的花草如梦似幻。哦，还有成片的花楸树，我快步上前，搂定其中的一株——我终于又见到了花楸树……

我记录下每一株植物的名字，记了满满一大本子，还有丛林中飞舞的蝴蝶、奔跑的麋鹿。在疾驰的旅途车上，我一遍遍地温习这些名字，像对待最亲密的朋友那样记牢，放入大脑的储藏室里，使它们像食物一样伸手可取。忙碌芜杂的生活把我的时间切割成了碎片，眼下到处都是碎片化的物景，手边的事情总是处理不完，往往一件事情刚刚理出头绪，另一件事情已在推搡催促。日子看似持续前行，实则乱糟糟的，经不起逻辑的推敲，更经不起时光的检验。当夜晚来临，大脑一片空白，感觉两手空空，内心感到莫名的悲伤。少年时代，醉心于浪漫的诗篇，"白也诗无敌，飘然思不群"。哦，成年后，我终是没有逃脱世俗的魔掌……在旅途中，我细细检点自己的来路，内省像一面镜子，照出人性的自私、狭隘、斤斤计较……一些过往的细节不忍正视，甚至要呕出一片血来，我的心在隐隐作痛。

渐渐地，我觉得自己缺失了北斗星的指引。我时常浮躁，也做过错事，总是在深夜发出叹息。

在白山一带，一位写作者的名字在我脑海冒出。我们曾经有过一面之缘，互相留了联系方式，并且约定下一年春天在山脚下相聚。他在二道白河镇租了一个院落，有写作间，有烧茶室，还有收藏的各种动植物标本。他向我讲述了自己多年在群山密林观察自然，包括动物的冒险离奇的故事，因为那些历险，他差点丢掉性命……他口若悬河，语速飞快。在他面前，我觉得自己像个不谙世事的孩子，根本插不上话，只有点头倾听的份儿。这些年我很少见到清奇特别的同道，他应该算一个。一番交谈后，我很快发现自己和他性格差异较大，但我被他散发的个性魅力深深吸引——我想去看看他森林小镇上的荒僻院落，看看他在山脚下蹲守观察自然的木屋子，以及他多年来各种珍贵的收藏。在我看来，他是中国大地上的普里什文，或者写过《金蔷薇》的康·帕乌斯托夫斯基。总之，他是个内心有北斗星的人，在天黑后准时点亮，在拂晓前燃烧；他在早晨的光线下劈木柴的声音响彻四方。

我们计划在春天见面，万物花开，森林歌唱。有无数次，我虚拟出我们在白山脚下相聚的情景。我把他想象成老猎人的模样，他扛着双筒猎枪，双目炯炯有神，警惕地注视四周，只不过他不是为了猎取野生动物，而是为了对付那些林中偷猎的人。时光变迁，世人的认知产生了分野，有人为了牟取暴利不惜冒险残杀野生动物，有人则不惜性命来保护这片山岭。我的作家老哥是个坚定的环保主义者，天下所有猎杀野生动物的人都是他的仇敌。他之所以常年蹲守森林，在露水间穿行，仔细地记下自然规律、日出与日落，记下动物与植物们的行踪与生长，然后写成书传达给远方，正是要告诉人们这片古老的森林已经岌岌可危，如果再破坏下去，这片山林将不再美丽，直至成为荒凉的废墟。我们将沿河而行，款款散步，身边是高大的树木，野花艳丽芬芳，风轻轻地吹动着树叶，水在独木桥下静静流淌，神秘的气息向四周扩散。但是，这个美好的画面近在咫尺，却最终没有实现——2017年5月，我在报纸上看到他猝然离世的消息……

春天，我如约来到二道白河镇，这是一场单方的赴约——接受冥冥之中的安排，我必须前来完成这个宿命般的约定。奇怪的是，我的内心没有掺杂悲伤的成分，而是异常平静。友人离去的消息越来越多，像密集的子弹击中我身体的敏锐知觉，我只剩下无奈的承受。空气中响着他的话语，听得真真切切，我甚至能强烈地感受到他强大的气场，他的粗嗓门和爽朗的笑声还在森林之上盘旋，深沉而豪迈。经过一番打问，我寻找到他租居的院落，木栅门，石头墙，一切都和我梦中见到的一样。迎接我的是一树盛开的梨花，见我到来，梨花兀然飘落一地，仿若一场白色的祭礼。我看到他生前用过的旧物：行李箱、衣帽和沾有泥土的鞋子，以及他从森林里搬来的一堆木桩。

一个人与另一个人的缘分那么短暂，却可以在灵魂的深处永久回荡。他在林中的坟墓朴素无华，已经爬满了野草，草丛下埋葬着一颗北斗星。

（载自《天涯》2020年第6期）

第二辑　森林响了一夜

从黑土里钻出许多东西

　　一到春天，便会从黑土里突然钻出许多东西，除了灌木丛，还有许多叫不出名字的植物。丁香的气味比较冲，混合着风吹过来，吸多了会让人头昏。而阳光在春天总显得苍白无力，经不住一点风吹，斑驳的光点在路边的草尖上舞蹈，仿佛草尖上正上演一台歌舞会。脚步向前挪动，这时候会看到阳光的真实面目，像一枚枚铜钱，一串串地在地上游移。而当你无意间抬头，看到的是漫天飞舞的喇叭虫和飞蛾。

　　极目远山，灰椋鸟、乌鸦和白嘴鸦，正成群结队地飞来，它们在白桦树林中嬉戏做巢，加入春天的合唱，渐渐定格成一幅木版画。一个头戴狗皮帽子的农人，到林间空地上撒花种，开始入春后的第一桩劳作。在他看来，森林里如果没有花草，就像天空没有星星一样寂寥。农人手搭凉棚，望见野岭起伏，雪线在山顶划出了明确的分界，大地如此空旷，寂静而苍茫——如果沿着山脚下种花，一路种去，用一年的时间也种不完。

　　而在此之前，黑土地上的冬天冷到了极点，森林中的泉眼已冻结，白桦树冻得发抖。啄木鸟正猛烈地敲击树木，结果喙被冻僵在树洞里，它扑棱着翅膀挣扎，最后没了力气。有许多飞禽的标本，就是这么获取到的。有人曾对我表述，白山最冷的时候，可以把烟囱冻裂，屋顶上留下一缕炊烟的形状。风雪过后，天黑下来，整个山林一片寂静，方圆百里听不到一句人语。木栅门前蛇一样弯曲的小路伸向白茫茫的远方，深深的雪地上，只有一头黑熊在吃力地迎风而走——孤独而倔强的黑熊，固执地走在雪野中，仿佛是赶赴一场不能失约的聚会，又仿佛是奔赴一场生与死的决斗。

在白山，一年四季，至少有三个季节是沸腾和忙碌的。除了种花，人们挖山参，种葵花，捕鱼，采山货，伐木和割芦苇，尽情地从山上获取果实。年轻人还在半山腰上大声唱歌：

　　白云朵朵，
　　花儿香香，
　　在高高的密林，
　　住着我心爱的姑娘。

过了十一月，气温骤降，封山令一下，人类便把白山还给了大自然，和动物们一起瑟缩着脖子过冬。整整一冬，白山属于自然之神，暴风雪一场接着一场，天神任性地把林海雪原的面貌涂改，布置成大地上的迷宫。在自然面前，偌大的白山不过是一个玩具，像一只旋转的陀螺，如果稍一用力，白山这只陀螺就掉进冰窟窿里去了。人类呢，大约是吸附在白山上的蚂蚁。而且，人类是年迈的蚂蚁，行动迟缓，已经够老。

整整一冬，我躲在木屋子里不敢出门，能清晰地感受到寒冷已经抽走了身上的大部分热量。我害怕出门后走一段路，就没了回家的力气，像啄木鸟一样被冻成标本。偶尔拉开门闩，是为了到屋后取几根木柴，给火炉和土炕加一把火。这时候，全家人都离不开一堆燃烧的木柴，依赖这一堆火焰给身体输送热量。木柴燃烧着，映红了每个人的脸庞。瞳仁明亮，似乎人人都怀着心事，像一粒花种播进心田的泥土，那是难以抑制的对春天的渴望。

屋檐下冰凌垂挂，形成冰柱，风一吹呜呜作响。而我们把身体紧偎火炉，讲些轻松的话题抵御恐惧，讲温馨的陈年往事，也讲多年前的某一次历险，家人们在用这种心照不宣的方式互相打气。但在呼啸的风雪中，还是有一些坏消息从门缝传递过来：黑风口发生了雪崩，山脚下的二歪嘴被冻死了，疯狂的野狼趁风雪袭劫了赵大棒家的养鸡场……每当听到这样的消息，我们都会整整一晚上失眠，夜晚点上烛火暗暗祈祷，人人都害怕自己栖身的这幢木屋子被暴风雪瞬间吞噬……如果房子在风雪中坍塌，那么这里除了留下一堆木头之外，还有木梁下压着的几条人命，以及全家人做过的许许多多关于春天的梦。

有一年，赶上过春节，家家户户都在忙活着包饺子、炸丸子和蒸黏豆包。可恶的暴风雪却不长眼色地来了，就像狼外婆一样赖着不走，接连折腾了三天三夜才停歇下来。在整个过程中，储藏的吃食还好，有一瓦缸年货，有过年的香米和荞麦粉。可屋外的一垛柴火却很快烧完了，无奈之下，我们只好拆除了围栏上的木条当柴火烧。如果暴风雪再多刮一天，我们会把小仓房的门烧掉。

这让我对木柴怀有一种特殊的感情，说不清道不明，反正看了就想偷偷地落泪。

直到今天，我还保留着一个令人费解的习惯——当木柴燃烧完以后，我喜欢提着半铁桶草木灰，把它们倾倒在大路边，篱笆旁。然后，我悄悄地躲起来观察路上的行人，看看这些草木灰是不是被他们的鞋子踩到了。如果行人踩到草木灰，我会很高兴。

我心里想，这个远道而来的过客，我们在一生中都不会有任何交集，但他的鞋底却偏偏带走了别人家的草木灰。这究竟属于什么缘分呢？要知道，这些草木灰刚刚在昨夜温暖过我们一家人，上面沾有我们的体温。

就像眼下，这山下漫天飞舞的灰蛾、蜜蜂和叫不上名字的昆虫，它们带着春天的冲动，在春天的山野成为季节的一员——这景象让人望一眼就觉得踏实和庆幸。

要知道，经过去年的几场暴风雪，许多人已经喝不上一杯新年的春茶。

（原载《散文》2019年第9期，《散文选刊》2020年第2期转载）

月光照亮蒲草丛

去白山之前，要提前好几天做出行的准备：给车子做一次保养，加满油，带上水壶、水果和火腿肠，以及雨伞、运动鞋、风油精和常用药。我们知道去白山的路很长，长过湖岸上的柳树梢，甚至长过一个春天。而进入五月后，各种植物刺鼻的气味从大地深处钻出来，熏得野獾找不到回家的路。

去白山之前，我们必定要去的地方是位于郊区的净月潭，像一个潜伏内心的秘密，那里隐藏着一座人间桃源。在那里，我头一次见到堆积如山的大雪块，我们欢呼着朝大雪块奔跑，想去堆几个雪人。当时，冬天刚过，我还穿着一件蓝色小棉袄，一不小心踩进了深深的雪窝里，积雪没过膝盖，好半天才挣脱出来，惊出一身冷汗。雪地上的干枝梅等多种干枯的植物真是漂亮，我们采了一大束，带回家放到青瓷瓶里，洒点水，眼瞅着这干枯的花枝又活了过来，有了生命力。

当冰雪消融，五月的湖岸上长满了柔韧的蒲草，青蛙早早地在蒲草丛中发出单调却又悦耳动听的鸣叫：咕呱！咕呱！拨开丛丛灌木，我们顺着青蛙的叫声寻找喇叭虫和鸟窝，很快就捉到满满一罐喇叭虫。东北的喇叭虫是黑色的，个头也大，似乎有两根胡须，暗示着东北大地的某种豪放与强悍。这和我的故乡鲁西平原上的喇叭虫有所区别，我童年时代的喇叭虫出没于春天返青的麦田上空和白杨林中，颜色为褐色，或者接近咖啡色。把喇叭虫从蛐蛐罐里倒出来，就像一壶待煮的咖啡。那个年代的喇叭虫多半是捉了喂鸡，鸡吃了虫子会多下几个笨鸡蛋，然后挺着骄傲的身子对主人炫耀。

听我祖父讲述，在早些年，村里人把喇叭虫烧烤了吃，小孩子吃得满嘴都是黑焦灰，成了"黑嘴子"。那应该是更遥远的年代，我没经历过。而今天，我们在净月潭的蒲草丛里捕捉喇叭虫，其行为没有任何功利实用性，只为一种发乎天然的童趣。童心始终像一钩新月，在心里萌动嫩芽，勾起愉快或者伤怀的往事，连接着故乡的土屋与水塘，连接着宅基地。我们捉了满满一罐虫子后，便到松林里去放生，看喇叭虫瞬间飞上林间晴空，心情大悦。自此多了一种体验：世上有一种东西被你认真地捉了，结果又无奈地放飞了。其实，人生不过如斯。

直到今天，我的书房和阳台上还挺立着几株灌木枝，上面安睡着几个空空的鸟窝，它们来自净月潭的蒲草丛。鸟儿在春天孵化，大约一个月后出壳，嗷嗷待哺的鸟儿张开嘴巴，像一簇盛开的黄金花朵。雄鸟和雌鸟一旦做了父母，就会不辞辛苦地昼夜捉虫觅食，尽心尽责，宁愿自己忍受饥饿，也要把食物送进幼鸟嘴里。鸟类的整个哺育过程都是秘密进行的，不能走漏一丝风声。为了防止其他动物趁火打劫，它们把幼鸟的粪便吞到嘴里，衔到安全的地方再扔掉。在净月湖畔的蒲草丛中，我发现了几个鸟蛋正在孵化中的鸟窝，其中一窝蛋是蓝色的，像我小时候玩过的蓝色琉璃球一样美丽。我小心地用一根草茎拨开鸟窝，用手机拍了张照片，惊叹着大自然的造化，然后轻轻地离开了这个鸟窝。鸟蛋安睡的样子让人感受到岁月的美好，壳内正蠕动着一个幼小的生灵，它们属于大地，我真怕自己的鲁莽和好奇心惊扰了它们的睡眠，降低了它们对生的渴望。试想，如果天空没有了翔集的鸟儿，整个世界必然枯燥无味。它们就像是一组"发报器"，源源不断地向人类传递吉祥的信息。我听说人一旦接触到孵化中的鸟蛋，敏感的鸟妈嗅到陌生的气味后会将这窝鸟蛋果断抛弃——它们对人类保持高度的警觉。在动物界，这一点连野兔、松鼠都一样。动物也有自己的规则，似乎是约定俗成的。

"劝君莫打枝头鸟，子在巢中望母归。"唐代诗人白居易是最有情怀的大德，他写的这首七言绝句《鸟》，道出了对生灵更深刻的悲悯。

鸟蛋孵化成功后，经过两个多月的精心饲养，幼鸟很快长出翅膀。这时候鸟妈和鸟爸会耐心地教授幼鸟飞翔的技能，它们一次次地在鸟窝里飞进飞出，不厌其烦地重复飞翔的动作。让幼鸟进行模仿训练，它们示意并引领自己的孩子飞出巢穴，勇敢地迎接广阔的天空和大地，在暴风雨中歌唱，觅食悲欢。

从此，鸟儿飞远，带着各自的命运走散。而曾经一根草一根线如人类编织一件毛衣那样精心编织的鸟窝被废弃，变成空巢。这是鸟儿们留给人类的一个小小哑谜。

一年一度春风至，蒲草丛被月光照亮。

（原载《散文》2019年第9期，《散文选刊》2020年第2期转载）

第二辑　森林响了一夜

弯路上的野花

有一次，我们无意中发现了净月潭外围的一条小路。那里绿丛掩映，灌木茂长，篱笆墙和铁丝网上结满了紫藤，开着一种蓝色诗意的野花，像一束束蓝色的火焰。我们原本是去寻找一家蘑菇炖鸡店的，那家店在当地有些名气，吸引着嗅觉灵敏的吃货，也吸引着我们。但当进入这条灌木掩映的小路深处时，导航失灵，我们像走进了一座童话迷宫。车开得很慢，至多20迈的速度。摇下车窗，我们看到路边的杂草高过人头，明亮的水塘像一面镜子，在阳光下反射着光芒。鸟声在耳畔啁啾，看不到一个人影。而且，空气变得清凉可人，一股野薄荷的气味钻进鼻孔。

这样的情景让我想起蒲宁笔下的《露霞》，那个纯朴的俄罗斯少女和男友在湖畔约会的情景："在黑黝黝的矮树林后面，仍然笼罩着一片淡绿的半明不暗的光，微弱地映在远方的湖面上。湖面如镜，苍苍茫茫，岸边披着露珠的花草树木发出强烈的芹菜味，看不见的蚊子秘密地，好像有所询问地嗡嗡叫着……夜色奇异，在船的上面，在亮晶晶的水面上，无眠的蜻蜓飞来飞去，不时发出轻微的啪啪声，令人毛骨悚然。"

——呵，露霞，那个穿着又宽又薄的大坎肩，有一头亚麻色的头发和灰眼珠的少女，似乎在眼前的这片灌木丛中隐藏着。

再往前走，则出现了一幢幢木屋和土屋，屋顶上的烟囱已被岁月熏黑——看样子，这里根本不是一座村屯，像森林中的野蘑菇，完全是自发的居住者留下的生活遗址。不知怎的，这让我联想起刀耕火种的远古人类，想到山顶洞人的山崖石穴。究竟是什么人在如此隐蔽的地方居住呢？出于好奇，我们下了车，走进了一幢破败的土屋，但见糟朽的木门上还贴有一个"福"字，早已被风雨洗白。门框被当年的主人抚摸得又黑又亮，门前的一侧还整齐地堆放着一堆木柴，还有从池塘边割来的红荆条。推门进屋，光线有些暗，映入眼帘的是一方火炕，火炕上安放着一个小木几，炕下是火盆，这是东北人的典型生活用品。朝南的一方窗口还被粗布帘遮掩着，一扇窗棂断裂了，窗帘在微风中轻轻地拂动。土墙上贴满了杨家埠的年画，画面上有几个胖娃娃；这时候，我发现窗台上有两只陀螺，说明这家人有年幼玩耍的孩子。掀开炕席，还有纸叠的四角牌，一挂泛潮的鞭炮。灶火间在里屋，看上去狭窄而局促，一口黑黑的大铁锅已经锈迹斑斑，灶膛内还有没烧完的劈柴桦，乌油的锅台上放着一盒点不着的火柴。灶台上还放着一个棕釉罐，完好无损，我小心地掀开罐盖，见里面盛放着半罐食盐。

我取了一小撮食盐放到嘴里，咸味顿时布满口腔。不知怎的，我的眼睛瞬间湿润了。这一小撮盐，让我瞬间回到了远逝的童年，盐粒里隐藏着一个人的出生地，这是故乡的全部滋味。

沿着湖边小路继续前行，走了一个多小时，终于走到出口。小路尽头是更多的散落的屋舍、牲口棚和干柴堆，房屋大多都是危房，有的露天没有屋顶，有的只剩下残破的土墙。在那里，我目睹了事物的破败景象：生锈的农具、压扁的草筐、潮湿的石磨、爬满蚂蚁的旧棉絮、挂在屋檐上的玉米穗、少了轱辘的木轮车，以及一串大小不一的钥匙。终于，在一家紧挨着树林的房子里我们发现了秘密：乌黑油腻的土墙上挂着一把双筒猎枪，除此之外，这家人的火炕上铺着腐烂的皮毛褥子，炉灶前散落着一些动物的白骨。这是一户以狩猎为生的人家。

站在一堆破败的空屋子现场，我呆愣了很久，眼前幻化出这里曾经发生过的一切，心想：这里是一座世外桃源呢！每一户人家都是一个秘密。是什么原因让他们集体迁徙了呢？如今，他们迁徙到了哪里？如果他们都迁到了城市的高楼中，会习惯当今这车水马龙的喧嚣吗？在这里长大的孩子们，会怀念曾经幽静的与世隔绝的家吗？这里的一切是多么缓慢。

  而我深知,飞逝的时光册上从来不记录琐碎的细节,人类的各种疼痛也多半会在日常的磨损中淡化与消亡。唯有这弯路上的野花,在一遍遍地以开放的姿势讲述过往,并且不厌其烦地记住从空中落下的每一滴雨。

(原载《散文》2019年第9期,《散文选刊》2020年第2期转载)

山中夜宿

阳光照耀着延伸的公路，眼前一片明亮。车窗外仍然是一片片茂盛的桦树林，透过枝叶，看到一泓清澈的溪水美女般楚楚动人，粼粼波光里闪动着星星点点的碎金。远观白山，一团云雾在山尖缭绕，忽而清晰忽而朦胧，身后的城市就这样在感觉中渐行渐远。

无数次了，在去白山的路上，我都会被一路的美景震惊，异常兴奋，口中发出惊叹。

一大早，当车子驶出长春，向东行进，顿感视野辽阔。车窗外是一望无际的东北大地，飞鸟满天，高高的野岭，成堆的云朵。大约三个小时后，森林忽现，眼前不时掠过滚滚云涛和阵阵云瀑。映入眼帘的奇景令人两眼放光。这些奇幻无疆的美景会随着光线的明暗出现和消失，且受季节与气候的影响，忽而在天空聚集千军万马，忽而在山顶耸起巍峨宫殿。我们只好停车拍照，将这永恒的一瞬摄入镜头。

一路上，山壁爬满青藤，枝叶低垂，满目绿色。空气里飘荡着草木的芬芳。

抵达白山时已近中午，在山脚下56公里处的一家民宿用餐，店主是一位热情好客的中年女人，有着东北人的朴实与爽直。那顿饭吃的是山蕨菜、地皮汤和野猪肉炖粉条。野猪肉没有想象中的好吃，有点柴，有点硬。

来长春的两天时间里，我与当地文友近距离接触，再次感受到东北人的热情好客，正所谓"大口吃肉，大碗喝酒"。人们性格耿直，说话不拐弯抹角，但心肠火热，注重礼仪，对待陌生人谦和友好。给我的突出感觉是，只要你是个讲礼仪的人，就会得到友好的回报和帮助。

一天前，在一家农场采风，我带去的笔记本电脑上不去网了，我就打电话找到了酒店前台。结果不一会儿，我的房间里来了四五个人，其中有服务生，有电脑工程师，还有一位酒店副经理。那位吴姓副经理还带来了自己的笔记本电脑让我暂用，尽管我面不改色地保持了适度的客气，但内心涌动的感动之情无以言表。他们忙碌半天，也没有将我的电脑弄好，我只好用吴先生的电脑上网，完成了写作资料的整理工作。好笑的是，回青岛后我把电脑拿到维修部才得知，是我的电脑根本没有开通无线上网功能，这是后话。但那一晚一伙人焦急帮忙，一起寻找解决方案的情景，令人难忘。

关于白山，围绕它的传说太多，但置身其中，却又在满眼云雾中理不出头绪。给我印象最深的还是当地人早已具备的强烈的保护意识。哪怕有人随意丢弃一个碎纸片，都会惹来一番环保教育，被守山人叫住，然后站在原地接受教育。由于保护措施得当，山中的植被日益繁茂，碧草和野花铺开长长的地毯。进山后，我看到活了一千三百多年的巨大赤柏，人立在它面前，感觉十分渺小，在瞬间的比较之下生命的短暂让人无奈而气馁——人，所谓"万物之灵"，如何才能活过一棵树？你看它高大巍峨，挺拔于天地，枝叶在云端瑟瑟有声！在那一刻，我感到树不但有生命，而且有灵魂，树的灵魂是坚定纯粹的，它衬托着人类灵魂的贪婪、自负与可怜的短视。

当晚，入住万达度假酒店，晚餐后沿林间空地散步，高大的松林形成了一个奇幻的长廊，星光透过枝叶筛落下来，满地都是萤火般跳动的斑影。而我们，相依前行，青草和松香的气息在鼻孔间萦绕，吸一口，似乎掺杂了薄荷与月光的醉意。那一晚，明月照耀着窗台，我们每人喝了一杯山葡萄酒，听着楼下野物的叫声，一直聊到下半夜。

早晨，起床较晚，在餐厅喝过热咖啡，感觉精神了许多。从酒店出发，在车上舒服地躺下，我没有像前几天那样趁机小睡，而是比较详细地回忆了一下几天来的活动，一幕幕过滤和储存。近年来，我已经养成一个习惯，就是把美好的事物及时保存下来，把消极的事物与情绪迅速屏蔽。这个习惯随之衍生出一个好品性——归属美好的事物，我会给亲人和朋友分享美好的事物，而不好的东西留给自己私下消化。而眼前的物景，一切都是去年的样子：梅花鹿、木酒桶、随意堆放的劈柴样，以及自林间河畔升起的袅袅炊烟。

（载自《绿叶》2020年第10期）

第二辑　森林响了一夜

森林的迷宫

　　从山脚下乘车到天池火山口，大约需要半个小时的光景，这是第三次去看这一著名的地质景观。前两次均因为山上下雨没有看到天池真容。在它的周围是一望无际的雾霭，至今记得自己在山顶挨雨淋的一副狼狈相——风把日渐稀疏的头发吹得更乱了，有一绺潮湿的头发紧紧地贴在了一只眼睛上，两次看天池的过程都是这样。气得我下山后去理发店剃了个光头。

　　不知怎的，我对天池的观瞻兴趣不是很大。在我的想象中，天池周围应该是一派葱茏，长满了灌木，但实地一看，却是一片不毛之地，记得当时我倒吸了一口冷气。众人知道了我的疑问，皆笑道："这是火山口呀！"

　　愣怔片刻，顿觉自己的愚蠢。遥想当年火山爆发时山崩地裂的场面，该是多么恐怖——坍塌的大山，呼啸的森林，狂奔逃命的野兽，燃烧的木桩，惊恐万状的面孔，扭曲变形的天空……大自然的怒吼，瞬间将一切化为火海。而时间是伟大的造物主，历经几十万年演变，白山成了世间最美的风景之一。

　　山脚下的一幢木屋前，挤满了游客。走近观看，原来是卖温泉煮蛋的摊点。几个年轻人正在温泉前闲聊，守着温泉旁一堆正在烹煮的鸡蛋。

　　我早就听说白山的温泉煮蛋好吃，拿了一张纸币，挤到收费窗口，却被一位朋友制止，说已经买了，他请客。回头一看，见那位朋友正拎着一只大袋子朝我微笑。

　　我把分到的那一份温泉煮蛋装在袋子里用手拎着，直到爬山车吃力地开到山顶才开始享用。折腾了几个时辰，肚子早已闹了饥荒。吃着很香，味道很特别，似乎食物一入口就整个融化了，这是由温泉的热度决定的——大约只有六七成熟。我想起那年去台湾，向导带我们几位山东作家品尝黑糖番薯，初尝，你几乎吃不出是番薯，倒像是一种含糖量较多的点心，这其实失了番薯的原味。

但白山的温泉煮蛋仍然是草鸡蛋的味道，口感比普通的饭锅煮蛋好得多。开接驳车上山的司机说，不要小瞧这家卖煮蛋的小店主，生意好得很，早已是千万身价。我回头看了一眼，发现整个山麓，只此一家温泉煮蛋店，再看看这洪水似的客流量，想不赚钱都难。对了，在山脚下，我还品尝到了久违的覆盆子，甜甜又酸酸的覆盆子。

这一次，山顶天气晴朗，终于好好地看了一回天池，我把眼睛瞪大，有一种恶补的快感。鉴于描述天池的文字过于浩瀚，在此不予赘述。如果用一句话来概括，我觉得天池像一面安详宁静的大镜子，用它梳妆打扮的人是仙界中的大家闺秀。它反射着阳光，从山上俯瞰，似乎没有一丝波纹，有着一种超拔绝尘的气度。微风吹不皱它，雨点也砸不破它。我在脑海里搜索半天，企图找到一个参照物，找不到。后来，隐约觉得或许西藏的羊湖与其有些类似，都是看一眼就联想到神界，再加上围绕着它诞生的种种关于水怪的传说，就更增添了几分神秘的猜想。

下山归来，我们故意不走寻常路，而是进入了地下森林通道。在这个地下通道里，我们进入了一座眼花缭乱的森林迷宫——各种野生动物在葛藤与枝叶间潜行，眼前不时有金花鼠跳出，瞪大一双圆溜溜的眼睛，当人走近时，它又机灵地攀到了树枝上。那些叫不出名字的花草和树木都是头一次见到，它们在不见阳光的峡谷深处是如何生长的呢？在谷内潮湿阴暗的地理环境中，居然可以顽强地成长为一株株乔木，没有阳光与风雨的爱抚，依然可以开一树繁花。更加不可思议的是，在一丛丛野生树木的根须之下，是数千万年的火山灰和火山岩。

从长长的地下森林里出来，仿佛穿越了一生，灵魂获得了一次洗礼与拯救。这是大自然给人类最直接的教育，活的教育——山野的元气渗入血管。

  中午，吃的是水果宴，然后我们又绕道而行，登上白山西坡，从另一角度欣赏了山上山下的迷人风光。时近黄昏，大家在一株古松下会合，坐在舒适的藤条摇椅上，手呷一杯红茶热饮，交流了一下各自的见闻，片刻的休息让人感觉惬意。不知不觉间一天结束了，抬头见日光西沉，天际红彤彤一片，满山尽是大鸟翻飞的翅影。

（载自《绿叶》2020 年第 10 期）

松塔上的雨滴

在白山游历的日子里，我已养成了另一种习惯：对被世界忽略的微小事物进行观察与揣摩。比如，一根出现在林间空地的白桦木，像一个弃儿躺在树根下，光滑透明，是一件天然艺术品。我忍不住将它捡拾起来，拿回车子里，再装入行李箱，带回我位于青岛的林间工作室。写作时，只要我抬头或侧身，就能看到来自白山大森林的数十根白桦木。它们在我的书房里整齐排列，像一片亭亭玉立的白桦林。

有一次，在行车途中，一幢旧木屋突然进入视野，它远远地直立在一片林间空地上，孤独而苍凉。我把车速放慢，找一个位置停下来，下车走近木屋，企图搞清它的来历，确定它的用途。我看到木屋内蛛网密布，窗台上放着一只破瓷碗，几个老烧酒的空瓶子，一只旧袜子和磨破了的兽皮手套。屋子一角的墙壁上，仍然挂着一盏马灯，玻璃灯罩上布满了灰尘。我将其小心取下，拧了一下开关，只听啪的一声，发出一声脆响。尽管已经打不出火，但我知道它没有损坏，续上松油，再换上一块新火石，还能继续使用。屋内散发出一股潮湿的霉味，我一时无法判定木屋主人的职业，我只知道这个人曾经在木屋里居住了至少三十年的时光。依据屋内的面积推测，木屋应该只能容纳一个人的活动。不知怎的，我突然感觉心头一热，一阵莫名的感动，心想：这一定是一位勇敢的人。要知道，独自在一片原始森林里生活，哪怕只是一年两年的光景，也够得上英雄的称谓了。因为当一个生命置身于浩瀚的丛林时，他无法做一位逍遥的隐士，隐士情结都是诗人们的想象罢了。他要生存下来，忍受着巨大的孤独与寂寞，一边与自然界进行搏斗，一边还要与之和谐相处，在夹缝中求得一席生存之地。

他必须每天劳作，到山上采集食物：野果、木耳、蘑菇、猴头菌、山丁子、越橘、蓝莓、灯笼果……夏天来临，他要到河畔捕鱼，与各种动物相遇，避免冲突，稍有不慎就会被"黑瞎子"取走性命——一只棕熊挥掌的攻击力约是1000公斤，而人的力量远远不能与之相抗衡。夏天草木葱茏，即便他能够顺利地捕到几条鱼，在回木屋的途中却也极有可能被潜伏的毒蛇袭击，咬中脚踝，这样的事情经常发生。那么，他必须以最快的速度赶回木屋，取出自配的药方进行自我救治，哪怕晚上一分钟都有可能丢了性命，像木屋里那盏永远熄灭的马灯。

当然，如果说这些都能根据多年的野外生存经验一一过关，那么最难熬的日子要数冬天。白山的冬天达到零下40多度，尤其遇到暴风雪天气，他要蜷缩在木屋内用木柴烤火取暖，听森林里一夜风吼，眼瞅着雪一寸寸地堆积到窗台，直至把窗户糊严。这时候，每一朵雪花都是来与他争夺氧气的"催命鬼"。进山前，一位老采参人对我说过这样一句话："在森林里长期居住，得在屋后备好一副棺材。"我听了，忍不住陷入片刻的愣怔与沉思。

在山中，我还观察过一枚松塔上的雨滴。那一天，山中下了一场雷阵雨，雨后很快出了太阳，一缕柔和的光线照耀着一株松树，松针被雷雨刺激得张开了锋刃。拨开枝叶，我看到一枚松塔像一只可爱的小熊，吸饱了雨水的精华，正十分惬意地在松枝上睡觉。

一滴雨水，在松塔上闪亮，像一颗闪闪发光的珍珠。

我知道，雨水里不但有珍珠，还有季节的马车和信使，有诗歌和音乐，有春天的常青藤伸长幻想的触须。一朵野花开在穗头上，招徕了蜜蜂——蜜蜂把刺扎进花蕊，像经验丰富的酿酒师。

（载自《绿叶》2020年第10期）

窄门里的世界

我们在山脚下的湖水旁边，一边散步一边交谈。有些话被春天的风记住，被路边的一株花树听见——我们说起这片丛林茂密的世界，它的前世与今生。

此前，我不熟悉丛林的历史。尽管童年时代的一张照片记载，我曾经在白山脚下一片结冰的湖上玩耍，在高大的松柏下，被年轻的母亲揽在怀里。但那是多少年前的事情了啊。

东北的四月，冬天还赖着不走，结冰的湖面上积雪茫茫。而这一年，整整一个冬天过去了，山东连一片雪花都没落下，和东北的气候差别极大。对于一个雪的痴迷者来说，如果不特意来白山看雪，那么这一年的雪就永远错过了。错过的还有滑冰场，雪地骑马，狗拉雪橇和在热炕前偎着一盏火炉，啃着香喷喷的大棒骨喝一碗酒的惬意。

每年来长春，必定要去的地方是净月潭，然后才是白山。净月潭储存着我少年时代的一个小秘密，类似于初恋般的情愫，但又不是初恋。那时候，我在净月潭附近的一所小学校就读，学校紧挨着湖，湖畔的山坡上有一座尼姑庵，每天早晨都传来阵阵清朗的诵经声。

印象里我只读完一个学年，第二年夏天，我们全家就迁回山东老家了。

有一个时期，我甚至觉得把一个豆粒大小的秘密存放在一个地方太久了，会不会变质腐烂，或者膨胀爆炸。但每当我来到净月潭，拨开厚厚的湖滩草丛时，却发现我少年时代的秘密还被完好保存。它就像一个未被孵化的鸟蛋，在时间的深处成为一枚化石。这要归功于净月潭数十年来自然生态的持久不变，它胸怀博大，足以包容世间的一切，何况一个少年人珍藏的记忆。要知道,在一个以开发为由头的时代,一座城市或者一片建筑物,很轻易地就被损毁或破坏掉了。时常,一个游子千里迢迢重返故乡,却发现一座村庄早已从大地上蒸发消失,他该是何等失望。而在净月潭内缓步行走,却觉得时光停止了,一切都和从前一样,连一丝微风都没有改变。树还是原来的那株,只是像一个人一样,从幼年长到了中年。但那树上刻下的字迹还在,那片蒲草丛还在,飞鸟喳喳鸣叫的天空还在,甚至连少年时代的感觉都还在。

我时常想,一个人在外闯荡江湖,到了老年要固执地还乡,传统的说法叫"叶落归根"。其实在精神的深处,正是为了找回童年的全部感觉、气味、舌尖、乡音和一些柴草般的细节——尽管这感觉不可能完整缀连。它们早已像旧衣服,被他乡风雨撕成了碎片。

当游子坐一辆时间的马车还乡时,他要做的第一件事就是拜会故人,寻找旧物。沿着街道转遍整个村庄,也只能找到故乡一点依稀的影子。眼前的故乡物是人非,像一件拙劣的复制品,已经和童年时代的印象大不相同。没有了土地庙,没有了说书唱戏台,甚至没有了鸟巢和蚂蚁窝。因此,从某种意义上说,这样的还乡还有什么意义呢?当我步入老年时,我宁愿把大地作为自己的故乡。

在我看来,地球是以平方来算计的。故乡也大约可分两种,一个是出生地,作家莫言将其称为"血地"——母亲的血和脐带的血,以及懵懂童年时期流过的生命之血:被镰刀割伤、被荆棘划伤、被狗咬伤、被牛蹄子踢伤,都会以血喷涌的方式接触大地;另一个故乡则是曾经给予过一个人丰厚的滋养的地方,那里的自然、山川与河流培育了他的性格、趣味、胸怀和价值观,那么,这个地方也可以称作是自己的故乡。

比如,眼下的白山及其周围,就是我的另一个故乡。在我的精神认知中,它甚至比出生地更为重要。在漫长的人生旅途中,在为生计流浪奔波的路上,我一次次遭受命运与暴风雨的击打,疲惫不堪地倒在城市某一个房间的床榻之上喘息,在雨声中渐渐入眠。梦境中的我仍然是一个少年，在幽暗的林荫小径迷失，眼前忽现一扇窄门，我侧身进入门内，抬头却看见一幅满山都是杜鹃花开的画面。醒来，颓废的情绪不翼而飞。我承认，我从这个梦境中获得了神秘的能量。

（载自《绿叶》2020 年第 10 期）

第二辑　森林响了一夜

松花酒的气息

在这个枯木发芽的春天，一股松花酒的香气在白山周围弥漫，仿佛松果经过了时光的发酵，把山林中一种独特的气味发散了出来。抵达鼻尖，敏感的人先是一愣，然后是一阵懵懂。

日光忽暗，闻了松花酒气味的人仿佛中了季节的迷香，无论是走路的姿势，还是说话的语气，甚至观察事物的眼神都会有所改变。

他会忽然间用一种温润诗意的眼神看世界。他会觉得眼前的春天太好了，积雪消融，远山渐绿，白山脚下的河水比往年清澈，鸟儿飞得忘情，划着优美的弧线。而那些散落在历史星光下的村屯，那些用木材和石头建造的房子，那些隐藏在民间砖瓦墙缝中的陈年旧事，都被这一缕香气激活，变成东北大地上经久不息的传说。故事里有豺狼虎豹，有风雪夜归人，还有能够变成精怪、会讲人话的黄皮子大仙。

而在身边的是同一类的朋友，无论谁说一句话，人人都能听懂。多年之后，我知道说话其实是一件玄机重重的事情，被人听懂和愉快接受并不简单。我怀疑那些爱喝闷酒的人，是因为有一肚子的话想说，却找不到可倾诉之人，遂将心思寄托于酒，于是渐渐变成了酒鬼。这很不好。而人生中有许多"不好"，追根溯源，乃出于长夜难消的寂寥与孤独。

当然，这一次我们不是坐在林间灯下棋逢对手，或听一夜雨声痛饮长聊——这个场景令我想起多年前，白山的冬天落雪了，深夜幽寂，北风呼啸，松树和灌木下野獾和松鼠们的尾巴瑟缩着。

而此刻正值春季入境，万木复苏，城市的喧嚣被暂时遮蔽。我们在白山脚下的松花酒窖，闻着这一缕萦绕在半空中的香气，每人手里晃荡着一杯松花酒。

在此之前，我对酒的概念和认知模糊。比如，我认为天下的酒要么是用高粱酿出来的，玉米酿出来的，红薯酿出来的，土豆酿出来的，要么是用葡萄酿出来的，或者干脆用植物的秸秆……

而整个白山，浑身上下都是宝贝！松花酿酒，春水煎茶。《本经》《本草纲目》早有记载：松花粉"润心肺，祛风止血，壮颜益智，强身健体"，"亦可酿酒"。《随息居饮食谱》曰："松花粉酿酒主养血息风。"

那一天在松花酒窖，经过主人一番介绍，颠覆了我对酒的印象——颠覆了概念，颠覆了味觉，还颠覆了"小酌怡情"的恬淡传统。其直接后果自然是一场醉。

当夜，我磕磕绊绊，行走在鸭绿江畔，不时仰望一轮凄婉明月，满嘴胡言乱语。松花酒的味道，竟然勾起我记忆中许多与农耕时代有关的事物，这些都是埋藏在时间深处的影像，农具、地窖、马车、樟木箱、垛草、以及胡萝卜和大白菜……它们密集而至，在眼前嘤嘤乱飞。这好奇怪，仿佛一杯酒里写满了密札。

在那一刻，我甚至还想起一生好酒的父亲。他活着时，我经常讥讽他"吃馒头也要蘸酒"。看看今天的自己，难道这是要步其后尘吗？

友人曰：保存岁月最好的方式是把岁月变成诗，保存诗意最好的方式是把松花酿成酒。

（载自《绿叶》2020年第10期）

雨水里有松脂的气味

"前面就到白山啦。"

话音刚落,雨说来就来。雨珠在挡风玻璃上滚动,像顽皮的孩童跳来跳去,它们很快占领了方向盘前的舞台。我们坐在车内,观看一场雨珠表演——这些透明的、小小的演员,像蝌蚪界的名角。这是白山的春雨,它们掠过浩瀚的松树丛林,带有松油的清香,一部分被风吹远,一部分来到我的车窗前。

雨是上天恩赐的礼物,并且有好赖之分。杜甫诗云:"好雨知时节。"一场好雨是柔软的,沙沙地落着雌性般温柔的呢喃,是说给大地的情话;这样的雨落到白山顶上,枯黄的草芽和树梢顿时就绿了一片。山下的河流解冻了,积雪缓缓融化,变成溪流汇入河水。遇到这样的雨天,白山人走出木屋子,身披蓑衣,手持钢叉,肩扛渔网,十分惬意地提着木桶到河里捕鱼。河水里游着食指大的小白鱼,捞上来炖汤,味道鲜美极了。

这样的小白鱼汤,我十年前在内蒙古自治区的边境小城阿尔山品尝过。那也是一次文学采风,向导熟悉当地的风土人情,其中美食为最,一路上推荐我们一定要喝一次小白鱼汤,它们产自长长的"哈拉哈"河。"哈拉哈"河像丝绸一样在草原上飘动,清澈得可以看到河底的水草。人们一网打下去,便能捕捞半篓子活蹦乱跳的小白鱼,当地人专门开设了小白鱼罐头厂,行销四方。除了味道鲜美的小白鱼,阿尔山一带大大小小上百个野湖也温润可人,像病美人的明眸,睫毛下流露着哀伤。

沿着野湖一路向东,就是广袤丰饶的呼伦贝尔草原。夏天的草原是开着花的，一如这绵绵细雨中白山的森林和洼地，沿途都是姹紫嫣红的野草花。

　　白山的气候变化多端，接连下过几场好雨之后，老天便有意要考验一下人类，或者故意和人类开个玩笑——用什么手段刺激一下麻木不仁的人类呢？下一场坏雨吧。于是狂风大作，山呼海啸，整个森林发出怒吼，鹅蛋大的冰雹砸下来，躲藏在林间的动物吓得四处逃窜。白山人管下冰雹叫"下雹子"，这里的雹子个大实沉，像秤砣，曾经砸死过山中的采药人。有一年下大雹子，所到之处，遍布动物的尸体。还有一些大树被连根拔起，壮烈地倒在林间空地。虽然松树气质不凡，但松枝谈不上十分柔韧，很容易在风中折断。松枝断裂并不影响松树生长，仍然直上九霄。而且，松树全身都是宝物，树身可以做栋梁，打家具，制造船只；松子可以榨松子油，加工松子零食；松花可以制造松花粉，这是天然的养生保健品。最有趣的是松塔，它像一座天然的微型艺术品，是童话的缩影；剩下的是松针了，我有一位名声卓著的兄长，长期将松针泡茶饮用，饮后神清气爽，写出了煌煌百万巨著。

　　在旅途中，我们还在白山脚下走过一次狭窄的甬道。那是从集安到临江的一条路，原本开阔平坦，走着走着就钻进了玉米地，周围没有人影，路畔有几幢破旧的木屋子。从其低矮的尺寸分析，不像是给人居住的，倒像是流浪的动物们的避难所。我在想：人类已经达到拥有如此大爱的境界了吗？再往前走，路两边出现了簇簇灌木，路狭窄到令人窒息，仅仅够一辆车子通过，不免令人胆战心惊：如果对面开过来一辆车如何是好呢？根本没有错车的空隙。好在这种让人担心的事情没有出现，而车子几乎是一点点下滑，迟疑不决地走出了这段迷宫一般湿滑的道路。

　　刚走出甬道，一场白山松雨就来了。白山的雨洋洋洒洒，出现在幽静的屯子上空，落在一群过马路的白鹅身上，落在一片开花的土豆田上。白山的雨，把整个白山的野草花清洗了一遍，野草花像一盏盏灯笼升起在山脚下，照亮了一个个干草棚和屋顶飘散的炊烟。

而玲珑剔透的雨珠继续滚落到地面，制造出一片好看的气泡，里面跳跃着彩虹，雨水里有松脂的气味。有许多次，我设计过一个梦一样的场景：在白山的一场好雨中，我们变成了松鼠，躲进树穴中嗑食葵花子，四目对视，会心一笑。

侧耳谛听，树穴外的雨声何等美妙动听。

黄昏，雨停风住，霞光满天。空中翻滚着多姿的云彩，有的像一条巨龙，有的像一团好看的锦缎，有的则像一尊菩萨，双手合十，静坐在白山之巅。

（载自《天涯》2020年第6期）

萤火天堂

傍晚，我照例在林间散步，一不小心进入了一处山崖与峡谷布置的迷阵，细雨及时地飘落下来。

眼前忽现一个山洞，洞内一片通明，似乎还从中传来阵阵奇妙的微响。我被吸引，快步走了进去，顿时被洞内的阴凉气息包围。我发现山洞很大，幽深不见出口，湿漉漉的石壁上挂着流水，一些细小的葛藤顽强地从石缝中探出叶片；而洞内的一片光亮在忽高忽低地起伏飞翔，把洞内制造得扑朔迷离、如梦似幻。起初，我还以为是森林管理员精心打造的效果，或者他们要开发这个山洞，以此招徕游客。

但我很快就否定了这个判断，因为山洞外太狭窄了，脚下即是万丈深渊，开发几无可能。那么，洞内的光亮究竟源自何处呢？至今是个谜。当然，我怀疑是萤火虫，因为只有它们身上背负着小小发光器，夜晚发射出神秘的光源，在黑夜的屏幕上划出一道轨迹。试想，如果追溯到远古时代，旷野茫茫，夜幕如铁，这道光亮的出现是个多么伟大的奇迹。

当我还是一个少年时，曾经在故乡水库旁边的营地度过一个漫长的假期。每天在生满芦苇的水中游泳嬉戏，时光一晃一个夏天就过去了。有一次，夜幕降临，我提着泳衣走上堤坝，穿过林间返回营地，忽然发现有成群的萤火虫在我周身飞翔，它们没有声音，却照亮了林中道路。那一刻，我置身森林，左顾右盼，脚步轻盈，仿佛进入天堂般的梦境。

自那以后，我便格外怀念这一缕微弱的萤火。当黑夜行走在荒野上时，它们便和夜空的星群呼应，神奇地在我眼前飘荡，让我接受上苍冥冥之中的暗示。我瞬间获得了安宁，面对眼前的处境坦然而从容，不再疑虑，也不再恐惧。其实在人类的生活中，只需要一点萤火的光就够了，就可以使凄苦的日子酿造出希望的蜜浆。

还有一次，我在下山时遇到三只梅花鹿，它们隐藏在美人松后的雪窝里。起初，看不到它们的长脖颈和脑袋，树身下闪动着几只毛茸茸的尾巴，而后屁股居然静止。显然，是我们在山上的说话声惊动了它们——人在山上说话，哪怕声音不大，也会像石子一样骨碌骨碌地滚下山坡，山下的生灵耳朵灵敏，老远就能听到。

当然，还有一种说法，就是白山原本是一座神山，可以喷火，也可以涌泉，山上山下互相打通，自然也就没有秘密可言，人说的每一句话连山上的草都能听懂。当你在山上唱歌，说些吉利的话时，漫山的动物和植物都会跟着高兴，随风舞蹈拍手鼓掌；如果你在山腰上不小心跌倒或者受伤了，嘴里发出抱怨或责骂声时，整座山都会黑下脸来，山体飕飕地向外散发冷气。

那天，梅花鹿们一听到人语，便躲到了大树后，屏住呼吸静等人的脚步声远去。只是，这次遇到的三只鹿未免太憨厚朴实了些，觉得眼睛避开了人，人就看不到它们硕大的躯体了，它们以为这样就算藏了起来。因此，我们当即认定，这是动物界中品性良好的三只鹿，没有什么城府，对人类更是无害。

与其他的猛兽不同，白山一带的梅花鹿以温柔著称，尽管身材高高大大，却是动物中最面善的族类。通常，它们与世无争，对任何动物都表示友好，这一点和羊类有点相似——都长着诗人或哲学家般瘦削的脸颊，仿佛随时为真理做出牺牲。年长的鹿留有胡须，眼里流露出温和，让人感觉亲近，如果它们能发声，一定是和声细雨的，像部落里足可信赖的长者。可现实的情形是，它们享受不到人类的文明秩序，没有自己的部落，也没有组织，没有精神引导，没有天气预报……在残酷的自然界，它们只能被动承受着四季的冷暖，暴风雪的袭击，遇到攻击时就找到洞穴躲一躲，遇到晴朗的天气就出来觅食，身上多了伤口就互相舔舐安慰，有了开心的事情也不会吟诗歌唱表达欢喜。在世界面前，它们永远投去平静温驯的目光，没有哀怨，没有挣扎，没有欲望……常常，鹿身上无端地落满了苍蝇，落满了麻雀的粪便，落满雨雪和冰雹的刀剑，但它们总是若无其事地从容散步，面带微笑，隐忍着走过危险的布满陷阱的丛林。夏天，它们躲避风雨的地方，不过是一块陡峭的岩壁。雨水从天而降，像瀑布一样泼洒下来，可爱的鹿们只是伸出粉红的小舌头，舔舔雨水，用身体蹭蹭崖壁，内心企盼着阳光的照耀。

  面对鹿是自然界中最善良的生物之一这一事实，人类多少有些百思不得其解。觉得它们长有一副高大的躯体是一种浪费，它们完全可以凭借一身力气向天敌发出挑衅，或时时以欺辱同类证明实力，但它们却果断地做出了谦卑平和的选择。恰恰是这一点，让人类有所感悟：唯有内在的品格标识着我们的行为，它们是河流汹涌前行的方向。

  当我在林间游历时，面对千年的火山岩石和躺倒在地的百年枯木，时常被巨大的孤独感包围，感到失望而无助，觉得生命在天地间如此渺小，人生太短暂了。但当我转身向丛林深处走去，看到雨后的草地上野花绽放，叶片上的露珠闪烁光亮时，我又忍不住涌现出一种生而为人的庆幸和喜悦。

（载自《散文百家》2019年第8期）

会跑的人参

在整个白山，似乎什么都会跑。从早晨开始，太阳从天上跳到地面上跑，把整个森林抚摸了一遍，数落了一遍。野兔远远地看到林间有一个火球，以为是什么可以吃的东西，撒开著名的"飞毛腿"可劲儿地追赶，结果累得大汗淋漓也没有追上。太阳似乎有意捉弄这只傻乎乎的兔子，故意给追逐它的家伙制造错觉——它忽高忽低，在枝杈间跳跃，一眨眼又跑到山顶上去了；一会儿又在它眼前晃动，近在咫尺，触手可及，但当野兔觉得就要一口咬到这个烫嘴的猎物时，天空却突然乌云密布，一场阵雨砸了下来，太阳躲到乌云背后哧哧地笑。

到了夜晚，最会跑的自然是月亮，跑累了就歇息半个多月，任谁召唤也不出窝。在白山，人人都知道月亮聪明又机智，一百只狡猾的狐狸也耍弄不了一个月亮。狐狸冥思苦想，想出一千条计谋，但那点小算计会被月亮一眼看穿，所有的算计在月亮面前都是白扯。因此，人们给它取了个绰号叫"贼月亮"。只是白山人质朴实在，叫着叫着，就把月亮唤作"贼亮"了。白山人的勤劳是没的说的，他们早出晚归，无论是在山中砍柴伐木，还是采集药草，当满山黑咕隆咚时，便格外需要"贼亮"出来照应一下，才不至于一脚踏空。这个不是说着玩儿的事情，几年前在白山，城里玩跑车的纨绔子弟逞能炫富，愣是把车开到了山林禁地，一路狂奔，接连碾死了几只动物，野獾啦，野猫啦，等等。这时候，原本在山顶上小憩的一轮大月亮看不惯了，一下子将身子隐到云层里。这辆野蛮跑车超速飞奔，在拐弯处眼前一黑，车子就滚落到峡谷中了。好在月亮的心是柔软的，让一株老树在中途拦住了车子，漂亮昂贵的跑车被卡在了半山腰，受了伤的司机满脸是血，好歹捡回了一条小命，挨了一个重重的教训。

　　在白山，人类没有任何秘密可言，除了敬畏与呵护，你不能做出半点越矩之事。如果因为一念之差做了坏事，报应很快就来。在白山，虎有虎的规矩，狼有狼的规矩，甚至连一只爬行在草丛里的天牛虫，也都有自己的规矩。关于这一点，不但人尽皆知，整个山中的动物与植物都了如指掌。

　　规矩即天道定律，甚至就连人与动物都具备的奔跑本领，也是有规矩有讲究的。大致分类如下：1. 太阳和月亮是万物之神，它们想跑多远就跑多远，速度自行掌握，人类与其他动物不得干涉；2. 东北虎力气大，但不能跑得太快，否则林中的弱小动物都让它们吃光了；3. 松鼠和野兔可以有限度地快跑，它们的天敌实在太多了；4. 山鸡和鸟类不可类比，它们虽然都有翅膀，但山鸡飞翔能力很差，于是山鸡多了一项本领，食量很小，安于守静，无形中避开了天敌的进攻；5. 狍子是最不受上天待见的动物，它们智力低幼，身体肥硕，奔跑能力很差，总是跑一圈又折回来，恰巧落入追赶者的血盆大口。没办法，这是上天的安排。但对于人类来说，狍子肉并不太好吃，吃起来不是很香，土腥味也比较重，因此你几乎在城里看不到专门开设的"狍子肉馆"。夏天在簇拥街头的撸串大军中，除了牛羊肉、五花猪肉、鸡心鸡架、扇贝生蚝——人类几乎把能吃的活物都拿来撸了个遍，却依然没有发现烧烤炉上有傻狍子的一根毫毛，傻狍子幸运地躲过了被撸的悲惨命运。由此可见，这是上天有意给世上的傻瓜留一条生路。

　　写到这里，我还要叙述一个在白山自古存在的个案，那就是有一种半是动物半是植物的"精灵古怪"——对了，这就是人参。单单从外形上看，它的确像一个小小的婴儿，与人类的身体有些相似。人们讨好地称之为"人参娃娃"，这称呼人参不一定买账。

　　《神农本草经》是现存最早的中药学专著，记载着中国四千年前就已经形成的人参药用的精髓："人参，味甘微寒，主补五脏，安精神，定魂魄，止惊悸，除邪气，明目，开心益智。久服，轻身延年。一名人衔，一名鬼盖。生山谷。"

令人倍感神秘的是，人参居然拥有一颗和人类相似的头颅，尽管小了一点儿，但也足以让人类细思极恐了。植物一旦长了一颗脑袋，仿佛就意味着它具备了思考的能力——它能够识别善恶美丑，知晓真假悲喜，可能目光比人类更加犀利。

民间传闻，人参作为一种植物，它会跑，像大自然中的"土行孙"。遇到贪婪或者居心叵测之徒，聪明的人参会眨眼间溜掉，钻进土里，或者石缝之中，消失得无影无踪。基于人参会逃跑的缘故，经验丰富的采参人便学会了用一根红头绳将寻到的山参系牢，但据说这样的做法并非每次都会灵验。

那一年夏季，我曾经跟随一个老采参人一起到山林里寻找人参，一连三天都一无所获。

一路上，这个行为古怪的老头儿总是叮嘱我这也不能做，那也不能说，搞得我忐忑不安，不知如何是好。原本的好奇和寻宝乐趣一扫而光，剩下的只是扫兴。

第二天早晨，我提议分头寻找，中午在河边帐篷里集合。其实，是我有意躲开他——只见老头儿一声不吭，背起布搭子走远了。我先在河滩上抽了支烟，思忖着下一步的行动方向。我拿定主意，决定顺河而行，进入一片更茂密的老林子里去寻找。据说这片老林罕有人迹，林中长满了高大的古松，许多古松已经生长百年，三个孩子手牵在一起也搂不过来。我气喘吁吁地走了大约五里路，阳光从枝叶间照射下来，眼前兀地出现一片开阔的高地，耳畔是森林神秘的声音。终于走累，我便靠在一株大树下小憩，好像还打了个盹儿。但当我无意间抬头朝近处一瞥，定睛细看，天呢，不远处的灌木下生长着一株野山参！没错儿，首先是它的花萼太特别了，红色的花蕾老远就能看见，像是在小小的叶片上升起一朵爆开的礼花。我按捺住内心的狂跳，蹑手蹑脚地走近这株神秘的植物。经过一番仔细观察研究，确定这是一株真正的野山参，如果没有猜错，它的年龄应该比我还大。冷静下来，我依照当地采参人的风俗采参：用一根红绳子牢牢地拴住了它的身体，还用手机拍了照，在离它最近的一棵树上刻了标记。但我实在缺乏采参经验，手中的铲子不听使唤，山参的根部似乎设置了保护屏障，真担心会从地上射出利箭。情急之下，我给老采参人拨打电话请求帮助，一连拨打了十几次都无人接听，急得我出了一脑门热汗。后来，我干脆扯开嗓子大声喊叫："喂——喂——喂——"声音在森林里久久回荡，惊起一阵莫名的骚动，害怕招来虎狼，吓得我只好收声。无奈之下，我回到河畔，直到正午才见到老头儿慢悠悠地出现。结果不出所料，当我们返回采参现场，看到的只是地上一团蜷缩的红线绳儿。

老头儿面无表情，嘟哝道："溜了……"整整一个下午，我们蹲守在采参现场原地未动，暗暗期盼这株野山参再次出现，但这只是徒劳。

夜晚，我们回到河畔，坐在临时搭建的帐篷里吸烟，我陪老人默默地喝掉了一瓶东北老烧，还啃了两只卤猪蹄。老采参人牙口不怎么好，只是就着一碟盐水煮花生喝酒。他的酒量真大，看似不动声色地抿了一口酒，其实杯底已空。

三天来，他都一直沉默，喝了一斤烧酒后，终于打开了话匣。我这才发觉他原来有点轻微的结巴，只听得老采参人说了一些意味深长的话。他说："老子挖了大半辈子野山参了，可采到的都是参王的弃儿！真正上好的野山参不是给人类享用的，这辈子你也挖不到一棵。嗯嗯，我说这话你别不信，如果你能顺顺当当地采到一棵百年老参，我就、就立马……"他长叹一声。

幸好，我的手机相册里还保存着那株野山参的照片，它成了实物存在的唯一佐证。事后，每当我看到这张照片，就忍不住发出疑问："它究竟溜到了哪儿？"

如今回忆起来，在白山关于人参的神秘传说可真多。它们成了人们在冬天大雪纷飞之时，一家人围坐炕头嗑着葵花子打发漫漫长夜的最佳方式——那一刻，火炕下的松木劈柴烧成了灰烬，炉子上的水壶咕嘟咕嘟地烧开了，屋内弥漫着好闻的烟味，而窗户外面的森林正在承受着一场暴风雪的降临。

有人说，天下所有的故事都有上百种讲法。即便同一个故事，在不同的版本中也会变形走样，甚至大相径庭。但在关于人参的故事中，却有着一个共同的特征，里面都有一个会跑的人参。

(载自《天涯》2020年第6期)

森林响了一夜

其实，白天的森林是没有声音的。夏天过去，秋天来了，阳光懒懒地照着空地上的干草，空中弥漫着一种野蘑菇味。周围的一切都是静静的，静得可以听见蜥蜴在草间爬动，可以听到血管一样细小的流水在树身上流淌，渗入树根部的泥土，在落叶下形成腐殖土。有一次，我捧起一把腐殖土放到鼻间嗅闻，闻到一股古怪浓郁的腥气，是树根？我的头当即就晕了，胃里的酸水呕吐出来。但当我把这捧土放到阳光下一晒，腥气竟然很快转化为松木的香气，令人觉得妙不可言。

我猜想，那是动物们的精魂被阳光逼跑了，跑到了某一株树上继续躲藏。

常常，在整整一个白天，我都背倚着一棵高大的水杉，享受森林的宁静，抬眼就能看到缓缓流淌的河水，细长的水蛇熟练地游向对岸，一只硕大的白鸟煽动着翅翼在树丛间栖落。那时候，我的眼神还很好，嗅觉灵敏，耳朵也没有毛病。我觉得全身的器官像一支队伍，它们各就各位，在随时听命于我，让我享受世界传递而来的风声、雨声、落雪声、以及细小的流水穿过枯草丛和树木轰然倒塌的声音；让我闻到各种草木、野花，以及雨后松油的气息；让我的脑海里幻化出各种美好的往事，江南小镇的窗户，美丽女子的脸颊，木阁楼上方满天的星光，咯咯的笑声在黑暗中比蒲草还暖。那有着一双美眸的女子究竟是谁呢？我搜肠刮肚地检索回忆，却最终不得要领——名字忘了，细节忘了，过程也忘得差不多了。隐约记得，她的眼中流露出一丝雪花的高冷，她的手指细腻而柔软，握在手里，像刚刚出生的小蛇；她的话语在深夜，像盛开的凌霄花一样生动悦耳，让窗户变白发亮。哦，那是多么久远的事情。

　　后来我想，可能是我实在太贪恋这林中的寂静了，上帝便让我拥有另外一番体验——在那个秋天的下午，我背倚树身陷入睡眠，山风骤起将我吹醒，我起身伸了个懒腰，在林间踱步。黄昏来临，林中的夕阳像火一样燃烧。我饿了，就在腐败的草堆里捡拾野果，很快捡到几个红透的落地沙果，还有三个猕猴桃，两个半生不熟的黑梨和一些野山芹菜，这些山野里的食物足以让我存活下来。不知怎的，那一段时光，我突然变得超级懒惰，在林间的一个人的小屋锅灶冷清，已经半个多月没有生火做饭，奇怪的是肚子也不怎么饿，仿佛吸一口空气就饱饱的了。要命的是，一种真实的虚无感占据了我的灵魂，可能是阅读历史和哲学书籍带来的后遗症。我忍不住在心底大叫一声："让我寂静下去吧，像寂静本身！"我无耻堕落的样子大概只有林间山神知晓，而我本人完全像一个醉汉，对身体突然出现的状态浑然不知，并且任其发展无力改变。我衣衫不整，胡子拉碴，满嘴胡言乱语，说些不着边际的话，自己也不走心，让其随风飘散。多年了，我是一个孤魂野鬼，独自在山林中游荡，形单影只。渐渐地，记忆已然丧失，语言开始退化，视力逐渐模糊，好在我的听觉还正常，能听到死寂的森林中发出的哪怕微小的响动——松鼠摇动尾巴，蚂蚁遭遇水灾，果球突然爆裂，露珠滚落在地……世界上什么是大事情？对我而言，这些事情就是。

　　但是，黄昏过后，夜幕降临，白山顶上突然跳出一轮碾盘似的月亮，像浪里白条，像林中响锣，更像一张薄薄的纸片。总之，它在照亮整个森林的同时，让我的感觉系统旋即失控，瞬间陷入可怕的迷狂——在深深的夜晚，我开始听到树枝与树枝互相摩擦；虎狼在争斗残杀，各种计谋令人心惊肉跳；我听到一向善良的梅花鹿在合谋让一只山狸落入猎人设置的陷阱……我的情绪坏透了。就这样，风吹了一夜，森林响了一夜。

　　后来，冬天到了，十一月份，白山突然下了一场大雪。我被冻僵在林中的树桩上，身体动弹不得，但勉强还能呼吸，更加奇怪的是，还能听到林间的各种喧嚣。风呼啸着掠过山林，雪一场接着一场，我能明显地感受到自己的身体渐渐变凉，被风雪敷了一层冰甲，越裹越厚。好在，我还能看到眼前的河流和悬崖，凭借残存的记忆，靠每天数算从山上滚落多少石头过日子。那些石头大小不一，从山崖落到河里。比如，腊月初六，从山上落下五块石头，其中一块重达五十公斤左右；正月十八，从山上滚落七块石头，砸死了刚好路过的两只狍子；阳历三月，从山上滚落一片碎石，数目不清，连带一株弯曲的酸枣树自山顶飞落……春天，碎石滚落之后，一股清冽的气息扑面而至。我抖了抖僵硬的身体，脑海里跳出几个字眼：哦，春天！河流解冻，群鸟飞过，大地和山峦呈现起伏的曲线。

我融化了，抖落身上的冰屑，歪歪斜斜地走出了森林。

（原载《天涯》2020年第6期，《青年文摘》2021年第3期转载）

第二辑　森林响了一夜

缓缓飘落的树叶

哈哈，我又犯了顽固的完美主义者疾病，把林间的生活想象得如诗如画。比如，每天能够睡一个长觉，睡到自然醒，任谁敲门也不给开，只伸个懒腰扭身向里，睡足了才穿着睡衣下床；在壁炉旁喝一杯牛奶，啃个大列巴面包，听点巴赫的音乐，读几页诗。我发现诗歌可以治愈睡梦中的一些不愉快，诸如坟墓、鬼魂之类的画面。先前我外出，习惯带一本小说，契诃夫或者卡佛，事后验证在旅途中很难将小说读进去。旅途中往往身不由己，心不静。另外，在路上遇到的新鲜事，常常胜过小说情节，本人成了小说中的人物，你只管体味好了。

后来，我出门时只带一本或者两本诗集。诗歌和苍凉的异乡格调比较搭，其闪电般的特性也和车窗外的景色和谐一致，那些云朵与河流，都诗一般流淌，风一样自由。读到精彩处，我会脱口而出，朗诵几句，惹得同车的人从瞌睡状态中醒来，一路兴奋。记得有一年九月，旅行车在阿尔山燕麦田间的公路上行驶，有人朗诵了一首普希金的《致凯恩》，满车的人跟着欢呼，大喊大叫，接着唱起了歌。在尘俗日子里滚爬的人，一年里也难得有如此忘情的时刻，而这些美好的场景只有在路上才会发生——在天降暴雨的时刻，风吹树叶沙沙作响的时刻，某一只野物在草场上奔跑撒欢的时刻，以及一轮饱满的大月亮在荒野上像空铜盆一样滚动的时刻。在我看来，这样的时刻都是闪着光的，像春天的树顶响着鸽子的哨音。

打中学时代起，我对伟大的俄罗斯文学开始着迷，先是屠格涅夫的《白净草原》，后来是蒲宁的《米嘉之恋》和普里什文的《林中水滴》。我至今记得自己在夏天乡间的梨树下阅读它们的情景：风吹动着一个少年的短袖白衬衫，心底流淌着类似于荒漠中的一湾甘泉，眸子忧伤、清澈而又有几分茫然。那时候，求知若渴的我是多么想尽快弄懂人世间的道理。那些美妙的唐诗宋词出自古人之手，那些厚厚的哲学与美学出自遥远年代的先哲之手。但在当时，无论我用怎样的姿态去接近它们，使出浑身解数都不得要领，至多略知皮毛，似懂非懂。这是成长路上必经的懵懂和困惑吗？那时候，我羡慕青年时代的高尔基，他在流浪途中遇到了老年时的托尔斯泰，就像在暴风雪的天气中遇到了一丛篝火。托尔斯泰像对待自己失踪的儿子那样，把迷惘中的高尔基带到自己的庄园里，给他煮了一壶黑咖啡，让这个野性冒失的年轻人美美地饱餐了一顿，然后带他去高大的橡树林中散步。阳光照耀着两个忽大忽小的身影，风轻轻吹着，空气中始终弥漫着一股野茴香的气味，让年轻的高尔基那一颗狂热却又饱受摧残的心获得安抚和疗愈，让他压抑在内心的反叛情绪得以缓解。我不能由此断定托尔斯泰对高尔基的创作起到了多么大的作用，但曾经有过十余年流浪生涯的高尔基性情中的温情元素，一定与这次会面有关。尽管，两位文学巨匠在此后的交往中也发生过争论甚至不快，但这只是一些文学观点上的摩擦，没有影响到两个人根深蒂固的友谊。建立在广阔土地之上的情感都是抗摔打的——公元1910年，秋天的早晨，时年八十二岁的列夫·托尔斯泰离家出走，十一天后死于一个叫阿斯塔波沃的荒凉小站，死讯迅速传遍整个俄罗斯大地。正在意大利侨居的高尔基闻讯后抱头痛哭，仰天大叫："这真是晴天霹雳！"他事后说："我有生以来第一次哭得这样伤心，这样难受，这样厉害……是一种绝望的大哭。"整整一天，他都在为失去这个早年的精神之父而哭泣不止，感觉自己再次沦为了孤儿，被冷漠的人间抛弃。

与伟大的高尔基早年漫游大地的经历不同，少年的我被县城压抑窒息的环境牢牢束缚。在我的中学时代，除了几个要好的文学好友外，我没能从成人世界里获得多少正面影响，更没有遇到一个经验丰富的人指点迷津。在小县城，成人只关心世俗层面的事物，注重拓展精神格局的人十分稀有。聪明的人们围绕着吃穿、赚钱、升迁、拉关系展开活动,绞尽脑汁。在整个少年时期,我像一株野蛮生长的植物,独自徜徉在护城河畔,做一些不切实际的梦,性情敏感而脆弱,为微小的事物而烦恼。后来,因为体弱多病,我索性休学了,自此在父亲就职的县委分配的宿舍独居长达两年之久,直到北上服役才结束。

在那一段孤寂清冷的时光里,我畅游于俄罗斯文学浩瀚的海洋中,满脑子都是茂盛的森林、河流、湖泊、马车、雪橇、牧羊犬……我沉迷于露霞和冬妮娅眼中的冬天,而对现实的世界忽略不计。很快,我的反常行为惹来一片议论,有人甚至虚构故事,把黑状告到了父亲那里,父亲不问青红皂白,就对我施以严厉的责罚……事实上,除了见人爱搭不理,我没有伤害任何人。但在认知偏狭的县城,一个弱者即便只想好好地过自己的生活,也仍然会招来无端的挑剔和非议。记得在当时,我最渴望拥有一套隐身衣,需要时穿上它,可以在不喜欢的人面前消隐不见。

"人活着,要时刻想着与美好的物种相遇。"如今回忆,我庆幸自己当时的弱者身份,它让我远离人群,远离肤浅的自负与自恋,将身心一次次交给长夜的阅读。窗外北风呼号,大雪纷飞,院子里的枯树结满寒霜,而我偎依炉火,仿佛置身于一座幸福的花园。

经验证明,年龄是个好东西,它让时间的暗礁浮出水面,呈现出清晰的纹理。我庆幸,在内心贫瘠的土壤,早早地埋下了俄罗斯文学悲悯的种子,以及性格中诗与火的元素。其实,在本质上,是早早地与世间高贵的灵魂邂逅了,它们弥补了现实的诸多缺损,让我投身于洛扎诺夫式的隐居,用毕生精力来完成命定的写作。

如今,像一片缓缓飘落的树叶,在茂密的丛林中,我独自游荡于清澈的月光下。在仰望星空的刹那间,热爱并宽宥了世间的一切。

(载自《草原》2021年第5期)

游猎者的黄昏

阵雨过后，林中的空气一度凝固了，像置身于一个大蒸笼。暑气从树根部向上升腾，抱成一团弥漫四周，弄得整个森林都湿漉漉的，分不清是雨水还是露水。拨开丛丛灌木，我的短袖衫和头发被氤氲的气息洇湿，黏在身上有些不舒服，我索性把短袖衫脱下来拎在手中。光线渐暗，瞬间我的眼前一片模糊，像罩了一张蛛网，树丛中的小路有些泥泞，金花鼠在脚下不停穿梭。我急于寻找一片空地透口气，就朝天空明亮的地方行走，像一头黑熊那样跌跌撞撞，沾了一头花粉。

走出幽暗的迷宫，一束光线射来，我睁大眼睛，顿时被眼前的景象惊住了——平坦的草地上，一幢木板房出现在一片白桦树下，有点像传说中结构简陋的"木刻楞"。木屋外摆放着几只木桶，还有烧水炉、晒衣绳、劈柴桦等生活用具，我还听到了一阵叽叽咕咕的说话声伴随着扑咏的水声。目光穿越小白桦林，我看到白汪汪的一片水在晃动。这样的水域，密密麻麻地分布在白山一带，面积大的像小湖泊，小的像我故乡平原上的池塘，而当地人一律将其称之为"水泡子"。它们多半是百年前遗留下的火山坑，是大地肌肤上烫起的一个个"燎泡"。这时，我看到几个戴草帽的人正在岸边忙碌，有一个脸形瘦削的年轻人缓缓拉动渔网，很快把一团毛线似的渔网拉到了岸上，只见从网里流出几条活蹦乱跳的白鱼。

我意识到自己冒失地闯入了捕鱼人的幽闭领地，心里顿时泛起一阵忐忑和不安。他们的祖先曾经生活在高高的兴安岭山林，肩扛猎枪，大碗喝酒，大块吃肉，有过自己的骄傲，豪迈的笑声震荡山林，吓跑豺狼虎豹。自从二十世纪九十年代全面禁猎后，后辈们的生活天地便越发窄小，散布四周。族落里最后一位老猎人早已死去，那个在漫漫冬夜里喋喋不休地讲述从前的人没有了——他的坟墓就在林荫深处，被族人用木栅栏围住，并设置了一个小小的祭台。

如今，捕鱼人的活动区域也在日益减少，划分了季节和禁渔期。这是时代性的变迁，无可辩驳。总有一天，大地上的稀有物种将逐步被人类的法规保护，法规将细化到给一条野生的鱼和一只昆虫进行分类编号。

我一直对捕猎生活抱有强烈的好奇，觉得好玩儿，像做游戏。有一个美好的画面反复在梦境中出现，我记忆深刻：冰天雪地的极寒地带，一位老人乘坐一辆狗拉着的雪橇车，来到结冰的湖畔，用斧头砸开厚厚的冰层，将钓饵探入水中，只片刻光景即钓上一条又肥又大的鳜鱼，鳜鱼在冰层上打挺。之所以是一条鳜鱼而不是鲤鱼或鲢鱼，是因为有一年在松花湖畔，船主请我和友人吃了一次湖中的鳜鱼，鲜美的味道被舌尖记牢。鳜鱼别名"鳌花"，曾被唐代诗人张志和作《渔歌子》一诗称赞："西塞山前白鹭飞，桃花流水鳜鱼肥。青箬笠，绿蓑衣，斜风细雨不须归。"张诗中的渔翁，与我虚拟的雪季老者有所不同。我想象中的捕鱼老人在贝加尔湖畔，积雪覆盖的荒野冰河，或在炊烟上升的白山脚下。而且，他每天有节制地工作，只捕捞够吃一顿的鱼就乘雪橇回家，回到被木柴烘热的林间小屋。

事实上，走近捕鱼人的生活，才知道无论捕鱼还是狩猎都是十分艰辛甚至危险的劳作。那一天，当我打着赤膊出现在捕鱼人面前时，他们居然没有丝毫惊讶。瘦削的小伙子只是瞟了我一眼，就继续去忙活白天下在水沟的地笼了。见他们对我没抱有戒心和敌意，我放松了许多，便产生了探究一番的想法。我跟在瘦小伙身后，来到一条狭长的水沟旁边，一边主动帮助他起地笼子，一边套近乎攀谈起来。他果然是鄂伦春人的后裔，名叫白依图，早年他的祖先以猎野猪和驯鹿为生，到了他这一辈，就只能捕点鱼了。白依图告诉我，他的家族中有三人死于棕熊之手，其中有一位是他的小姑奶奶。鄂伦春族讲究辈分，将父亲称为阿玛，母亲叫额尼阿，姑奶奶则称为祖姑母。当时的祖姑母还没成年，整天在森林里玩耍，她在采蘑菇回家的路上迷了路，被一头迎面走来的棕熊扑倒，一篮子野蘑菇撒在地上。族人们连她的尸体都没有找，因为不可能找到。在森林里，这样的血腥事件随时都会发生，猎人一生的全部荣耀，是从捕杀动物的惨叫声中换来的，是命与命的较量。历史的怪圈表明，任何种群的繁衍，都难逃这个宿命般的路线图。

"那是一朵娇嫩的花儿呀。"白依图感慨他早夭的姑奶奶。我跟着嘘唏一番。

"大鱼越来越少了啊，时常忙活一天也没捕到几条鱼。"白依图的思维是跳跃式的，直接从几十年前拉回了现实。

"现在鱼是少了，连下雪天也少了，"我附和道，顺便安慰他，"我听青岛的渔民们说，大海里的鱼都少多了呢！"我告诉白依图，我来自青岛，那是一座海滨城市，我是一名来白山体验生活的作家。

白依图表情凝重，吸了吸鼻子，对我的话似乎没听见，也没对我这个外地人感觉好奇。"小鱼小虾就直接放生了，不值得捕捞。"他说。我猜测，这口吻应该和朝着屯子里的人说话一样。

我们就这样一边前言不搭后语地唠着，一边把地笼里的几条鱼倒出来，是几条鲫花鱼，个头不算大。我试图劝他转型做点别的营生。比如，去城里开一家餐馆。白依图似乎不为所动，嘴里嘟哝了一句："晚了。"一边说着，一边从怀里掏出一把贼亮的尖刀，麻利地豁开了一条鱼的肚子。

时隔不久，我听说白依图成亲了，找了个来白山打工的外乡姑娘。族人们依照鄂伦春民族的传统方式，给他办了个热热闹闹的婚礼。婚礼过后，白依图终于离开了绵延起伏的白山，一路向北，加入了乌苏里江的捕捞队。

（载自《草原》2021年第5期）

第二辑 森林响了一夜

在林间住多久合适

山林中的春天比平原要来得晚一个多月，甚至更久。转眼到了五月中旬，一早一晚的寒风，却依旧吹动着森林中顽强返青的树叶，空气中游动着一缕紫花地丁的苦香味。

半个月前，我从那家森林酒店搬出，来到位于河畔的木屋子居住。河畔木屋的条件比森林酒店差远了，但我想体验一下真正的林间生活，掌握第一手资料，不想贪图安逸。至于在这里住多久，完全由我自己说了算。

上午，我从普里什文那里学习怎样完成计划中的工作：喝一杯新煮的热咖啡，找一块阳光充足的空地，趴在树墩上做观察手记，记下几天来的所思，以及林中的发现和变化。下午我沿着河岸行走，用相机拍下各种植物的形态，除了乔木，更多的是贴着地面生长的花草：地锦、忍冬、葛藤、山荞麦，等等。

遇到雨天，我便穿上黑皮裤和高筒雨靴，沿着河流走得更远。来到一座古朴的村屯，这个村屯看上去干净整洁，土墙和烟囱散发出古老的农耕气韵。我站在一个老磨坊前拍照和记录，脚下是大片柔软的草甸，植物刺鼻的气味从那里冒出。

有一天，在迷蒙的雨雾里，一阵窸窣声自草甸那端响起，似乎整个山林都被惊起一阵微微的颤动。远远地，我看到一幢草苫遮盖的屋舍。在忽闪的光线里钻出一对男女，有三十来岁吧，像是一对夫妻。男人仅穿一件粗糙的布衫，女人生得雪白而水嫩，像一只丰满的大水萝卜。她的头上顶着一块雨布，双脚踩在一片软草里。这时候，我听到牲口棚里响起了两声牛的哞叫，像是在催促主人往石槽里添加草料。

但这对男女并没有理会牲口棚，而是径直来到磨坊边的一堆干草垛旁。他们从垛上扯下一小堆干草，然后将雨布展开铺在草上。不一会儿，一个小小的祭台便落成了，一切都做得十分娴熟，得心应手。雨布上摆了三炷香，一碟肉，几个苹果、一碟点心……男人和女人对视片刻，双膝跪倒，我听到一个粗犷的声音："大慈大悲的山神，让俺们的木耳、蘑菇、番薯和玉米，今年有个好的收成吧！"

接着，是女人在热烈地祷告："各路大仙，让俺快点生个儿子……"

这古朴的仪式大约进行了十多分钟，天空似乎在有意识地配合这场纯粹的民间祭典，唰唰地打了几道狂欢的闪电，隆隆的春雷滚过天际，在河岸上炸裂开来。顿时，岸上高高的美人松、毛白杨、水杉和岳桦林，在微风里频频垂首，响起哗哗的声音。

在山林中，类似的事情我还遇到过几起，让我感觉既新鲜有趣又好笑，内心涌起复杂的情绪，难以诉诸笔端。比如，一些山民迷信"黄大仙"，到了规定的日子给"大仙们"烧香磕头；有人以"出马"为职业，如果你迎着风雪游走乡里，一不小心就会碰上某个"出马仙"。

在山林中，一个人的夜晚比较难熬一些。风吹动着硕大的树冠，常常会有狼的叫声，苍凉而悲壮地滚下山来，夹杂着树声、雨声以及河水泛涨之声，落入木屋中——仿佛大自然集中了它的威力，要将这幢简陋的河畔木屋摧毁。

我倒在床榻上，冥思苦索，多半是一些杞人忧天的想法。对往事纠结的回忆像一把忧伤的古琴，在反复弹奏：生与死，对与错，爱与恨，宽容与懊悔，行走与停留……这些在匆忙的城市生活中难以触及与深入的命题。

世界上有些问题，其实是不易追究的，追究多了人会陷入可怕的玄想，星群会从夜空掉落下来，让人疯狂。有一年，一个静得出奇的夏夜，我与一位诗人朋友坐在黄土高原的沙堆上，曾目睹了星群在天幕悬挂的情景。它们像颗颗宝石，比平时的星星大出几倍，光亮充足，照亮了整个沃野。它们似乎近在咫尺，伸出手即可摸到它的温度。我的朋友原本是一位血性十足的倔强汉子，面对这样的情景竟忍不住号啕大哭起来，倒在我的怀中诉说人世的悲伤和委屈。他在事后回忆说当时完全像中了魔一般不能自持。而在经历了那个夏夜之后，他整个人变得温顺起来，有时羞怯得像个姑娘。

究竟是什么让人产生美丽的错觉？接连几夜，那种仿佛置身太空的不真实感又与我神秘相逢。有一刹那，突如其来的恐惧紧紧攫住了我的思维系统，脑子里转动着一个念头，那就是如果我睡着了就会在毫无知觉的情况下死去，届时连梦也会中止。而依照我目前的意志，当然是不想这么早早地死掉。在我的身边，已有太多的事例。比如，十几年前有一位朋友突然在一次煤气泄漏事件中不再醒来，致使他的诸多抱负都成了泡影。在十几个小时之前，那些宏伟的抱负他还曾向我一遍遍讲述，引发着我灵魂深处的不安与躁动。著作等身、荣誉、地位、金钱与爱情……而一股强大的外力使这美好的一切变成了残忍的结局。一个人，一张床，被上帝的一个呵欠轻轻地吹走，像吹走宇宙中的一粒飘尘。

接连几天，为了防止意外事件的发生，我往往会在夜半醒来，睁大眼睛，听着平时爱听的音乐，一遍又一遍。我插紧了门闩，又把窗子打开一条小小的缝隙，既可以防止野物入侵，又不至于因屋内的空气缺氧窒息。然而即便如此，在黎明时分，难以抵挡的困意还是降临了，它不由分说，把我按倒在和死亡的情形差不多的床榻上。

每一次从梦中醒来，我都为"还活着"这件事本身而暗自庆幸，为一出门即能看到一堆木柴上面缀满透明的露珠而惊喜不已。

尽管承受了许多担忧，在林子里也有遇到"邪性"事件的可能，但我却没有离开的念头。依照计划，我将在这里住到秋天来临。立秋之后，我打算去呼伦贝尔草原采风。在我看来，森林与草原就像一对孪生姊妹。从森林到草原的距离,只差一条公路。

  此刻,仰望巍峨伟岸的山顶,我知道真正的春天乘坐一辆马车来了——谁也阻挡不了她占领大地的脚步。半月前山脚下的积雪早已消失殆尽,冬天里枯死的茅草,在雨水的浸润中泛出大片鹅黄。四周原本空落寂寥的林间山野,忽然有了灵性:布谷鸟的叫声自远处传来,土壤变得松软,一种名叫"拉拉蛄"的昆虫,开始了最初的活动。这是一种害虫,整整一冬都居住在荞麦田里,吃荞麦苗根部的麦皮,这会伤及生长的稼禾。

  我知道,一场雨水过后,泥土中又会冒出一批会飞的昆虫,在空气中发出嗡嗡的鸣叫。青蛇会从蛰伏的洞中钻出来,在道路上留下爬行的印记。

(载自《草原》2021年第5期)

第二辑　森林响了一夜

缓慢的马车

在荒芜的林间空地上，一匹马立在一株枯树下，全身都是闪烁的白霜。它眼前的处境真是不太美妙——没有马厩和夜草。耳畔回响着风吹树木的呼啸声。木头制作的车轮已经陷入雪下的泥坑里。那是一个完美的陷阱，对马车夫来说，这一切发生得极其蹊跷而微妙，仿佛一场命中注定的安排。

"也许会有办法。"

起初，马车夫还抱有一丝希望，把手中的鞭子丢到车上，用肩膀的力气撑动车轮。折腾半天，出了一身汗水。马也出了一身汗水。尤其令他恐惧的是，他发现马嘤嘤地哭了，两行清泪顺眼角流下，像两条虫子。他心想这匹小马是第一次出远门，没见过什么世面。他心想如果小马的母亲没有死掉就好了。那个令人伤感的秋天哪。

他不由得拍了拍马背，小声嘀咕道："伙计，别着急……"马听了立即停止了哭泣，而他本人的心却完全乱了，不知所措。

在这样一个寒冷的夜晚，四周是一片积雪的荒野。村庄和小镇被远远地抛在了身后。那些平日里司空见惯的灯光，现在变成了稀有。马车夫哆嗦着手从怀里掏出一根火柴，企图将嘴里叼着的香烟点燃，可擦了半天也擦不出火。而平时，他总爱拿一根火柴往裤子上一蹭，只听嚓的一声，就腾起一团火花。他的裤腿上，经常留下一道道擦痕，散发出一丝丝硫黄的气味。

现在，火焰在一个人最需要它的时候，十分决绝地背叛了主人。无奈之下，他开始搜查马身，把马鞍取下仔细检查，低头去看马的肚子，甚至掀起马的尾巴，一股浓浓的动物的臊腥味提醒了他——他刚才的行为，是把一匹马当成了一个人。马成了他唯一的伙伴和朋友，马似乎也明白他们共同的处境，饥饿时马肚子也像人的肚子一样咕咕直叫。但它毕竟不能像人一样用语言表达。

唉……从哪里说起呢，七天七夜也不能说清他与动物们之间那神秘、动人而又莫测的纠葛。如果走在街上，一条狗崽会自动朝他跑来。他抱起金黄的狗崽像抱起一个孩子，哄逗着让狗说话。他说：叫，叫爹。狗的女主人听了，白他一眼，又撇撇嘴。他一点都不介意，哈哈笑着放下怀里的狗崽，摇摇晃晃地回到家，哐当一声将木门关严。

而他对马的感情极其复杂。有人无数次看到他把一匹马拴在马桩上，皮鞭高高扬起，雨点一样抽下。马的哀叫震荡四野，空气中弥漫着浓重的血腥气。人们不明白他为何这样对待自己心爱的家畜。按照世俗常理推测，如果你爱一个人或者一种动物，是不会施以责骂的，至少不会挥动残忍的皮鞭。

但事情往往不是这样，有的甚至不只用皮鞭，还用刀子的利刃。

我常常想：一个人的身体内蕴藏了无数的奥秘，有些事我们无法说清。它让我对所有的结论都产生深深的怀疑，同时更加自省与宽容。面对复杂的人性，我只能如此。

他用手摸摸马的体温，似乎比人的体温要高许多。再一摸，手上是一股潮湿的热流。马在尿尿。他忍不住想笑——这是一匹年轻的公马，还没有过交配的经验。

那天傍晚，他牵着自家的那匹母马回家，嘴里哼着小曲儿。一路上，马始终在流泪。他并不理会一匹马是什么感受，他只关心马通过交配是否能够成功受孕，为他生下一匹活蹦乱跳的马驹。

在秋天的稻草堆上，母马果然顺利地产下了一匹小公马，像他企盼的那般活泼可爱。它是疼痛的果实，火红火红。但母马在生产时受了寒，不久就死去了。他痛心疾首，一会儿搂着母马的尸体号啕大哭，一会儿又抱抱可怜的小马。

抬头望天，凄凉的秋天在落雨，整个田野淹没在一片白茫茫的汪洋中，坡地上最后一株葵花被雨点打蔫了。

再叙述一下马车夫的出村——从某种意义上分析，他的出村是庄严的，像某个婴儿的诞生一样，博得了一片喝彩。出村前他与村里人一一作别，见了谁都点头哈腰。人们问他："真要走啊？"他点头回答："嗯。在一个地方待腻了，出去干点事，"又说，"再不干就晚了……不能在村里待一辈子。"老人们听了，吧嗒着旱烟袋，没有搭腔。

消息传开，还是招来许多羡妒的目光。村子里一些比他更年轻的人，甚至产生了效仿之念，一时间他像个英雄一样闪亮。村子里有一些姑娘，没来由地暗送秋波。有一晚他刚睡下，窗棂上竟出现了一双黑葡萄似的眼睛。而在他看来，这双黑色的眼睛简直就是两个枪口啊。他用被子蒙了头，佯装酣睡。在那一刻，他完全被自己虚拟的幻影迷住，心想：要趁夜晚出发，不然就会被绊住了脚。

打定主意，他开始收拾行装，衣服打包，干粮入袋，草料入箱……把马牵到草场上，遛了一遍又一遍。应该说，他的准备工作做得不错。只是他没想到，马车沦陷之后，他发现所有的准备都没用上。仅有的一箱子草料，也在颠簸中丢失了。他又仔细检查，发现丢失的不只草料，还有自己的食物。还有其他一些用得着的东西，它们都在他打盹儿的十分钟内全部丢失，一件也没剩下。那可是他准备了多年的东西。

就这样，一辆满载梦想的马车飞出村庄，经过我居住的树林。但它不能按照预期的设想准时抵达黎明。

它要去的地方是一座城市，其实不过是一个虚幻的地方。一个梦想成为英雄的人，终归难逃平庸的命运。这就像是一个幼小的生命被投放世间，每走一步，路上都有预设的陷阱，密密麻麻，只有幸运的人才能绕开。甚至，一个经验丰富的人也不能逃过时间的设计。它的设计太完美。凭借生命的智慧，远远战胜不了它。在这一点上，一个站立的人和一只爬行的蚂蚁、一匹飞奔的马，在本质上没有任何区别，都在一点点朝目标接近，直到被一箭射中。如果暂时轮不到你，千万不要得意。

呼啸的北风里，那个深不可测的夜晚，我被一阵微弱的呼救声喊醒。

那辆守夜的马车停靠在林边的道路上，马车夫的躯体已经被严寒冻僵。后来，他在炉火的烘烤下渐渐恢复了知觉。在天亮后的整整一天，他望着死去的小公马，一句话也不说。最后依依不舍地把他的伙伴拖到河岸边去埋葬了。

当他从河边归来时，我无意间瞅了他一眼，惊讶地发现他的头发差不多全白了，两道眉毛也挂上了白霜。

唉，一个人真是不堪折磨，内心的风雪就这样瞬间堆积完成。

（原载《散文》月刊 2003 年第 10 期，《散文选刊》2004 年第 3 期转载，收入百花文艺出版社《散文 2003 年精选集》）

第二辑　森林响了一夜

一株躺在地上的树木

我在林间发现了一株仰面倒地的树木，它像一个死去的人一样全身发黑。我当时被吓了一大跳。从情形上看，它不像是用斧头或铁锯毁坏的。在断茬处有明显粘连的痕迹，粗糙的木茬上挂着一条蛇蜕的皮。我睃视四周，空空的野地上，人迹罕至。初春的风使积雪渐渐消融，可这里仍然看不到一串脚印。

记得，入冬以后，几只野鹿曾经蹦蹦跳跳地来河边喝水，但河水已经结冰。它们用蹄子敲击着僵硬的冰面，敲了半天，最后失望地离去。

不知怎的，我脑子里突然就涌出这样一句话："春天来了，绿色即将覆盖广袤的科尔沁草原。"

这个句子不知出处，它完全是我潜意识里的一闪之念。像我小时候牵着一条狗在野地里游荡，狗东嗅西嗅，突然从地上嗅出一朵萝卜花。金黄色，像南方的油菜花一样灿烂。

狗眨眨眼，一脸惊奇。

还有一阵子，我的脑海里时常冒出一个莫名其妙的民间词汇，叫"毛尔盖"。我不知道它是什么玩意儿，大概是很早以前读过的外国小说里的词。但它却奇怪地让我联想到茫茫的暴风雪和冰凌垂挂的屋檐，地窖，奄奄一息的汽灯，疾驶而过的小火车，以及某个外国老人的酒糟鼻。

我蹲下身来，仔细辨认，发现这株碗口粗的树木差不多已经枯朽。我甚至无法猜测它属于哪种乔木，叫什么名字，是不是曾经开花结果，

101

枝繁叶茂，欢快地承接过阳光和雨露。我只知道它远远没有长高长大，它是一株还年轻的树，它不像我见过的一些老人那样衰老。

是的，在我走过的任何一个地方，我都看到了一些老得不能再老的人。雪白的胡子在风中飘动，牙齿早已掉光，有的则仅剩下一颗，像一个顽强抵抗的标志引发我心底的无限悲酸。我想如果我活到那个份上，我一定会毫不犹豫地把嘴里的最后一颗牙齿拔掉，厌恶地扔到一丛荒草里。

在我看来，它的使命已经完成。它美丽过了。

人的最后一颗牙齿，是何等孤独。眼看着它的弟兄一个又一个地先后离去，而它却还尴尬地存活在一张衰老的嘴巴里，形同虚设。那张嘴巴像一幢四面透风的屋子。人的最后一颗牙齿没有活泼分明的四季，只有北风呼啸的冬天，一直冷到牙根。

多年前，我曾有过一次在风雪之夜迷路的经历。为了壮胆和呼唤行人，我大张着嘴巴喘息、奔跑，甚至呼救，后来终于在一个土丘前遇到一个年迈的老妇人。她像个巫婆一样出现在风雪中的瞬间，我竟忽略了本能的恐惧，倒是她害怕得要命，以为遇到了打劫的匪徒。

"啊——"

她衰弱的胸腔里发出一阵类似风声的呜咽，手中的电棒滚落在地。事后我才知道，她在那个风雪夜听到了死去多年的老伴儿在叫她的小名：翠菊——翠菊——一声紧似一声，比落雪的声音更急。于是她披衣下炕，来到一座荒坟前烧纸钱，一边流泪一边诉说。她固执地相信自己的听觉没错。多少年了啊，她相信与沉睡地下的老伴儿只有一窗之隔，从来都是。只要他愿意，伸一把手就能拉她入怀。可怜的老人哪，只为一座荒凉的坟头而活在人间，形单影只。我当时泪流满面，搀扶着她走向茅屋。我觉得她瘦弱的身躯像一只纸做的灯笼，有随时飞离地面的危险。

那样一个神秘莫测的夜晚，老人把我带进她那土坯垒砌的住所，一盏油灯映亮一张慈祥的笑颜。她把我拉到一堆柴火旁边，说："孩儿，快，暖暖脚。"当一碗热面端到我面前的时候，我才感到自己满嘴的牙齿已经像一排冰柱，嘴根本无法合拢。我急忙把碗放在一边，拼命掩饰着某种不适。我烤了好一阵火之后才敢举起竹筷。

我害怕我的牙齿会在滚烫的面汤里一颗颗地粉碎，化掉。我害怕自己在吃过一碗面之后就迅速变成一个老人。我甚至暗暗地设想了一个荒唐的场景：我踏着满地的霜雪回家，当我的妻子看到一个满头白发的人出现在防盗门的猫眼儿里时，她会断然拒绝为一个黑夜的过客开门。

我看到那些老人在冬日寒冷的大地上，吃力地行走在生命最后的斜坡上，每迈出一步都像一场艰苦卓绝的战争。如果你离他们近些，就能听到一种骨关节在吱嘎磨损的声音。那是时间对生命的成功试验。

这声音还让我想起一辆陈旧的牛车，或者半截埋在地下的木头，想起我死去多年的祖父的骨灰。

每逢这个时候，我就在猜测这些老人的心里究竟在想些什么，他们年轻时的激情哪里去了。一把岁月的镰刀呼啸而至，收割了所有的往事。从此他们变得迟钝麻木，唠唠叨叨。据我观察，只有极少数的老人眼睛里始终喷射着智慧的火花，瞳仁保持了珍贵的清澈，那是湖水徜徉在花岗岩中的清澈。

但却无论如何，也挣脱不掉肉体的枷锁。我觉得，有时它真是太沉重了，负载着太多的欲望和物质。

这片位于河畔的森林离村子很远，远得只能看到一片乳白色的炊烟。我坐在河岸上抽烟，想象着那个村子里沉闷的生活：熏黑的土墙，被稻草温暖着的狗崽，女人在昏黄的光晕里哺乳婴儿。劳碌了一年的农具挂在房梁上，闪着哀伤的光焰。它们被利用过，像人的牙齿一样，有许多豁口。但它们不会像野草一样随春风再生。

现在，我久久地端详着这株躺倒在大地上的树木，最终认定了这样一个事实：为了避免衰老的结局，它果断地拒绝了成长。借助风雨雷电的威力，它的愿望可以通神。一株年轻的树，死了也就死了，它有权力这么做。其他的树木也不会说什么。

春天，森林会准时为天下浪荡的酒鬼和过客开门。

（原载《青年文学》2003年第9期，收入中国文联出版社《2003年我最喜爱的中国散文100篇》）

林间消息

绳子上的路

我想去看看山上屋，那里住着我的好兄弟。我想去感受弯弯的山路，像重新体验一次人生的沟沟坎坎，艰难起伏。让时间的罡风变成一根鞭子，抽打出所有被湮灭的记忆，往日的片段历历在目，呈现出清晰的影像。昨天，我们约好了。他说："哥啊，上山的路太难走，你还是不要去了吧？不要不要，我看你腿脚不好是不是？"我点头说："前年痛风，腿做了个小手术，还没痊愈，但无大碍。"

他告诉我，他从春节后开始修路，天晴时修，刮风的日子里修，有月光的晚上修。他修了整整六个月零七天，把沙土用麻袋收好和上水泥，把石头打磨得平整光滑。他一个人在大太阳底下干活，苦咸的汗水流到嘴里。一镢头一镢头地刨，一锨一锨地铲。他在大树下焚香磕头，还供了水果、煎饼和羊肉馅儿的饺子，心里默默地祈祷山神保佑他把路修好。他最大的梦想是把路修结实点，人在上山时轻快些，慢慢地再把路加宽，让汽车开上山顶，从车窗上呼啦啦地探出一面彩旗。啊，那是怎样美好的情景哟！

"到了六月底，好歹我修好了几段路，用脚踩上去的感觉别提有多幸福了！但当天夜里就下了一场大暴雨，我当时正做着一个稀奇古怪的梦，梦见山脚下聚满了人群，人们举着火把对我吆喝呼喊，西路，西路，山贼来啦，山贼来啦。我一激灵从床上爬了起来，听到满山轰隆隆的打雷声，闪电唰唰地照亮了木窗棂。当一记炸雷劈下，门后的水缸在颤抖，水从缸里扑出来，一只老鼠从炕上跳下，吓得吱吱哀叫，瞪大眼睛瞅着我。我心想，坏了，我的路！我的路！我顾不得披上一件衣服就冲出了门，嘴里啊啊大叫着，一口气跑了二里路，来到我白天刚修好的路段，寻找一块块的砖瓦。却看见巨大的水流像火山喷发，呼啸的岩浆从天而降，甩动着愤怒的尾巴，把路面瞬间掀翻冲垮。唉，就这样，我修了整整半年的路终归也没抵得住夏天的一场暴雨。哥啊，老天爷的力量太强大了。暴雨把路冲垮了，把石头冲到了谷底，把几棵大树连根拔起，我喂养的几头黑猪被活活淹死。一连三天，我一个人待在山上不吃不喝，心里的委屈像山上泛涨的山洪。"

说到这里，我的兄弟眼睛里有了泪光，嘴唇微颤，有多少故事隐藏其间，多少不为人知的辛酸在肠胃中像酒一样翻滚，像火一样蹿腾。于是，我有意岔开话题，说我们聊点别的吧，聊点山上有趣的事儿。比如，山上的野物：野兔、山鸡、狍子、野獾、松鼠、刺猬、狐狸……还有狼。

我问他："山上还有狼吗？"他说："有哩有哩。"

我不想让他的泪水当着众人流出来，刹不住车。我搂着兄弟结实的肩膀，像哄一个大孩子那样安慰他。我看到他其实一脸福相——长着一双明亮的眼睛，宽宽的额头，鼻梁笔挺，两只耳垂又大又好看。红红的脸膛，利落的寸发。而且，他说的话每一句都那么质朴，没有城里人的"弯弯绕"。

我说：好兄弟，有话我们到山上慢慢说。世上的好东西很多，多得数不过来，需要耐着性子咀嚼，没必要一口气吃完。我们盘腿坐在石碾子上，打开话匣。我知道你的日子寂寥，除了山上的树，世界上的人已经读不懂你。其实，是许多人已经不配。许多人走着走着就丢了自己，那个自大的夜郎内心空虚而荒凉，没有了方向。兄弟，而你拥有偌大一片山林，你比那些冷漠自私的人骄傲；兄弟，你属于树的家族，你的家族本身，便是大地和山川的骄傲，是森林的骄傲。夏天，你戴着草帽巡山，所有的小动物都跟在你身后奔跑，鸟儿在你头顶鸣叫。

在时光面前，一座山有一座山的骄傲，一株草有一株草的骄傲。而人生苦短，你的骄傲比它们更多。

明儿个我们要做一回快乐的"山大王"，杀一头青山羊，煮一锅黑猪头肉，猪肝、猪心、猪尾巴；宰一只笨得不识数的草鸡，温一壶热酒，啃煎饼卷咸鱼大葱，再加点辣椒下饭。任外面的世界喧嚣浮躁，争名夺利，而山林在古朴的月光下庄重明亮、寂静安详。瞧吧，这是那条通往山顶的路，也是我们兄弟内心连接通往温暖的路。

我想起作家卡夫卡，他说过一句名言："道路是一条绳索。"这条从山上而来的路是一条绷紧在绳子上的路，它细细长长，紧紧地拴住了兄弟的一生。

一些石头被鞋子磨光

黎明来临，霞光在树梢上升起，像崭新又好看的绸缎，水汽从沼泽地里冒出来，林中散发出好闻的气息。到处湿漉漉的，草尖上挂满的露珠，被鞋子踢落。他肩扛一支老猎枪，独自一人，还没隐退的星星在树叶间朝他眨眼，只有一条大黄狗是他的伙伴。从这一刻起，他开始了护林员的一天。护林员的一天，是用脚步丈量的一天，鞋子磨穿了一双又一双。年岁在增，而山上的石头依然坚硬。有一些石头被鞋子磨得又光又亮，在深黑的夜里听得懂他的心事。

空气凛冽，山风呜呜作响。巡山，防火，种植，开垦，给每棵生长的树木取个名字，做个标记。美丽的编号从零开始，抵达未知与无限。他痛恨伐木者从后山潜入林间，用一根电锯把未成年的树木拦腰斩断，把他的编号从中隔断，让完美的序列中少了一棵树，就像整齐的队列中少了一个人。山脚下有一条滚滚流淌的小河，黑心的伐木者趁月黑风高，攀上山林，盗伐名贵的树种，让伐倒的树木顺河漂走，去赚黑心的钱。

醒来吧，伐木者。

那时候他还小，刚刚从父亲手里接过护林员的接力棒。头一天，父亲带着他巡山，手把手地传授技艺。父亲表情严肃，半时脾气很火爆，像山一样沉默寡言，但那一天却滔滔不绝地向他说了那么多，那么多，以至于中午刚刚喝掉了一瓶烈酒的父亲，嘴里很快就没了酒气。它随话语蒸发掉了，在父亲严肃的表情里飘散。

开始，他认真地听着父亲的唠叨，甚至极力压抑着内心的兴奋。他为一个即将存在的事实而兴奋：从这一刻起，他长大了，成了一名国有林场的工人。他在林子里出生，在林里长大，对山上的一切都那么熟悉。然而，当整座山林从此属于他一个人时，异样的幸福还是爬上了眉梢。但整整一天结束了，迎着夕阳收工，森林披上了庄重的夜色，他竟然感觉到一种莫名的恐惧。

站在空荡荡的林间，他有点不寒而栗。

果然时隔不久，他就和几个伐木者发生了争执。那几个人是山下村子里的二流子，早早地瞄上了山里的核桃木和椰榆树，但都被他在瞭望哨台上发现了。那些人猫着腰出现在望远镜中，个个蹑手蹑脚，贼头贼脑，少年的他不知深浅，提着猎枪就冲了过去。那些阴险狡诈的人支支吾吾，但很快镇定下来，谎称家里有人病了，来山上拔点草药，还说与他的父亲是老朋友，他们没有别的意思。

他挠挠头，明知道其中有猫腻，却又找不到破绽。

后来的冲突，是因为他发现少了三棵皂角树，并且无意中发现了树的去向——被卖到了山里的别墅区，那是城里人的休闲度假地。树身上有他记下的编号，经过打问，很快明了是谁干的了，此后便暗暗地记住了那个偷树的人。终于有一天，他下山到小卖部购买够吃几个月的油盐酱醋，以及毛巾、牙刷和针线包，很巧合地碰到了那个人。那个人剃着光头，脖颈上绕着一根明晃晃的镀金链子，胳膊上的刺青是一条蟒蛇，背上是一头花豹。兄弟自幼在山上长大，初生牛犊不怕虎，见到他像见到了一个仇人，上去就揪住了那个人的衣领子，说："还我的皂角树！"那个人愣怔片刻，凶相毕露，一边破口大骂，一边大声呼喊，很快招来十几个同伙。他们你一脚我一拳，把兄弟打翻在地，打得鼻青脸肿，父亲闻讯后及时赶来，那些人才佯装无事地离开。

从此，兄弟的胸口又多了一道闪电样的疤，红色的伤在皮肉，深深的疼在心里。

伐木者，醒来吧！

如今，多少年过去，他已经成长为一名不折不扣的汉子，名字让盗伐者闻风丧胆。长年的劳作让他体魄强健，他一顿饭能吃下十张麦子面的煎饼，喝三碗野菜粉丝胡辣汤，再吃半盆猪下货和一碗辣椒酱。时常，他正吃着饭，听到山上有异常的响声，他抓起三只大包子就朝山顶跑去，那条叫"黑虎"的狗会忠诚地跑到前头。

他能用眼睛看出林子的微小变化，耳朵能分辨出风声、鸟声和锯声。他能从百里之外闻到山火的气味。

时常，他用一只手转动石磨像转动岁月的唱片。更多的石头被他的鞋子磨光。

山上屋

我要去山上屋看看，听听风吹树叶的响声和泉水流淌的声音；伸出缺乏钙质的手掌，摸一摸树身上的疤痕和泪痕。我要抱住一棵最粗壮的树，贴上滚烫的脸颊，听一听树的心脏在怎样怦怦地跳动，感受着岁月的沧桑、年轮的滚动和青草的呼吸。

我要举着火把，沿着石径和林中空地，一棵树一棵树地寻找。每一棵树都在讲述一个长长的故事；每一棵树的身上，都隐藏着一个神秘的洞穴，里面住着松鼠、山雀子和树懒；而野獾在灌木丛中奔忙穿梭，争食鸟儿们产下的蛋。

在想象中，林间幽寂，鸟鸣四起，云雾缭绕；是诗人的乌托邦和桃花源，关上木屋的门，就把烦恼关在了时间之外。漫山遍野的杜鹃花在春天叫喊，世界弥漫着树木的清香，风把护林员的消息一点点向外传递。

　　在想象中，寒冷的冬天大雪封山，白茫茫的积雪铺到山脚下，山下的人们拾柴烧火，守着黑漆漆的灶台度日。孩子们在雪地里追逐嬉戏，钻麦秸垛和空石屋，或者用箩筐去捉雪地上觅食的麻雀。

　　而事实上，到了山顶后才知道山上屋并不神秘，用石头垒砌而成的院落干干净净，厨房在东侧，墙洞里供奉着泥塑灶王爷。被烟熏黑的灶台，被火燎暗的岁月。三间北屋中央，供奉着五代先人的画像，他们是兄弟的祖先，一代代的护林人死在山上。屋后的柏树林里，依次排列着爷爷们的坟，奶奶们的坟。将来，父亲也要埋在这里，兄弟也要埋在这里。

　　我看见坟地里有一排高大的柏树，柏树上的乌鸦呜哇聒噪，石碑和碎瓦被风吹动，花朵与青草一同环绕着幽静的墓园，壁虎在石缝中躲藏。我知道这些柏树已经生长千年，在它们面前我羞愧如一名无知的幼儿。我向这些伟大的柏树致敬，我向柏树下长眠的人致敬。这时候，我望一眼兄弟，他黝黑的脸膛上汗水流淌，双目炯炯，陷入沉思。恍惚间我把他看成一脉燃烧的香火，像麦秸一样明亮，像月光一样忧伤。但他还能延续这个护林家族的神话吗？他开始像父亲一样沉默，他今年四十岁，头发里已经有了灰烬的颜色。按照乡下的风俗，他早婚早育，在他四十岁时女儿出嫁，嫁到了山下。小儿子刚满五岁，他不敢断言儿子会接替他，有一个和他一样的未来。

　　他太知道护林人的孤独与凄苦，一个人在山中，一待就是一生。五百元的月薪补贴，仅够买两双鞋子，穿到第二个月鞋底就穿孔了。十年前的五百元，是数不完的数，而现在的五百元，是五张薄薄的纸片。

　　秋天，山上的野果挂满枝头，怎么吃都吃不完。山上不知名的花朵美到了极致，它们在风中张开嘴巴，似乎想说什么，他把脸贴上去聆听，聆听，听了半天才知道它们都不能发出声音。它们永远说不出人的语言。他对五岁的儿子说："儿子，你知道一个人在林子里转悠，需要和另一个人说说话，拉拉家常。在黄昏，在泉边，在每一株寂寞的山楂树下。树寂寞了会开花结果，鸟寂寞了会在枝头歌唱，人寂寞了却只能默默忍受。

"儿子，你现在还太小，只知道快乐地玩耍，即便玩耍时不小心被石块绊倒，磕破了额头，也只是哇哇地哭几声，然后又继续快乐地玩耍。白天你手持弹弓追赶麻雀，夜晚你怀抱木枪含笑睡眠。儿子，你快乐地朝前跑去，还不懂得一生的含义。一生就是一辈子，而人，只活一生。死亡如灯灭，人不会有第二个人生。"

在这幢山上屋里，凝聚着众多祖先的魂魄和气息。它们穿越时空，化作了山的影子和树的形象，给他的肉体注入能量，无数次在风雨交加的天气护佑他平安回家。

太阳落山，昏暗的光线下，他把猎枪放在屋后。一个熟悉的画面让他差点流出眼泪：妻子从山下回来了，低着头，刘海颤动，眼睛忽闪，粗粗的辫子乌黑发亮，她把新劈的木柴填进灶膛。

野蜂和水磨坊的歌

娘说："三个孩子都生在山上，脐带都是俺自己剪断的，剪了脐带，又拿线绳系上孩子的肚脐，这个孩子就算生完了。如今，大闺女早出嫁了，嫁到了后山；大儿子不想当护林员，到山下开了个木匠铺，做家具，打棺材，早已结婚成家。你兄弟最小，生他时难产，从破羊水到他出生，用了整整一天的时间。他爹在一边，插不上手，俺说你把剪子用火烧一烧，再沾上酒精消毒，帮俺把脐带剪了吧。他爹这辈子啊，不怕狼，不惧虎，遇到山贼能追打一百里以外，可手拿着剪刀却瑟瑟地发抖，全身出汗，一咬牙，一跺脚，就是不敢下剪子。俺就鼓励他，你个笨蛋，大笨蛋，剪呀，快剪呀，闭上眼，咔嚓一下子就成了。他听了俺的话，竟把剪刀扔下，出了门，跑山上转悠去了。俺一个人，剪断了脐带，身子虚脱得翻不过身，血从炕沿流到了地上。后来，俺听说，城里的女人生孩子要提前住进医院，请专门的护理伺候月子，娇贵得这不能动，那不敢摸。哎呀呀，俺可没有那样的命，在生产的第二天，俺就下了地，戴上个包头巾，到厨房烧了一锅水，腌了一缸萝卜咸菜，蒸了一笼屉荠菜馏。"

从此，森林里多了一个生灵，像栗子树上多了一片叶子，山顶上多了一颗星，夜夜唱着野蜂和水磨坊的歌。聪慧、羞涩、内向、善良、多情，像个性情温柔的小姑娘。他一睁眼看到了扑哧作响的油灯，老鼠从柜子上跳过来偷吃灯油。油灯产生的黑烟呛了老鼠的眼珠子，它伸出爪子挠啊挠。

屋顶黑黑，石板光滑，草在白露里枯萎。他开始蹒跚学步，认识了山草的灰，春天采花的野蜂，夏天夜空的弯月，山中的积水塘。一根草绳挂在门框上燃烧，那是爷爷和父亲用长烟杆吸烟的火源。他能准确地在乱石堆中找到一块火镰石，节省下几盒火柴钱。

他知道通往泉水的路，野蘑菇的集合地，苔藓的秘密住所，知道松蛾和木耳躲在哪里，他与山鸡和松鼠捉迷藏。一天结束了，他带着一些豆类植物去山下寻找水磨坊。

暴风雪的回忆

雪是从中午下起的，刚开始天上还有太阳呢，老天爷也挺爱耍弄人的。再聪明的人也不会想到这场雪会下得那么大，一下就是七天七夜。

父亲在树下仰起脸，看到太阳似乎很脏，黄不拉叽地挂在天上，看着看着，突然间就不见了。父亲身边的水杉树，冻在枝上的冰溜子在碎裂，像一只玻璃瓶子在往下掉玻璃碴，还发出阵阵嘎嘎的响声。他意识到风来了，整个森林在颤抖，空气在凝结，山下响起一片狗叫声。呜哩哇啦，呜哩哇啦，像是在撕咬。树干在摇晃，各种声响交替出现，有钻磨的声响，树枝断裂的声响，风吹山洞的声响，枯草被连根拔起的声响。

巡山回来的父亲又累又饿，脚底站不稳，像是要飞起来，娘一把将他拉进屋里。哎呀呀,风雪顺着门跟进来,屋顶也跟着唰唰地落尘土。门被吹得叮当作响,用手根本捉不住它,父亲和娘齐心协力,拿两根木杠子把门顶上。门仍在响,门外像有一头野猪在拱,拱得人心慌。

风一刮就刹不住车,雪一下就是七天七夜。天浑黄浑黄,整座山成了冰山。

娘说:"一开始我们躲在屋子里不出门,听着窗外的风呜呜叫,雪顺着门缝钻进来,俺找了一些破棉花头,把门缝和墙缝都塞严,不让风溜进来。那时候孩子还在吃奶,俺点着了柴火,烧热了土炕,又给孩子喂奶。他爹像似中了鬼风邪,躺在炕那头一个劲地咳嗽。俺从橱柜里找出自己碾的草药,给他服了下去,他才慢慢消停。不瞒你说,俺在山上待了一辈子,俺是半个大夫哩!那时候山上的条件太差了,人生了病没办法,你不能躺炕上等死啊!俺就每天捧着本《本草纲目》,对照着找山上的草药给自己治病。俺识不得多少字,硬是花了几年功夫,把《本草纲目》学了一遍又一遍,背下许多救命的偏方,这可帮了俺的大忙了,要不然俺得死好几回。那一年夏天,俺婆婆还活着,一家人吃完凉面在风凉地里拉呱,婆婆听了笑话就哈哈地笑,这一笑不当紧,把嘴巴子笑掉下来喽!婆婆立马笑不出声了,疼得流眼泪,从嘴里向外吹风,嘟囔着:'这可咋好,这可咋好哩!'他爹要跑到山下叫医生,可上山下山打个来回得两三个钟头,再者说了,黑灯瞎火的谁愿意跟你上山?天黑上山可险着哪,有些山贼趁夜摸黑来伐木,把命搭上了好几条!俺说娘,莫怕,你忍着点,俺来给你装上吧。俺用左手按住婆婆的头,右手托住她的嘴巴子,一用劲,只听吧嗒一声响,俺就把婆婆的嘴巴子挂上了!哈哈。

"哎,打岔了,俺接着说那场雪。

"大雪在第八天停了下来,雪厚得像一面墙,有两个人接起来那么高。刀子一样的山风生生地剜碎了人的心,大雪像一张布告严实地封住了院门,全家人使出吃奶的力气都推不开。

"大雪彻底隔绝了下山的路,我们在第十天断了粮,吃掉了最后一张煎饼和最后一块地瓜。米缸空空，菜窖结冰，除了雪，山上能吃的东西都被吃得精光：榆树的皮，茅草的根，石碾下漏落的玉米粒和豆角秧……眼前是白茫茫的雪，看不见山下的村庄和人影，牛车和木桩。

"我们知道，最艰难的日子已经开始。它们比碾盘沉重，像一页厚厚的日历，很难翻过去。孩子们开始陆续生病，闺女发起了高烧，大小子拉不出屎蛋，你兄弟出了一身红麻疹。

"祸不单行，要血命的事件也接连发生。一天早晨，天色还灰蒙蒙的，俺被门外一阵乱哄哄的声音吵醒。俺一听别提多激动啦，以为是山下的救援来了呢。只听见门外有人在咯咯地笑，像死去多年的二姑的笑，像北坡的光棍儿汉子李大裤衩的笑。过了一会儿，又听见有人在呜呜地哭，像死去多年的王寡妇夜里的哭，像那年南洼里张铁匠遭火灾后的哭——呜哩哇啦，呜哩哇啦，呜哩哇啦。

"这时候，他爹的一句话提醒了俺：'是狼群！'

"他爹说完这句话，全家人的脸都变了色，眼前一片漆漆黑，紧接着是孩子们在炕头上哭起来。天啊天啊，要血命了哟。你想啊，遇到这么大的暴风雪，狼也饿得没食了哩！它们嗅觉灵敏，顺着人的呼吸就能走上门来。哪怕你躲在地下，埋在雪里，只要还有一丝呼吸，狼也能找到。俺急忙给菩萨上香，可火柴潮湿得擦不出火，用掉了整整一盒火柴也没顶用，最后总算用火镰石打着了火。俺就给菩萨像扑通一声跪下，说：'大慈大悲的菩萨啊，求求您保佑俺的孩子不让饿狼给吃了。从清朝嘉庆年间起，俺祖辈们就在这山上护林了，俺世世代代都在这里护林看山。每天祭拜山神，俺一家老小没做过一件坏事，平日里积德行善，眼不红，心不亏，心术正，气也顺，俺爱惜自个儿，也顾及别人。大慈大悲的菩萨啊，如果您觉着俺不中用了，就让饿狼把俺吃了吧，求求您，把俺这三个没成年的孩子留下……让他们顺利地长大，好继续看山护林，为民造福，为国家效力。让这山结结实实，让这树高耸云天，让大雪融化，让太阳出来。让山下的人送来食物，保住俺全家老小的命。'

"俺磕头作揖地求菩萨，眼泪流了足足半脸盆。他爹过来拉起了我，轻描淡写地说：'别哭诉啦，人家走了，是一群义狼！'他爹朝手上哈口气，又说，'狼也知道远亲不如近邻哩。'

"后来，俺提着心尖尖出门，在雪窝里看到一片狼蹄子印。鸡窝里的鸡好好的，那头黑猪还在猪圈里睡觉。这些家畜，原指望凭它们卖钱换粮，换回一些山下的物品。后来，我们攒了些力气，宰了鸡，杀了猪，度过了雪灾的难关。"

娘说，平日里，在山路上遇到狼是件很平常的事，她多次与一只狼擦肩而过，狼不会主动袭击人。在那一刻，哪怕你心里很惧怕，也不要表露出来，最好的办法是你装着没看到它，淡定地离开。如果你慌张地逃跑，狼就会追上去，把你扑倒。

春天的大红盖头

"春天里，百花香，柳妮被俺娶到了高山上；高高的树，陡峭的岭，柳妮要跟俺过暖暖的一生。"

那一年，山脚下的路边开满了花，雨蒙蒙的气息从深土里钻出来，空气中游荡着刺鼻的树根味。

黑键子牛拉着一辆白蜡材质的木轮车，车上坐着黑黑的柳妮。黑黑的柳妮呀，有一双黑黑的眼睛，头顶上的红盖头像火苗一样耀眼地燃烧。

春天山中的夜里，游荡着暗色的气流，有一股烙饼的香味吹进了鼻孔。黑黑的夜里，伸手不见五指的短长，兄弟听到一些动物在深草和树洞里翻身咳嗽，啄食松果，石头在空气中噼噼啪啪地开花。

兄弟说，那一年，电还没通到山上，走夜路时很容易一脚踩空。他背着一袋粮食上山，被夜游的恶鸟抓了一下脸，就这样，他一脚踩到了谷溪下，躺在谷底看星星，流水潺潺溅湿了他的衣裳。他昏迷中感觉有一只黑熊在舔他的脸，事后知道是被爹和大哥抬到了镇上的卫生院。

那时候柳妮才十七岁，缀了学，在卫生院做临时护十，这注定是他们今生的缘分。你说说，人世间的事情奇怪不奇怪，为什么有些事情看起来是个天大的坏事，而到最后却变成了好事？比如，他和柳妮，假如他不受伤住进卫生院，她怎么能成为他的媳妇？她怎么会心甘情愿地一辈子陪他在山上受穷？这难道就是所谓的缘分？要不然，还真不好解释哩。

几年里，有多少媒婆带着山下的姑娘来到山上，兄弟陪着她们聊天，做最好的饭菜，满足她们对山上生活的各种好奇心。她们说说笑笑，指着核桃树问这问那，指着栀子花说出心里的欢喜。但最终，没有一个姑娘愿意留下。她们怕山上的野兽，怕山上的黑咕隆咚，看不到电视，更没有电脑上网的线……现成的理由有一大堆，说白了其实就一条，她们忍受不了山上漫长的寂寞。这寂寞不是一个月，也不是一年两年，而是整整一生。

兄弟知道，外面的世界多热闹啊，远处不说了，单说这山上山下，就是冰火两重天。兄弟的同学有的开矿，有的养鱼养蚕，有的进了外企，有的靠贩运物流成了腰缠几千万的老板，最不济也是去城里打工，一个月能赚到他半年的钱。整个向阳中学，就他一个人每天像小耗子一样守望着一片山林，像一块沉默的石头。他是这山林的一部分，是它的影子和骨头。闲暇里，他蹲在山坡上抽苦闷的烟，喝一瓶烈性白酒，嘴里都没有感到一丝辣味。

现在好了，有了柳妮，兄弟的心一下子踏实了。

天呐，恋爱真好哩！平日里兄弟一见到山下的女生就发烧脸红，柳妮是头一个挨着他走路的女生。他带着她逛遍了林中的角角落落，几乎肩膀擦着肩膀，手指头碰着手指头，那感觉真是奇妙无比呀。

那一天，兄弟带着柳妮在林子里走啊走，大大的林子仿佛走不到头。满地都是野花和绿草，蜜蜂嘤嘤地围着他们飞，山中的溪水在哗哗地流，树上的叶子好像一瞬间就绿了。山上的一切都是有灵性的，泉水猜到了兄弟的心理活动，它会绕开那些荆棘丛和乱石块，兄弟走到哪里它就跟到哪里。活泼的水流像一匹小马，撒着欢儿向前奔跑，里面映着兄弟和柳妮并肩散步的倒影。那一刻，兄弟心里头那个美哟，感觉自己像个王子呢，而柳妮就是电影里的那个高贵的公主。太阳落山，黄昏来临，林子里升起浓重的水汽，他们在一片空地上点燃篝火，品尝野兔的肉，享受着爱情的甜蜜。

兄弟带着柳妮，去坟地认祖归宗，给祖宗送去在阴间永远花不完的纸钱；兄弟领着她熟悉前山和后山的路，认识毛栗子和银杏的叶子，记住天竺葵和木槿的花期；兄弟没钱买城里人时兴的订婚金戒指，只送给了她一把屋门的黄铜钥匙。

过了四月，山上的积雪彻底地融化了，山顶上露出了绿色的笑容。柳妮就坐上一顶大红花轿，被吹吹打打地抬上了山，在红红的烛影里，做了兄弟娇羞的新娘。

大喜的日子，山上山下都聚满了人，热闹得像是一家子。这情景兄弟只在山里的集市上见过，只在电影电视里见过。爆竹声里，人们抬着吉祥如意的匾，担着十几屉食盒和几坛酒，扛着拔光毛的猪头、牛头和羊头，举着庆贺的对联，敲锣打鼓，撒下一路的大红喜帖。

松树课

哦，是这样的，兄弟和柳妮早早地取好了名字：女儿叫云，儿子叫根。他们的孩子就要出生，到人间来上一堂松树的课。他们人生的第一份玩具，注定是一片树叶或一个核桃。

从此，柳妮在清晨为兄弟打开柴门，迎面扑来的林间香气让兄弟头晕。离开温暖的巢，枕边的气味，被子的余温，兄弟必须沐浴着八点半的阳光准时出门。春天的早晨，他是被各种声音吵醒的，山雀子的声音婉转亮丽，啄木鸟梆梆地敲打着树干，有时一只动物和另一只动物在追逐、嬉戏和吵闹。

在深深的雨夜，风吹着沙沙的树叶，似乎山上有千军万马在厮杀。兄弟一个激灵醒来，叫醒睡熟的柳妮，披上一件父亲留下的蓑衣，提着一盏防风马灯，一走就是两三个钟头，几十里山路被抛在身后。他看见柳妮的衣裳被雨水打湿了，他的双脚沾满了泥浆，泥水印下两双相爱的脚窝。他们的日子朴素单纯，没有争吵，没有嫉妒，没有世间的争风吃醋，平静得像石头掉进了夜里。

到了夏天，森林里挂满亮晶晶的雨珠，蜘蛛在阳光下忙着织网，他们听到满耳朵的蛙声，水蟑螂在树上爬行，天牛虫在草间不停地铡掉植物多余的枝蔓。有一段时间，柳妮回娘家到山下去了，她有点害怕蛇，还有点讨厌夏天山上的蚊虫，还有点想那个窗棂上贴了剪纸的家。

那时候父亲和母亲已经搬到山下，他们在山上劳作了一生，落下一身的病，父亲患了中风已经瘫痪；而母亲，得了很严重的关节炎。山上虽然有山上的好，但从前没有通电，晚上到处黑咕隆咚，湿气还像毒蛇一样侵入了他们的身体。

柳妮走后，兄弟每天早早醒来，到山尖上看夏季的日出，回来的路上打一篮草，喂饱栅栏里的山羊。暴雨过后，阳光及时出来，天蓝得像一块青花布，山头被洗亮，石头洁净圆润，火炬树结出了簇簇红穗头，树下的芝麻开出了新花。每天，兄弟收拾屋子，晾晒潮湿的被子，晾晒捂了一冬的粮食。他一边默默地做着这些，一边回忆一些往事，想着想着，眼前就涌现出一些画面，眼里就不由自主地有了泪花。

这一天，他正回忆着往事，柳妮回来了。从山下到山上，她已经成为一个真正的女人，历练着人生的风霜雨雪。她已经幸福地怀孕，即将成为一个未来护林人的母亲。

秋天是山中最惬意的日子，树上缀满了熟透的果实，轻轻一晃就落满山坡。大地上的颜色层次分明，姹紫嫣红。丰收的喜讯传遍山下，一个热闹的季节已经开始。采摘果实的人们聚到山脚下，丰收的果实装满了马车、牛车和毛驴车，人们心满意足，在收获的季节享受欢乐的时光。蛐蛐的叫声里，埋藏秋天的瓮，蕴藏着一切幸福的秘密和妖娆。

兄弟看到一车车的苹果、核桃和板栗被运下山去。

当冬天来临，他们的孩子已经出生。她出生的那一刻，下了一天的雪突然停下，太阳很及时地出来，照着山上屋，以及屋顶上忙碌的烟囱。接生婆从昨晚就开始忙碌，他们的女儿在林间的早晨出生。属于她的一生已经开始，而兄弟注定与山体一同老去。山上每一个生动的画面和细节，被刀子镌刻过的岩石，淬火的时光，像树根一样盘进记忆，但兄弟注定带不走它们。

兄弟的儿女们，他们降临在山上，一睁眼看见了什么？注定是一株高高的树，它参天入云，树身上写满了风留下的字，枝头间缀满了坚实饱满的果实。

兄弟在小屋门外徘徊，等待妻子分娩。当听到嘹亮的啼哭声时，母亲走出来，手里拿着沾着血的剪刀让兄弟端热水，兄弟泪流满面。在那一刻，兄弟的人生在承受碎裂，一盏小小的松油灯在心口窝点燃。

于是，他坐下来，让泪水缓缓流淌，去与另一滴泪水汇合。

（原载《剑南文学》当代作家专号秋卷，获"道融民舟"杯《剑南文学》杂志2012年度好作品奖一等奖）

第三辑 运草车

青草籽

　　从天祝草原归来，我的裤腿和袜子上沾了许多星星点点的草籽。我小心地把这些草籽摘下来，数了数，一共三十六颗，全部是金黄色，它们闪耀着古朴的光泽，似乎带有灵性。

　　我把这三十六颗青草籽放到鼻尖上嗅，一丝微甜的气味迅速进入鼻腔，刺激得眼睛亮了一下，眉头皱了一下。草籽的气味让我瞬间返回天祝草原——先是一轮大月亮照耀着美人峰，然后是一朵云栖落在天堂寺的一角瓦檐上。

　　而我努力回忆着这些活蹦乱跳的草籽们，是怎么跑到我的裤腿上来的。它们不多不少，刚好三十六颗，这和与我人生的某个转折点相关的数字神秘契合。说真的，我有点迷信这个数字。多年以前，沿着这个数字的脉络，我的命运走向改变了，如沿着故乡的河流走向凄迷开阔的远方。

　　我把这三十六颗带有某种暗示的草籽装入一个透明的瓶子里，和一本常读的枕边书放到一起——等同于和我内心最珍视的物事放在一起，观察着草籽们在瓶子内的变化。

　　我听到雨声像急促的鼓点，在天祝草原的上空盘旋飘落，那是命运赶路的声音吗？

　　那一天，阳光原本很好，把整个草原照得辽阔，青草婆娑不止，草籽叮当作响。我们一群人走着走着，忽然仰头看到一片黑云从乌鞘岭顶端飞来。起初，大家还以为是一只硕大的苍鹰呢，只见它越飞越低，像一架轰炸机，一眨眼的工夫草原上就扑啦扑啦地落雨了。这是一场毫无准备的雨，一场斩钉截铁没有商量余地的雨。

情急之下，大家急忙躲进了路边牧民的帐篷。牧民一家十分好客，一番忙碌后，端上了热气腾腾的酥油茶，我们捧在手里，每人一杯。很快，人们喝上了醇香的土酒，吃着煮好的羊羔肉开始唱歌跳舞。几天来，从内地到草原，大家都由一只只羞怯的小绵羊变成了豪放的白牦牛，这是地理环境对人的改变。

雨声密集，砰砰地敲打帐篷，草原上响着鼓声，响着阵阵吵吵嚷嚷的声音。天色渐渐变黑，像一张朦胧的黑白照片。

在热闹中，我悄悄离开人群，掀开门帘，走出帐篷。外面是阔大的草原，远山和羊群统统被笼罩在淅淅沥沥的雨雾中，雨水也毫不客气地打湿了我的脸、头发和衣服。但我还是能看清周围的景物：遍地野花，芨芨草高过膝盖，还有车前子和牛蒡。花草们似乎很高兴，张开双臂迎接雨珠的降临，整个草原嘻嘻哈哈地笑了。我在雨中也龇牙笑了。紧接着雨停了，然后阳光唰地一下就出来了。

黑漆漆的草原恢复了明亮，一架彩虹出现在两座远山之间，像一个大光圈。我想，跨过这道彩虹门，能看到众神的狂欢，还是酒徒的盛宴？

帐篷在我的身后，门前不远处，有一只大大的黑铁锅，灶下的木柴快被雨水浇灭了，冒出一缕潮湿的烟。锅灶下，是三个血淋淋的羊头。听人说，天祝草原的牧民嫌拾掇羊头麻烦，索性当废物丢掉，东一只西一只，丢得远远的，留给那些在深夜觅食的野狼。野狼们吃了新鲜的羊头肉，会向牧人的帐篷投去平静的一瞥，目光里的杀气暗淡了许多。万物有灵，再生猛的动物也有温驯的一面。牧人用这种古老的方式，与野兽保持可控的安全距离。

"羊脸肉很好吃呢，"我心里嘀咕，"在内地，一个羊头卖一百多元。"

但这里是草原，牧民们不稀罕。牧民们稀罕什么呢？人嘛。没错，一年四季，他们难得见到同类，用一生的时间放养牛羊，满眼是一望无际的绿色，耳边响着风声、雨声，以及远山呼啸、河流沸腾之声。常常，牧人在草原深处一边好好地放羊，一边吹着口哨。暴风雨突如其来，使整个草原陷入骚动，瞬息变成一片汪洋。扔掉皮鞭，无处躲藏的牧民只能抱紧一只老羊抵御恐惧，企图从一只老羊的身上汲取温暖和力量，否则会被冻僵，成为草原上一根直挺挺的木桩。

大自然将牧民的命运置于一场又一场严峻的考验之中。急流险滩或雷电夹击，让他们学会坚韧，在风雨中挺立，然后再迎接上天赐予的丰厚奖赏——肥沃的花野和大地的乳汁。

我早就听说，天祝草原肥得流油，抓一把土放到手里，会闻到浓烈的糌粑香味。

入秋以后，草野渐黄，忙碌了一年的牧民们清闲下来。他们会换上新衣，穿戴整齐地串亲访友，带上珍藏的青稞酒和奶酪，从一个藏包到另一个藏包，赶着马车，迎着阳光，载歌载舞。这一刻，草原陷入无边的静谧，大地一片金黄。

秋天，草籽在阳光下饱满成熟。旅人在发光的草原小路行走，会听到周围响起一阵奇怪的啪啪声。起初，以为是各种昆虫发出的振翅欲飞的响声——从一株草飞向另一株草。草是昆虫永远的故乡。

但仔细倾听，才发现自己错了，其实，是草籽在季节的催促下发生了爆裂。

爆裂后的草籽被阵风吹向天空，尾随着云朵飞翔，像夜空的彩弹，全面盛开。最终羽毛般落入草原广袤的泥土，被土质的颗粒掩埋，又经过季节的发酵，躲过马蹄的践踏和群鸟的追踪，长成来年春天的一簇簇新草。

草籽是整个草原的精魂，只有牧人才能听得懂它在深夜爆响的含义。

（原载《山东文学》2020年第2期，《散文海外版》2020年第8期转载）

第三辑 运草车

大露珠

不等太阳出来，一滴大颗粒的露珠便翻转身体，早早地出现在草芒上。在它的身后，紧跟着一串小颗粒的露珠，排列整齐，个个玲珑剔透，叮咚作响，把整个草原从酣睡中摇醒，及时发布一些有关节气、时令和日光的信息。

很久以前，因为草原上的露珠通体透明而无杂质，人们便传说它是布道神灵的化身，其真实身份是一位无所不晓的仙者，上知天文，下通地理。它乘一朵七彩云下凡，降落在一片开花的荞麦地，潜伏在荞麦花蕊中。露珠通过荞麦吸饱了天地的精气，而后缓缓进入更广阔的草原深处。在草原上搭起帐篷，白天为迷路的行人指明方向，夜晚在草尖上遁形为露。

它有水的外形，光的灵魂，诗人的激情顽皮和哲学家的安详内敛。它比灶膛里的柴草更加无私，纯粹到随时可以彻底消失，不留下一点灰烬。这是一滴露珠传达给人类的最宝贵的品质。

在它的身边，是牧民的马匹，羊群和一辆木轮车；夕阳西下，苍凉的藏歌自远山飘荡，而露珠隐藏在空气里，人们感受不到它的存在。露珠用灵性四射的目光望着草原上一年四季的变化，日出日落，大雨倾盆，洪水滚滚，植物的生长和动物的繁衍，以及牧民在草原中度过的光阴，孤寂里的悲欢，失落中的收获。

事实上，一滴露珠完美地充当了牧民生活的参与者和记录者。像人类的各种劳作一样，它们每天早早醒来，开始一天的忙碌，从一片草叶到另一片草叶，从一座野岭到另一座野岭，露珠煽动着一双小小的翅膀，可真够辛苦的。它们记下羊在草原上的第一声咩叫，记下阳光洒在草尖上的瞬间，记下寒夜里炭火燃烧的时间，记下炉子上的水沸腾的温度。

我想起小时候，在故乡村头的篱笆上，从一根牵牛花藤的叶子上发现了一滴大颗粒的露珠，它通体闪光，远远地吸引着我和伙伴们的眼球。我们放下割草的镰刀，小心翼翼地走近，但又生怕惊动了它，以至于在用手触摸它的时候心惊肉跳，屏住了呼吸。然而，当我们打算将它从草叶上取下来时，它奇怪地滴落在水塘里，似乎发出一声巨大的响动，然后迅速遁入水的宁静，一圈圈涟漪也迅疾消失。而恰恰在这一瞬间，它点燃了美，启发了美——露珠用自己的消失给每一位乡村儿童上了平生第一节美学课。

像春天的麦地被惊雷唤醒，它用牺牲的代价给予天真的乡村儿童最早的启蒙教育：让他们早早懂得，人活一世，除了骨骼，还需拥有一颗柔软之心，因为世界上暴戾的人太多，人类眼下的生活太苟且、太粗糙了。而在它消失的地方，神奇地出现了一只天牛和一只蝈蝈，它们喝饱了露珠，正惬意地抖动着两根胡须。

自那以后，我们知道露珠是天下昆虫的乳娘。

当然，内心柔软的露珠并非没有锋芒和性格，它有石头般坚硬的原则，在遇到不公和欺辱时，它会不顾一切地维护大地上日渐稀少的公正。平日里，露珠是个极护犊子的乳娘，它见不得强者欺负弱小。比如，它在看到一头牦牛欺负一只羊的时候，就会果断出手，给牛致命的一击，这股力量是极其强大的。牛被突如其来的袭击打蒙了，受了惊吓，迅速发出一声哞叫，撒开四蹄在草原上狂奔起来。一路上，被牛踢落的所有露珠瞬间变成了无数锋利的小刀，寒光一闪，把它的腿伤得血肉模糊。终于，它跑不动了，倒在草地上大口喘气。

在天祝草原，一只牦牛受了伤是一件了不得的大事情。因为，这里是白牦牛唯一生活的地方。如果你在别处看到了一只白牦牛，那一定是在天祝草原上出生，长大后找了婆家，嫁到了更远更高的草原地带。比如，青海或西藏。如果是一只公牦牛，那一定是到远方走亲戚去了，乘坐一辆马车，穿越茫茫草原和祁连山白色的雪线，去看望它们的舅舅和外祖母。

依照世俗的层面来看，白牦牛浑身都是宝哩！肉可以食用，做成牛肉干和牛排，牛毛可以加工成毛绒毯和围巾，牛皮可以制作皮衣和靴子。牧民们在新年时穿上皮衣和大皮靴子，咯吱咯吱地走在雪地上的样子，是相当威风的。至于白牦牛奶，是牛奶中的极品，营养价值丰富不说，口感也更加香甜。剩下的是牦牛的角、骨头和牛蹄，它们稀有珍贵，可以做成梳子、乐器、佛珠等与当地人的生活密切相关的物什。

在天祝草原，人们精心饲养着这些能给他们带来金钱财富的牲口。除了青草，还喂它们盐巴之类的，以便让它们在成长的过程中不出毛病，不缺乏营养，顺顺利利地长得膘肥体壮。

为了把一群白牦牛养大，牧民们可谓煞费苦心。夏天宁肯自己在大太阳下暴晒，也要把牦牛赶到山坡的阴凉处放养，因为牦牛怕热。这一号称"高原之舟"的特殊物种，远远看上去，它们矗立在高原刺骨的冷风里，排列整齐，像一个个披着抖篷的斗士，不可一世，舍我其谁。

然而，在这个如火如荼的秋天，整个草原都知道有一只凶猛的牦牛受伤了。人们在相互传递这个消息，连深草丛中的野兔、黄鼠狼、蜥蜴和小蚱蜢都在议论这件事。

只有草尖上的露珠知道是怎么一回事，它像个做了错事的孩子，蹲伏在草丛间默不作声。

人们无论如何不会想到，是这滴柔软的露珠，把气吞山河的牦牛咬了一口——这是一向自负的牦牛终生记取的教训和疼。自此，它与草原上的万物击掌，拥抱，欢呼，干杯，达成了和解……

（原载《山东文学》2020年第2期，《散文海外版》2020年第8期转载）

草尖上的信使

在天祝草原，流传着一个很广泛的说法：蜘蛛是上天派来的信使。蜘蛛有大小之分，颜色也分黑红黄白等多种。据说，它们有明确的分工——黑蜘蛛负责结网，守株待兔，捕食闯入网中的猎物，飞虫、豆娘或者一只小蜜蜂。按照法布尔的说法："蜘蛛什么时候出来攻击猎物，完全要看网什么时候振动。"由此可见，长期以来，蜘蛛们已经积累了丰富的捕食经验，它们在地球上生存下去应该不成问题。

而为人类充当信使的，则是一种体形灵巧的小蜘蛛，通体为红色。由于它们摆脱了蛛网的束缚，可以在天地间自由驰骋，上天入地，轻盈灵动，只需沿着一根闪闪发亮的细线攀缘上升，就可踏上喜讯的天梯。其实，它们传达信息的方式并无特别之处，它们从来不声张，甚至悄无声息地进行，不刻意制造半点动静——只要你的目光接触到它们，它们就算完成了使命。一旦一桩喜讯传达完成，它们会很快消失，继续向远方的人们接力式传递，仿佛它们身上携带了上天的密札。可以说，在整个天祝草原，从早到晚，蜘蛛是最忙碌的一位，每天都忙得"大汗淋漓"，乐不可支。

它们提前传递的信息，准确率几乎达到百分之百，完全是在沉默的语境下完成一项繁重的工作。

恰恰相反，那些有声音的生物反而不是真正的信使。比如，在树杈上日夜嘶叫的金蝉，一天到晚发出"知了知了"的聒噪声，广告做得轰轰烈烈，摆出一副天下大事全知尽知的阵势。事后验证，它们其实什么都不知道，只配让人当野味烧烤了吃掉。

犹记得遥远的夏天，在我的故乡鲁西平原，在天空下过一场小雨之后，余晖映照着黄昏幽暗的树林，三三两两地聚满了捉蝉的孩子们。他们手拿搪瓷缸和一把小铁铲，把隐藏在地下或爬到树上的金蝉捉到缸子里，每晚都有所斩获。当时，日子贫苦，金蝉是乡村餐桌上的一道美食。这种肉质鲜美、味道纯正的昆虫，曾被我在作品中多次提及，因为它的存在，让我的童年有了一份收获捕捉的别样体验，幸福而欣悦。当捉了满满一缸子蝉虫时，那一晚会兴奋得难以入眠，望着窗外的月亮发呆，直到困意彻底袭来。成年后我去了远方，才知道异乡的人们很多不知道这道美味，面对餐桌上的一盘油炸金蝉，他们迟疑不决，拒绝下箸，有人甚至呈现一脸错愕之状。见此情景，我忍不住一阵窃喜，义不容辞地把一盘金蝉揽在眼前独食，脑海里顿时浮现出故乡的模样：雨后，荒僻的乡野，池塘或林间空地，一群饥饿的孩子在寻觅……多年之后，我知道一只蝉卵要度过三年炼狱般的地下孕育期，然后穿越黑暗钻出地表。蜕变后它们以树汁为食，开始在树枝上独唱，直到夏天结束，它们在树枝上死去，变成一只干枯的黑色标本，连透明的羽翅也枯烂半边。

较之蜘蛛，蝉虫空有一双可以在天空翱翔的羽翼，智力和情商都较为低下。日夜无规律任性的鸣叫也让人由最初的新鲜感转变为厌烦感，真是白白浪费了一副上天赐予的好嗓音。这一点，它们应该向蝈蝈取经学习，低调适度地歌吟，有分寸感地接近人类，顺利完成在人世间的使命，秋后安然入葬，在草丛筑起墓园。

望着餐桌上瓷盘里焦黄的油炸金蝉，我时常做如是遐想：难道在地下修炼的三年，那黑暗中度过的时光，就这么白白地浪费了吗？没有答案，只有窗棂上的星星眨着诡奇的眼。这让我联想到鱼龙混杂的人间，岁月与苦难会煅造出一批勇者和智者，让他们将过往的苦难转化成智慧，但我们往往会失望地发现一个不争的事实：如此出类拔萃的生命是多么稀有啊！它不但需要非凡的毅力与艰苦的等待，还需要学会对内心柔软部位进行极度保护——像一只池塘中的莲藕守身如玉，从污泥中安然抽身。因此，在严酷的现实生活中，我们看到更多的，是那些被苦难挤压变形扭曲的灵魂：许多人历经沧桑，佝偻前行，目光混浊错乱游移，已经找不到思维的方向。一炉上好的钢水，冶炼冷却之后，呈现给世界的竟是一堆废渣。

剩下的时光，只能被动地等待，连同那未转化成财富和经验的一笔苦难。这何其悲哀。

而天祝草原上的蜘蛛就不同了，它们目标精准，毫不犹豫，毫不迟疑。此刻，它们正以飞快的速度穿越草尖、风雨、光芒、云雾和露。据不完全统计，一只蜘蛛在一年中传达的信息多达四五百条，这在"信息创造价值"的当下，蜘蛛对草原及其牧民的贡献不可低估，它们以辛苦的奔走换来草原开花结穗的丰饶。

截至目前，对于蜘蛛的工作，如果让我提一点不足，尚需改进之处，那就是建议其在报喜的同时，尽快增加报忧的项目。因为在偌大的草原上，防范天灾和野兽的侵扰依然形势严峻和十分重要。

现实的日子里，我本人经常与小小的蜘蛛狭路相逢，它们有让人瞬间转忧为喜的超强本领。往往，它们的出现很蹊跷，充满了命运神秘的暗示和小小的仪式感。比如，它们会莫名其妙地出现在一本正在翻开的书页里——这给人造成一个强烈的错觉，仿佛它提前知晓了你要打开这一本书，而它们藏匿其中等候你手指的触摸已经很久。再比如，它们会突然出现在你的手掌上，仿佛从天而降，施展出迷人的幻术，在你的手背上留下一丝微痒；更多的时候，它们出现在书案上、电脑屏幕上、炉火边，以及野外散步的路上、池塘的灌木枝上、野荆芥上……每当我的目光与这小小的灵物相遇，我都会对之报以友好的一笑，然后让它们在我久久的注目礼中远遁消失。

芦花瑟瑟，秋野茫茫。

它们的影子消失之后，我呆愣在原地，脑海里幻化出一块硕大幽蓝的天幕，上面镶嵌着一张大大的蛛网。网上演绎的是宇宙间另一维度的游戏，网线细致明亮，经纬纵横交织，关系错综复杂，隐藏着神灵亲手设计的谜语。

（原载《山东文学》2020年第2期，《散文海外版》2020年第8期转载）

第三辑　运草车

天堂寺的白云

在天堂寺屋顶的右上方，栖落着一团静止的白云。说比棉花白有点俗，用雪来比喻已够不上级别——最后，我找了一个饶舌的说法："白得没有杂质，像白本身。"

据我在旅途中偶遇的藏族诗人央金介绍："这朵白云在天堂寺上方挂着，一千多年了。"这是我头一次听到有人如此表述一朵云，好像这朵云自唐朝起就停留在那里，成为天堂寺变迁的见证。央金是当地小有名气的诗人，我想这是诗人才有的想象。但她表情认真，语气平静，说一朵云像说自家的亲戚。

一路上，她向我讲述天祝的风物、历史和人文；讲述她在松山古城度过的童年岁月。夜晚，土墙上空有一轮明晃晃的月亮，把荒凉的古城照得通明，芨芨草的芒穗闪闪发亮。蛐蛐在寒夜深处悲鸣，伴随着古城内稀奇古怪的声音。年幼的她，时常在夜半听到阵阵厮杀声，那是古城兵士训练场上的声音，随大漠的风自宋代传来，在古城上空萦绕，这是历史苍凉的回音。除了芨芨草，我在古城内看到的，还有散落破败的土屋子。我闻到了木栏羊圈散发的阵阵羊粪味。央金说，古城上空的月亮都被羊粪熏得摇摇晃晃，像喝醉了酒，泼洒下来的月光都是块状的。

小时候，她经常跟随父亲到天堂寺朝拜。从古城出发，需要起个大早。因为去天堂寺的路好远，要穿越一片草原和大片火红的藜麦地，越过一座土疙瘩似的山丘，踩响遍地的石头，再走几十里乡路，直到眼前出现汹涌澎湃的大通河。站在古老的桥头歇下脚，抬头看一眼，远处就是矗立在白云中的天堂寺了。

每每看到天堂寺浮动在云霞里的影子，寺瓦镶着庄严明亮的金边，父亲便长长地吁出一口气，摸摸心口窝，嘴里念念有词，拉起她的手到大通河里沐面净手。把吹拂了一路的小脸蛋洗干净，再去天堂寺朝拜。

在她的印象中，天堂寺里始终涌动着前来朝拜的信众，他们或手摇经筒，磕着长头，或泪流满面。奇怪的是，他们经过一番朝拜后，似乎转忧为喜，一切生活中的不如意都得到化解，一脸轻松地走了——一批人走了，又有新的一批人来……年年，月月，日复一日，络绎不绝。

信众们经过一番朝拜和祈祷，卸下心里淤积的悲苦，现实日子的重负与琐碎，像河流疏通了血管，恢复了流畅的通道。

自那时起，年幼的央金就发现了天堂寺右上方的一角，始终栖落着一朵静止的白云，远看像莲花，近观像拂尘。当然，刮风下雨时它是隐去的，人们用肉眼看不到它，但只要天晴了，它就霎时悬挂在天空，太阳耀眼而夺目，照亮了天堂寺的周围。在信众们眼里，这朵云是佛的住所，或者就是佛本身。自从有天堂寺那天起，云就在这里了，用神灵的眼睛注视着天堂寺，注视着那些身着紫红色袈裟的僧人，注视着来来往往的信众与香客，注视着寺院内一株生长了五百余年的紫檀树，注视着叶片上滚动的雨滴和觅食的飞鸟。

在天堂寺，僧人的日子是清苦的。他们每天早早起床，先是把寺院打扫得干干净净，然后开始一天的诵经功课，手不释卷，盘腿打坐，坐成一幅唐卡。他们时常一日吃两餐，钵里是没有一滴油腥的饭菜，并且与故乡彻底告别，与生养的父母不再来往，终生侍奉佛事，直至最终在寺院圆寂。

当地人说：如果天堂太远，就去天堂寺吧。

而央金对我说，比较之下，她不是个虔诚的信众，甚至连居士都谈不上。因为她还牵挂着的俗世里的一切，在心里丝丝缕缕地怎么也割不断。即便是在朝拜时，眼前还晃动着她养育的羊群和牦牛，脑中还预期着今年的收成，制定着来年的规划，浮现着古城内削了一茬的茇茇草穗和刺碱蓬，临行前晾晒在绳子上的棉被，还有她新构思的一首没有写完的诗……瞧，她有太多世俗的眷恋与羁绊，怎么能做一个虔诚的信众呢。

一年一度秋风至，马车在草原的寒露下穿梭，半个车轮又陷在了泥水里。牧人们一边歌唱，一边开始忙碌的收割与挖掘。而央金又行走在空旷的原野上，去天堂寺，给那朵圣洁的云献上雪白的哈达。

她之所以每月都来朝拜天堂寺，就是想看一眼天堂寺右上角的白云，让目光与这朵云相对。云知晓人世间的一切，能够扫净她内心的蒙尘。

（原载《山东文学》2020年第2期，《散文海外版》2020年第8期转载）

羊的往事

雨后的青草随风起舞，洁白的羊群像从天空落下的云朵。而在羊群经过的地方，乌拉盖草原上开花的小路渐次闪开，一直通往土色的村庄。一个个伫立在草场上的草垛，像一幅美丽的俄罗斯风景画。入冬以后，大雪覆盖了所有的草垛，麻雀喧闹，黑狗撒欢。这时，某一户人家的栅门咿呀而开，从里面走出一位脸蛋红红的少女，头巾也是红的，她踩着积雪咯吱咯吱地走向草垛，从上面搂下一抱青草，青草已经干透了，但芬芳的气味却留了下来。

她抱来青草正是为了喂羊。此刻，羊们已经被关进圈里了，羊毛已经被剪过两茬，有一次拿到集市上卖了，有一次是给巴音爷爷续了棉袄。巴音爷爷穿着它，到草场尽头的小屋里与人饮酒下棋，享受着冬闲的自在。而她喂饱了羊，到纺车前纺线，又到茶炊前做奶茶，直到天色渐暗，雪地在村子四周闪着白光。妈妈催她睡觉，说明天还要早起，到草里翻捡遗落的土豆。她却说羊还在叫，羊不睡，她也睡不着哩。雪住了，她出去看看，天上出月亮了没有……她出门去，踩了一脚泥，来到羊圈，抱住小羊亲个不停。

许多年过去了，这个遥远的像空气一样缥缈的画面，为什么仍固执地不肯在记忆中消失？这是我对乌拉盖的记忆。积雪茫茫，月光浩荡。我描述的这个蒙古族女孩名叫灯芭，全名娜仁其其格·灯芭，是我的一个拜把子妹妹。在我八岁时离开草原之前，她突然害了一场大病，当年春天就死去了。由于她对羊的喜爱，草原上的人们在安葬她时特意扎了两只纸羊陪她。那一天，她养的十五只羊悲鸣大作，人们听了，泪流如注。如果灯芭妹妹活到今天，一定会拥有一个属于自己的牧场，她是我今生遇到的真正热爱羊类的人。据说，灯芭妹妹就是喝了羊奶才成活的，她懂事很早，大概在心里把羊看成了自己的母亲。那时候，即便日子再贫穷，长年吃不上肉沫沫，人们也不会轻易杀生。

离开草原后我回到了位于鲁西平原的故乡沙河镇，和爷爷住在一个名叫沙黄金的村庄里。可是我的心，却日日夜夜地惦念着乌拉盖草原。

那时候，再贫穷的乡村家家也都会养几只羊，人们养羊的目的也比较淳朴，因为羊比较好养活。只是平原上的羊和乌拉盖草原上的羊大不相同，像两个物种。我小时候，沙黄金村里的人很少吃羊肉，可能是吃不习惯吧，偶尔在过年时吃上一次，也觉得羊肉膻气，吃不来这个味道。沙黄金的人过日子精细，鸡用来下蛋，牛用来耕田，驴用来拉磨，马用来拉车，羊用来剪羊毛做毯子和围巾。

我本人是在二十多岁后才开始吃羊肉的，在此之前，一概拒绝。有一年，一位同事请我到他家喝了一次羊汤，自此把我拉下了水。每吃一次羊肉，我都觉得又犯罪了一次，发誓不再吃了，但这样的发誓像某人戒烟一样可笑。作家阿城曾描述过一个细节：每当他看到满载着羊的货车自内蒙古自治区开来，都会犯心绞痛，觉得羊十分无辜。但他本人恰恰最爱食羊肉，并熟悉羊肉的各种吃法。

造物主不公，羊不像鹿一样住在深山老林躲避人类的视线，羊不像大熊猫一样稀有享受保护待遇，羊不像狗一样守门护院摇尾乞怜，羊也不像狐狸一样狡猾洞悉人性。羊昼行草野夜归圈栏，目标太大，这是羊的命运与局限。

冬天，大雪封门，羊却不能安睡片刻。当人类面对这种善良可爱的动物时，确应自省人性的罪孽与丑陋。今天，在月光照耀的乌拉盖，我又听到羊群咩咩的叫声，它们在炊烟弥漫的草场上游荡，引领我迷蒙的双眼找到泉水，找到牧人的帐篷，却再也找不到我的灯芭妹妹的坟墓。

（载自《散文百家》2020 年第 8 期）

雪夜温暖

　　那时候的乌拉盖，刮风天特别多，大雪一下就是几天几夜。牧民们都躲在土屋里，听草原上的动静。

　　到处都黑黑的，毡门开了，闪过一道光线，事后知道它来自墙壁上的马灯。马灯被一根火柴点燃，渐渐地开成一朵灯花，把整个屋子映得灰黄。听得的声音，类似于从鼻息间发出的喊嚓声。有人嘀咕："嘀，出来了，是个带把儿的小家伙。"

　　一阵欢喜掠过，喜气像一只小地鼠，透过毡门钻出去，屋子外便也有了声音。原来院子里木桩一样站着的，不是一两个人，而是一群人。还有家畜在跟着骚动，牛在反刍，驴抖了抖蹄子，马喷了喷响鼻，狗伸了伸舌头，而羊群依然在木栏内假寐。

　　那时草原上的人们，淳朴得像一株株草。这就是对一个新生儿，最隆重的迎接。不一会儿，在这家的门前便挑起一根木杆，悬挂着一块红布和一盏灯笼，这是向过路的牧人报喜。

　　风雪在土屋上空打转，屋顶覆满白色的雪，把寒夜的草原映得更黑，更辽阔。有一阵儿，天居然放晴了，几颗隐约的星子出现在静谧的天幕，风一吹，就会落下一颗流星，落到黑夜里，再也无法打捞。有谁知道流星的去向？多年后人们知道，它们全落在了一个黑黑的时辰，像梦一样幽深。而牧民们的眼睛是奇亮的，从小就习惯了在黑夜里劳作。反正草原就是一张大毯子，闭着眼睛也撞不到墙上。

　　从土屋走出来一个头戴狗皮帽子的人，他步履蹒跚地沿着屋后的粪坑，到结冰的乌拉河给刚出生的小孙子捕鱼。他已经上了年岁，胡子都白了，身上还背着草篓和鱼叉。路当然是不好走，到处黑咕隆咚，牧民们说,再亮的眼睛也有没电的时候。雪在脚下发出声音,把路全覆盖了,但他幸福的样子,像醉酒的汉子一样,全身荡漾,脚底绵软,仿佛一不小心就会从大地上飘走。他一边走一边自言自语:"嗯,老天有眼呐……"其实,如果老天有眼,就该给点亮光,或者让雪停下。当然,如果再给点食物就更好了。但现在什么也没有,眼前一片寒冷与空茫,隐约可见远处的乌拉河和一些零乱的动物足印。

雪越来越大,马蹄印大的雪把整个草原压扁了。荒凉空旷,草垛傻瓜一样伫立,地窖也只露出黑幽幽的洞口。野兔们躲在草窝里一动不动,寒冷让所有的生灵都屏住了呼吸,保存着微弱的热量。而他的胸膛几乎赤裸,破旧的棉袍已经开花,衣领向外翻露,花白胡子上结下一串串冰凌,仿佛风一吹就会发出一阵悦耳的叮叮咚咚的响声——谁说风不是一场上天精心组织的典礼?

那些在秋天割下来的燕麦、大蓟草和野麻,本来都晒得枯黄,无规则地垛在草场上,如今都被雪遮盖住了,变成了一朵朵大蘑菇;那些秋天时还在草里窜动的金花鼠,在马车下振翅飞起的飞鸟,也都躲在了季节的深处。原本丰饶的草原,被冬天的一场雪打蔫,没了一丝活气。只有他在磕磕绊绊地朝乌拉河的方向走,他似乎听到地下螽斯、蟋蟀、蝼蛄、蝈蝈们的声音,自靴子里冒出来。应该说,他是整个乌拉盖草原上最有生存经验的人。早年曾经做过大兴安岭的伐木人,还乡后做过马车夫,身怀泥瓦匠活、木工活、搂草、捕鱼、扎风筝、熬萝卜糖等各种绝技——他因此受到牧民们的拥戴,尤其是那些淘气的孩子们,总是像鸟儿一样围绕着他叽叽喳喳,揪他的胡子,捂他的眼睛,或者坐在他的腿上。如今,他虽然年岁已高,脑袋反应大不如前,但在生死面前却从来不犯糊涂。近些年他的老伙计陆续走了:烟贩子巴图死在那达慕节的次日,酒鬼海力罕倒在了一场喜宴上,击鼓手宝音被一口风呛死。他们活着时都曾经是草原上有名的硬汉,但太不爱惜自己了,是生生地把自己作死的。

他肩膀上搭着一条沉重的渔网,棉袍里揣着一壶套马杆老烧酒,在棉裤腰里，还塞了两块劈柴。而这些准备，都是为了应对突如其来的状况，如天降温啦，刮风暴啦，踩沼泽啦，遇狼群啦，等等。尽管他心里清楚，自己也离那个最后的日子不远了。那个日子像一只铁夹子，只等他把双脚踏上去。

而且，他更清楚一件要命的事实：每年冬天的乌拉河，都要索取草原上的几条人命。有的人踌躇满志地到河边捕鱼，非但没网上一条鱼，还被冰窟窿吞噬，成了鱼们的大餐。

此刻，这个聪明的草原老牧民来到了乌拉河边，用一把斧头砸开了冰层。在撒网的刹那，他回头望了望远处土屋上空的灯笼和挂了红布的毡门。

(载自《散文百家》2020 年第 8 期)

第三辑　运草车

草原上的懒人

那一年冬天，乌拉盖草原上标志着时代特征的电线杆被大风吹歪了，斜插在冻土里，一只麻雀的尸体倒在电线杆下。没法想象，一只飞得好好的麻雀，是如何被疾风生硬地拉回来，在空中留下一道弧线。

每逢刮风的天气，草原上的早晨就似乎要延长一段时间，如果没有要紧的事情，人们都躲在土房子里睡懒觉。天空灰蒙蒙的，晒干的碎草在地上乱飞——我见过一群人手持木草叉追赶一团草的情景。一团紧紧抱在一起的草，七八个牧民也追不上。草能系住许多东西。比如，把月光系住，把呜咽的马头琴系住，把一对小情侣的心系住。后来，乌拉盖著名的懒人罗布桑来了，用麻布沾上羊油点着火，高举火把朝那团草扑去，瞬间就把草点燃了。草顿时变成了一个大火球，却仍然在空中飞行了十几米，最终化成了灰散落在地。

终于有一位勤快的老牧民率先出门了。他走到院子里，抬头望了一眼天空，故意咳嗽两声，给自己壮壮胆。然后吱呀一声拉开柴门，嘴里咕哝着什么，来到了街上。很快，龟缩在土屋里的人们听到了他那苍老、沙哑、令人惊惧的骇叫⋯⋯

一些房子倒塌了。那是一些老房子，平时在墙角被一根木头支撑着才没有倒下。在整个乌拉盖，木柴需要到遥远的山里去采伐，走老远的路，用马车运回草原。木头除了用于盖房子，还做衣柜和风箱。家家户户都惜木如金，准备一根木梁放在院内，是为了应对不时之需。比如，支撑即将倒塌的土房子。

这家人懒，邻居见了，每每都要劝其尽早翻修一下，而懒惰的主人却一直将就住着，说春天再翻盖吧，春天暖和。或者说，大冷的天，瓦匠不好找啊，过些日子再说吧。

"嗯，过些日子再说……"主人低下头，咝咝地喝着碗里的奶茶。邻人觉得已经尽到了提醒的义务，也就不再多管了。

而仅仅过去不到十天，眼下的一场疾风，让这个懒人臆想中的春天永远变成了泡影。一家五口，全部被埋进了废墟之中。这家人最小的女儿叫乌木其格，是乌拉盖最漂亮的女孩之一，也未能幸免。

只剩下一条黑花狗，在半边土墙下，呜呜地撕咬着一只开裂的乌拉草鞋。不久，这条失去主人的狗加入了自荒野流浪而来的野狼群，每晚在乌拉河岸上嚎叫，眼睛血红，声音里充满悲伤与杀气。

那时候，草原上的懒人似乎特别多，除了上面所说的罗布桑之外，还有个绰号叫"乌鼹鼠"的懒人。据说都已经懒到与人从不搭话的程度了，当别人问他话时，他只是点头或者摇头来回应，一天到晚就知道搓一根旱烟杆吸烟。我的爷爷很瞧不起他——我爷爷原来是个闯关东的逃荒客，因为要做贩马生意才来到了乌拉盖草原，正因为他的流浪生涯，我的童年里多了一段宝贵的草原记忆。

我当时只有六七岁，从故乡鲁西平原来到陌生的乌拉盖，一开始满眼都是新奇，但很快就厌倦了。因为乌拉盖除了草和牛羊马匹，到处都光秃秃的，一年四季都在刮风。

奇怪的是，"乌鼹鼠"爷爷对我很好。有一次，我在村子里遇到了他，他把我领到了他的蒙古包。他从一个破衣柜上拿下一卷纸来，小心地在红木几上铺开，露出一只画眉鸟的素描，圆圆的美目，鸟儿在梭梭草枝上欢唱。今天回忆起来，那只鸟儿的形象仍然十分生动，呼之欲出。

他完全不把我当成孩子，用征询的口吻问："咋样？"我说："好看。"

他匆匆地卷了画稿，说："等一下，再让你看一幅……"

然而，不等他向我再次展示杰作，出于内心的某种恐惧，趁他翻箱倒柜的工夫，我竟悄悄地溜出了他的蒙古包。他的包里清冷寂寞，散发着一种古怪的气息，令我的脊梁骨上爬满了毛虫。回家后我把这件事说给了爷爷，爷爷愣了半天，自言自语道："'乌鼹鼠'会画鸟儿？"然后，眼神里流露出明显的鄙夷和疑问。

  在我们全家人离开乌拉盖的第二年，这个神秘的草原文化人死于一场冰雹的侵袭。据灯芭的阿布（父亲）苏合大叔来信说，"乌鼹鼠"正在夏天空荡的草原小路上行走，转瞬间天空乌云密布，暴雨如注。突如其来的冰雹呼啸着扑向大地，其中一颗一斤半重的冰雹，击中了他的头颅，人们发现他时已经晚了。

（载自《散文百家》2020年第8期）

星光闪闪的道路

去阿尔山的路途遥远而开阔，大地的曲线呈扇形撞击视野，逶迤展开。黑土地，燕麦田，被收割后捆扎在一起的金色麦草，孤独的葵花杆，那条名叫哈拉哈的河流，一如既往。

转眼间，哈拉哈河凝聚成无数个镜子样清澈的积水潭，在阳光下闪闪发亮，把云朵和白桦树的倩影拉入怀中。

大片的落叶松丛林，林中孤独的木屋，延伸的小火车道，都定格成一幅幅列维坦的风景油画——这是真正的风景，是流动着的生命之力，它们像野鹿般跳跃在眼眸中。而缓慢行进的客车，在秋野的色块聚集的荒野上显得如此渺小，像一只惊慌失措的小甲虫。

我坐在大客车内，全无长途颠簸的倦意，耳边不时响起群体性惊呼。这是人们对大地之美的由衷惊叹，一种情不自禁的张开与绽放。而在此之前，如此艺术化的地貌我只在电影作品中领略过，当它真实地呈现在眼底时，我不由产生了深深的怀疑。眼前的画面，太不真实，像从亚麻布上移植下来一般。尤其让人吃惊的是，此前，我并不知道这些风景会慷慨呈现，这一切的到来，仿佛一场邂逅。热情的导游也未提供任何资料，因此，我在心理上没有预期的准备。而我此行的目的，不过是参加一个普通平常的会议。像世界上所有的会议一样，它开得隆重热烈，议程流畅，按部就班。在两天的会议结束之后，谁都不会想到，会有一个莫大的惊喜迎接我们。昨天的晚宴上，会议组织者突然宣布道："明天去阿尔山。"

对于阿尔山，我一无所知，甚至是头一次听到这个地域名称。不知怎的，这个地名让我联想到梵·高，联想到他的阿尔和他的麦田，麦田上乌鸦翔集，星光璀璨。

风吹草野，一望无际，起伏的麦浪迸射出生命的活力与激情。他高举向日葵，跌跌撞撞地奔走呼号——向生活要面包！向世界要尊严！向人间要善意！向女人要爱情！

这就是那个饥寒交迫的梵·高，这就是那个不可复制的灵魂。

而事实上，阿尔山不过是个北国边陲小城。映入眼帘的是幢幢童话般的建筑，蘑菇形状的屋顶，戴着一顶尖尖的红帽子，置身其中，更容易让人联想到著名的丹麦人安徒生。

阿尔山人烟稀少，城内不过四五千人，夜晚行至街上，几乎看不到行人。出售奶酪的小店铺内，灰暗的灯光下，独坐一位老妇人，目光幽幽，令人不知所措。这里的居民，每年种植两季燕麦，基本以旅游业为生。这里的居民，在冬天劈下成堆的木柴，在屋后挖下深深的地窖，储存果实与蔬菜。冬天，河流枯竭，大地结冰，悬崖默默竖立，大风呼呼地吹响了整个森林，森林里响起远古的回音。

他们打野兔子下酒，在月光下追赶漫山遍野的狍子和野羊，让屋顶冒出带香味的炊烟。方圆百里，不见一个人影，居民们全靠这一缕缕彼此纠缠的炊烟传递力量和温暖。

在一场大雪降落之后，要用半年的时间才能融化。我无法想象积雪融化的情景，长长的冰挂，从云杉上滴下世间最晶莹的水珠，融入河流。

到处是倒影掩映的湖泊和亭亭玉立的白桦；到处是巍峨的野岭和渚红色的火山岩。传说中的黑土地，竟然黑如墨炭，抓一把在手里，留有肥沃的油脂，满手散发松树的香气。燕麦田上，是一个个热气蒸腾的燕麦垛，包头巾的妇女，正躬身收拾刈倒的麦茬。

在山脚下，我与一个年轻的护林员攀谈道："守着这么美的风景，生活一定很有趣吧？"

我有意回避了习惯性的"幸福"用语，我认为"有趣"才能体现一个人生机勃勃的生活状态，与之对应的境况是"无聊"。而"幸福"，早已因世人滥用而贬值，变成了一个模棱两可的概念。

他笑了笑，说道："就是太寂寞了，一年到头，难得见几个人。"

他告诉我，森林中的日子是迷人的，也是清苦的；他的爱人，在大兴安岭的另一边；他的亲人，在一百公里之外的呼伦贝尔草原。

我想，世界上的任何事情，都有多个侧面，不能尽善尽美。从某种意义上说，残缺正是人生的本质和要义。护林员的寂寞，是风景的寂寞，开阔的寂寞，也是大地本身的寂寞。

夜幕降临，高高的野岭上，又升起一颗孤独的亮星，如少女的眸子般忽闪。我的脑海里突然冒出一个短语——"星光闪闪的道路"。

那一刻，星光照亮了别处，也照亮了阿尔山的顶端和它的周围。

（载自《青海湖》2013 年第 3 期）

运草车

黄昏徐徐降临，若晚祷的钟声环绕着袅袅余音。那一对劳作了一天的中年夫妇，放下了挖掘土豆的农具。深秋的原野，运草车的轮子在果穗间滚动。

长天之下，若有若无的音节自下而上，始终散发出一股轻盈的气流，在大地的鼻间萦绕。这时候，道路上黑压压的赶路人——背着柴草的老妇，忧心如焚的猎手，树林间恋爱的少男少女……他们正行走在大片荒芜之上。耳畔回响着秋虫此起彼伏的叫声，这是时光和日子上紧了催促的发条。

这是九月的秋天，我的滚动着果球和雨滴的阿尔山。哈拉哈河在季节的深处，游鱼穿梭，随风发出阵阵低语声。

原野上到处是缤纷的落英，草果被秋风摇落进泥土，期待着来年开出一片结满花穗的火绒。

抬头一看，山巅的星星已经升起三颗了——三颗亮星在头顶热烈地照耀，照耀着我那像哈拉哈河一样澎湃的心。那些远方的心灵与我遥相呼应，早已点燃一簇篝火，唱歌和舞蹈；高高的野岭仙雾氤氲，老鸹的翅膀被露水打湿。山脚下，松木和乌拉草搭建的屋舍，谁家的灯光长明不灭，谁家的灶火整夜燃烧？月光凄凉，狗吠不止，如果稍加谛听，还会听到隐约的狼嚎声，自山谷和阿尔山森林向外传递。

而这辆行驶在草甸上的运草车，带着劳动的倔强和悲恸、火的元素、光的个性、铁的意志，正掠过道路两边的荒地，一两只饥饿的野兔仓皇择路逃往黑夜……哦，陌生的奇景一个个映入眼帘：洼地里雪白的芦花随风倒伏；路两边黑乎乎的树影和瘦长枝干向上伸展；伫立在北方田野上的孤松下面是一口井，或者一座荒坟。秋雨过后，磷火飘飞，白骨暴露于野，成群的高粱棵沙沙作响，像一支列兵的队伍，布阵完美。而我的心却箭一般穿越这个寒气逼人的秋天，如约而至，仅仅为了闻一闻运草车上满载的芳香。

人们甚至永远发现不了，大地上最后一辆运草车，体内燃烧着比篝火更伟大的能量。它们是青草的芳香，松果的芳香和土豆的芳香。

"黑夜，有人踏入了荒原。"

每当我读到这样的诗句时，多年前夜行的经历便会不由自主地浮现，令人难以忘怀。我记得自己在十六七岁的时候，终日无所事事，躲在某一部诗集里忧伤和做梦。我甚至怀疑自己患上了轻度忧郁症，白天沉默寡言，深夜到荒野上游走。迎着大风，内心呜哩哇啦地唱歌，脑海里幻化出许多可怕的景物。这些景物在艳阳高照的白天不易出现：横卧在路中央的冰冷的蛇，从池塘蹿跳而出的蟾蜍，蜇人的蚂蟥，以及在原野上游荡的披头散发的疯子，持刀打劫的蒙面人，传说中潜伏在黑处窥望行人的幽魂……

哦，尖锐而不可预知、残忍暴烈的九月，那在九月里热血沸腾的阿尔山！我就这样狂热地走进了你——你的妖娆，你的自由，你的丰富，你的危险。

有一次，天空落下了厚厚的雪，我穿越铁路线，在经过一个水泥管子时听到一阵奇怪的窸窣声，然后均匀的鼾声像一缕白雾一样冒出来。我愣了许久才知道那里面住着一个无家可归的人，流浪汉或者孤儿，或者那些在大地上迷失方向的人。大雪铺天盖地，呜呜叫的火车隆隆驶过，火车载着一个金光闪闪的时代。我看到一个孩子从窗口丢下一个花已枯萎的花篮。

而眼下，阿尔山外大草甸子上的运草车，多像一床吸足了阳光气味的棉被，让我在秋天绝望的浪尖上舞蹈和寻欢。

暮色里，蟋蟀的叫声从幽暗的沟渠中传来，运草车的轮子在果穗间滚滚向前。

（载自《草原》2013年第3期）

第三辑 运草车

向孤独者致敬

阿尔山离草原很近，近得伸一伸手就能摸到草原姑娘的花裙子。如果夸张点说，站在阿尔山的野岭子上，鼻子向远处一用力，就能嗅到自风中飘来的牧草的阵阵清香的气息。以及羊群的气息和奶牛的气息。而这些正是草原的气息。

再往高处一站，就能看到草原上流动着的各种景物：玉带似的河流，像一弯从天边流下的河；风吹着帐篷，帐篷周围是起伏不定、像火焰一样燃烧的青草！镜头再拉远一些，会看到硕大的苍穹下，有一个缓缓移动忽大忽小的黑点，像一滴随时都会蒸发的露珠。走近后才知道那是一个头发长长的牧人，骑着一匹黑骏马，在无边的草原上游荡。如果这个意象在诗人的脑海里闪一下，会立即有一个句子涌上来："草原，一个骑马的人。"我宁愿相信，这个骑马的人，不是一个简单的牧者，而是一位哲学意义上的牧者。

草原的背景开阔宏大，那个孤独的骑马人怀抱寂寞，云游四方，目光贪婪地望着茂盛的青草，像读一部厚厚的自然之书。许多年来，他背井离乡，远离亲人，甘愿承受岁月的磨难，身边聚拢着漫无边际的孤独。在当今时代，他完全可以选择过为人熟知的生活，那种按部就班大众化的生活，去实现人类"岁月静好，现世安稳"的美妙愿望。

但他却在一个雨夜走进了茫茫草原。更令人不解的是，如果用世俗的标准衡量和加以追究，他这么做的理由一个也不能成立，这一切的结果完全是自讨苦吃，是他的宿命。

我从一位哲人的书中知道，世界上是有一种人，天生就热爱独处。那心底的自由之光，始终都在远方闪耀，像林间结冰的池塘，在阳光下闪闪发亮。为此，他背起行囊，哼起谣曲，远走他乡，在草原深处搭建起简陋的茅屋，奔赴孤独的命运。他行为古怪，思维独特，日子贫寒，守着他的只有一匹马和一把忧伤的马头琴。

毡门开了，空空的四野，没有一个行人。

寒冷的冬天，他曾经守着炉火，吃着冰屑悉索的萝卜，品尝过野兔的味道。在无数饥饿的日子里，他食草度日，体验了善良的羊的生活。后来，他住进帐篷，习惯了每天清早喝一杯醇香的奶茶，吃一盘新鲜的奶酪。在那达慕大会上，饮三大碗马奶酒也不会醉，烈酒滚进喉咙，如一团火下肚的刹那，他像个快乐的帝王。平日里，他的手里有一根长长的套马杆，能够征服草原上性格暴烈的马匹。他爱生灵，曾经抱着一只被冻死的黄羊低声啜泣，从这个意义上讲，他也就拥有了一个真正牧者的人生。

那个自杀的俄罗斯田园诗人说："人在大地上，只有一个一生。"那么，世界上有谁能拥有并体验到不同的人生感受呢？大多数的人生，不过是在日复一日、年复一年地运行，在重复中迎迓衰老降临。就像马可·奥勒留·安东尼在他的《沉思录》中所言："一个人在埋葬了别人之后死了，另一个人又埋葬了他，所有这些都是发生在不长的时间里。"

他在草原上与自然界融为一体，从肉体到灵魂，从形式到内容。把二十岁、三十岁、五十岁……把整整一生的光阴都交付出去，交给广阔的草原。这比在都市钢筋水泥的夹缝中生存挣扎，患得患失，要幸福和快乐得多。

冬天，雪越下越大，马蹄印把白茫茫的草原压扁。

（载自《草原》2013年第3期）

第三辑 运草车

温泉的性格

我漫步在阿尔山外，满眼都是苍茫的暮色。金色的落叶松林，把绵延起伏的山岭点缀得金碧辉煌。夕阳的锦缎在天边，静止不动，天空偶尔掠过一只山鹰。而脚下的枯草丛，厚达三尺，松软美丽如一条铺展在大地之上的羊绒毯。如果双脚踩上去，会让人产生一种幸福的无力感。我索性软绵绵地倒在地上，后来干脆四仰八叉地躺下来，望天上雪白的流云蜂拥和聚集。

我知道在枯草之下，是被季节遮盖的道路。那原本宽敞的道路之上，曾经布满了牧人们留下的硕大的木轮车辙，布满了捕鱼人从村庄穿梭往返的足迹，以及北方游牧民族留下的刀光、火种和歌谣。

而道路，会在冬天的第一场雪到来时重新裸露和呈现，雪会铺开一条更加宽敞的道路。四月，牧草会返绿，芳香随风四溢，草籽遍地开花，马匹喷着响鼻。

神灵会派蜂群向人间发布春天的消息。

躺在软草丛中，我的背部涌起阵阵灼热之感。这是来自大地的热度，是阿尔山地下奔涌的温泉在流淌。温泉在地下，有自己的一条道路。

温泉的道路在大地的指引下披荆斩棘，构成了温泉独特的性格。

是的，在神奇的阿尔山，无论冬天多么寒冷，无论雪下得多么大，那埋藏在地下的温泉，却依然会以它强劲的热力，火焰似的能量和激情，钻出大地的表层，在雪地上形成两行热泪的流痕。它带有上帝的悲悯与包容特征。

在阿尔山逗留的时光里，我几乎每天都在奔走考察的闲暇，把身体浸泡在滚烫的温泉里，久久不肯离开。我企图用这种方式，去亲近久违的自然，企图让这亲近过神灵的泉水，清洗我那被世俗污染了的身躯。我需要向岁月忏悔，需要抛弃对名利的贪欲，需要远离一些人一些事物。

这些大大小小的温泉，不但能煮熟一篮子鸡蛋，还能让我还原婴孩般清澈的目光，愈合我内心的伤口，清除我血液中每一个老旧的细胞和颓废的因子，还原我被生活掠夺和被重负挤压变形的性格。浸泡在水中的每一秒，我都幻想着从水中获得拯救。当我赤身裸体，在沐浴之后站起身来，我已经不再是原来的自己了啊。

我想起海子的诗句：让我们从黑夜的道路/从泉水的道路/从大神的道路/回到人间的道路上来吧/我们已离开得太久。

（载自《草原》2013 年第 3 期）

农事诗：葵

那时候，我其实并不熟悉葵花，更谈不上读懂它的本质以及内涵。它瘦削的姿影在大地上晃动，增加了平原上以植物命名者的高度。我知道，它沉甸甸的头颅在不停地旋转，始终朝着太阳照耀的方向。它是紫外线的情人，光的热恋者。

当时，我站在故乡的高坡之上，村庄刚刚经历了一场秋收，眼前的景象荒芜而又苍凉，像一片被风暴袭劫过的海洋。望着田野上被砍倒的大片葵花杆，一种荒凉的美感如惊慌失措的地鼠，迅速窜入了我的心间。我年幼的心，既有些莫名的兴奋，又有些莫名的慌乱，一切都是莫名的。

此后，秋天的露水布满了田野。收割后的田野很快进入冬天的调整时期，此时的田野像一个产后的妇人，看上去那么虚脱无助。整个冬天，她睡着了，在静静地等待来年的种子播入土壤，让自己再一次受孕。哦！冬天的平原，像阿尔山脚下的原野般一望无际的平原，无论日出还是日落，都没有任何遮拦。

布谷鸟叫的时节，我目睹了乡亲们在春天耕作的情景：一头黄牛在吆喝声中低头用力，随着一声鞭响，犁铧的锋刃残忍地切开大地的腹部，紧接着一股刺鼻的泥土气息冲出地面，强烈的气浪浮在半空中久久不肯散去。我听见地下的草根被斩断的声音，以及泥土在漫长的冬季发酵后的爆裂声。

我相信春天的大地，会随着第一声春雷而开裂，种子苏醒，土地之神会在瞬间钻出，守护一年一度的丰收。因为农人是大地最忠诚的儿子，神灵要成为他们的庇护，实现他们用汗水换来的祈愿。

成年后我才意识到：世界上最好闻的气味，莫过于泥土与草根结合产生的气味。当黑色或褐色的泥浪毫无保留地裸露在地面，如果再加上绵绵细雨的糅合，气味就更好闻了。它们的新鲜和热烈是上天赋予的，带有天然的原生质地。这种气味，要远胜于城市园林和建筑回廊中令人头晕和嗜睡的丁香花瓣的香味。

至今记得，在冬季铺满了麦草的炕头边沿，我最早见到葵花结出的饱满籽粒的情景：小小的坚果，子弹般清瘦，剥去外壳，裸露的果仁呈现白色的肉质；放到嘴里，香气迅速蔓延，渗入味蕾，让味蕾愉快地变成开屏的孔雀。至此，我知道大地上所有果实的可食之香，它们区别于玫瑰花朵的地方，仅在于舌尖与嗅觉的界限。而正是这一步之差，却让人类的审美趣味有了偏离。

在贫寒岁月，葵花的籽粒像一把盐，装饰和点缀了乡亲们寡淡的胃液，也让葵花名正言顺地归类于农事。

长期以来，有些问题令我十分迷惑：身材高大的葵啊，你原本拥有一座巨大的果实之仓，却为何结出这般小小的籽粒？造物主最初选择了你，究竟出于何种动机，是设计的精心还是随性的怠慢？作为一种既不是树木也不是庄稼的植物，你是上天的主力军，还是下脚料？当然，这些问题，在植物学家眼里是粗浅的，也是可笑的。

而读懂一种植物，的确需要时间和觉悟的洗礼。在阿尔山，我终于对葵花有了一种崭新的认识——哦，一望无际的葵花！一望无际的金子！

在九月疯狂的阵雨过后，在牧人和猎手吹奏出的阵阵欢快或悲凉的唢呐声中，大片大片的葵花列队整齐，挺拔有声，飒然肃立，像无数张开的嘴巴，向天空发出了群体性的呐喊。

灿灿金轮，星罗棋布，若风车旋转，完美而柔韧地构成了一个能量的磁场。

自此，我确认葵花是一种有生命活动和独立思维的植物。在看不见的内部，它拥有深谙冷暖的内脏，一副天然的好嗓子，却唱着一支支人类听不到的歌曲。

  而且，我确定葵花还拥有完整如人类的大脑沟回。否则，为什么一出生，它们就如此坚定地跟紧了灼热的骄阳？为什么一出生，它们就高大成一座火山即将喷发的形象？

  在那一刻，我突然像梵·高一样爱上了这种农事诗般的植物。准确点说，是爱上了一种深沉内敛、金属般铮铮作响的语言。

（原载《草原》2013年第3期，收入漓江出版社2013年版《村庄，我们的爱与疼痛》）

在乌拉盖草原上挖掘

一个人在草原上行走，许多古怪的念头会不可抑制地冒出来。比如，在这里挖个地窖吧！或者像土拨鼠那样挖一个藏身的地洞。洞不能太深，太深会挖到泉眼，草原上存不住雨水，被植物的根须兜住，有的地方挖不到一米即见泉水；也不能挖得太浅，太浅了藏不住人，秋后就成了兔子窝。

写到这里，你可以设想一个画面：黄昏，一个人在草原上挖掘，草根被利刃斩断的声音，响彻四周。

后来，我想了想，可能是因为乌拉盖草原太宽阔了，宽阔到连体积稍大点的动物都没有一处藏猫猫的地方。除了一望无际的草，几乎再没有任何遮挡。头顶是一盏白炽灯似的太阳，照得人都有些不好意思。看看身边，是清一色的赶路人，有牧民也有游客，他们一律眯起眼睛，即便有人甩动一下胳膊，也会互相看得很清。比如，有人左脸上有块伤疤；有人掉光了头发；有人缺了门牙；还有人歪斜着肩膀走路；有的人习惯鼻孔朝向天空，像林间木屋顶上的铁皮烟囱。

从白山到乌拉盖行程一千多公里，翻山越岭，路过多少小镇、村屯、羊群、葵花地和荒野上的加油站，不就是为了感受这草原无边的寂静和空旷？以及天空棉花似的云朵，飞翔的鸟雀和野鹞子，还有白天与夜晚，历史与现实的种种纠缠。

众所周知，我有浓重的乌拉盖情结。因为我爷爷在年轻时曾做过马贩子，来到乌拉盖草原谋生，还和当地的牧民拜过把子，结下了生死之交。那个年代，生存环境恶劣，在外流浪的异乡客一不小心就会丢命。在他还乡后酒桌上的叙述中，乌拉盖占据了一个长长的章节。

与爷爷一道闯关东的人有二十多名，最后囫囵着身子还乡的人不到十位。他们的命运五花八门：有的在流浪途中睡树洞，被雷电击中；有的睡桥洞，被毒蛇咬伤；有的在冬天被暴风雪冻僵，手脚丧失了知觉；有的在马车店被倒塌的房子砸死；有的则被山贼掳走做了苦力，至此没了音讯。

比较正常的是有人患了肺病，没钱救治而死——这样的死至少没留下太多后患。最悲催的是有人在伐木时被黑熊偷袭，咬下一条胳膊或者一条腿，成了残疾人。这样的人回乡后大都没能成家，整日沉默寡言，蜷缩在墙角下晒太阳，静待时光把剩下的骨头收走。比较之下，我爷爷算是幸运，虽非大富大贵，但躲过了七灾八难，还带了些余钱回乡，让整个家族安定下来；在故乡鲁西平原的村庄盖了两处混砖平房院落，在村东开了两亩六分地，还饲养了一头牛、四只羊，亲手打造了一辆木头车，解决了诸多过日子和劳动的难题。这让乡人羡慕不已，以为我爷爷闯关东发了大财。

但好景不长，大约半年后，我爷爷就暴露了其酒徒本相。他嗜酒如命，喝得整个家都变成了一只空酒瓶，最后把家中值点钱的东西都变卖了。村子里的知情人透露，我爷爷酗酒的毛病，就是在乌拉盖草原上沾染上的——在苍茫寂寥的大草原上，很容易喝酒成瘾，甚至中毒。几年前，电影《狼图腾》在院线公映，我看后便欲找小说原著，没想到我书架上有这本书——由于我向来对畅销书保持一定警惕，这部行销数年的小说便一直被束之高阁。此次有了电影的契机，才得以浏览翻阅，读后加深了对酒鬼爷爷的理解，宽宥了他生前爱耍酒疯、借机宣泄坏情绪的种种往事。

我在想，我爷爷浪迹乌拉盖草原时正值年少，一个人破衣烂衫地牵着几十匹马，每天在东家的吆喝下度日，一天劳作下来，不喝上一碗"蒙古烧"睡不好觉。他吃住都在简陋的马棚里，夜夜听着马嚼食草料的声音。一日三餐，除了高粱碴子，就是土豆白菜，牛羊肉只有在过节时才能吃到。平日里东家吃肉，我爷爷至多喝点肉汤。

在电影《狼图腾》中，主人公下乡知青陈阵除了牧羊，就是倒在草丛中衔一支狗尾巴草畅想未来，劳动之余跟随牧人毕利格阿爸掏狼崽捉黄羊，冬天的闲暇时光里还能和一位蒙古族少女噶斯迈谈情说爱。这些情节的设置，未免过于浪漫，与我爷爷当年真实的草原生活形成了鲜明的对照。

头一天，我到电影拍摄地兵团小镇看了看，说是小镇，其实只剩下一处大院子，内设集体宿舍、公社食堂、供销点、卫生所之类。知青们当年的生活痕迹荡然无存，战天斗地、扎根草原的誓言早已在空中消散。草原日益被风雨沙化，动物种群的繁衍也面临危机。据牧民们说，那天在乌拉河畔看见一只狼出没，神情哀伤，低头走路，目光里也少了野性。

"狼是草原的精气神。"经验丰富的牧民阿斯嘎目光炯炯地说，从野狼的尾巴梢上观其年龄，那是一匹行将就木的瘸腿老狼。他断言说它活不过这个秋天，会在入冬前悄悄死在某个远离同伴的角落。

（载自《草原》2021 年第 5 期）

第三辑 运草车

芒草里藏着野兔的家

没想到，我向巴音老人说了第二天去草原上捉野兔的想法后，竟然被一口回绝。巴音老人说："不如到水泡子去划船吧，桦木舟你没见过吧？"我摇摇头，突然间感觉和蔼的巴音老人有点古怪。

我急忙在脑海里翻检词条，找到"桦木舟"。脑海中浮现出某部外国渔猎纪录片，知道桦木舟长约两米，能载四五个人，由于吃水浅，可以顺利通过沼泽滩涂地带。我想起昨天，无意间在草原上发现一个大水泡子，四周长满了灌木，以柽柳为主，其余的都是芒草。

要命的是，水泡子很是清澈，清澈到不忍心用手去碰，生怕把一幅俄罗斯油画碰碎。这时候，如果将一只桦木舟放进去，无论游玩还是撒网捞鱼，都有点煞风景。在我看来，这么清澈的水在大地上太难找了，可惜水珠不能做成项链。

我知道从前不是这样。从前的乌拉盖草原，一到秋天人们就开始打野。牧人们走出蒙古包，用枪瞄准鸟、狍子、狼、黄羊、野猪、白唇鹿，等等，当然主要是野兔，因为野兔太多，比较好猎获。枪声四起，砰砰砰，砰砰砰，猎物扑通倒地，浓浓的火药味在宽阔的大草原上扩散。

节气进入九月，草开始变黄，繁殖了几个季节的野兔无处藏身，极容易暴露行踪。秋冬两季是野兔种群的灾难期，它们像撒落在草原的甜点，被天上的鹰叼走，被猎狗咬死，更多的是被枪击中，变成了牧民们的下酒菜。

应该忏悔的是，我曾经品尝过野兔子肉。十几年前，我担任山东电视台一档《飞越齐鲁》的纪录片的撰稿人，去东营黄河三角洲采访，那里有大片自然保护区，满眼尽是开花的芦苇荡。那天中午的招待饭，

157

即上了一盆野兔子肉。见我下箸迟疑，站长急忙解释，说野兔泛滥成灾了，上级允许捕猎一些，以维持生态平衡云云。正因为有了这一通貌似合理的说辞，人们放下心来大肆猎食野物，终于吃出了问题。

野兔胆子小，性情温和。平日里只吃青草，其肉质散发出一股草味。老天在造物时偏心眼儿，把这个物种造出来，好像是刻意供强悍者食用的。但我知道，它们并不情愿。

"从前，每一株芒草下，都是野兔的家，"在去水泡子划船的路上，巴音老人对我说，"但现在你翻遍草原，也难找到那么多野兔。"到了秋天，许多草被割掉，堆在草场上变成一堆堆干草垛，很快招来黄鼠狼、猞猁、刺猬和野獾，但野兔像是成了精，愣是不入人类设下的各种圈套。

较之家兔，野兔的智商要高出数倍，堪称"草原上的小精灵"，生存危机意识甚重，好像生来就有。它们动作轻盈，形体灵敏，跑起来连猫科动物都撵不上。人类也依照自己的游戏，对其编排讥讽，虚构出一个《龟兔赛跑》的故事。事实上，千百年来，野兔都对自然的天敌和人类保持高度警惕：在繁殖期，母兔和公兔分工明确，它们早早做窝，巧设伪装机关，在夜晚产下一窝兔崽。即便你一脚踩中了它们的洞穴，也很难发现这里埋藏的巨大秘密，因为眼前的一切都天衣无缝，像一块完美的织锦。这时候，忙碌的公兔和母兔在洞外觅食回来，先是潜伏在洞穴四周观察。如果嗅到一股陌生的气味，它们会果断调头离开洞穴，宁肯抛弃七八个嗷嗷待哺的兔崽，也要义无反顾地奔向茫茫草原。听起来很残酷，但这就是大自然坚硬似铁的法则。

巴音老人对我说，这不是最残酷的。草原上的湖水里有一种鱼，在遇到危险逃生时为了减轻负担，会将身体的一部分内脏抛给追赶的天敌，迷惑对手使之以为取得胜利。然后，它会悄悄躲藏到安全的地方，经过一段时间的疗养，再长出一副新的内脏。

我听后大为震撼，自此知道，无论多弱小的动物，哪怕生存单位以分秒计算，也想多活一些时间。

（载自《草原》2021 年第 5 期）

第四辑

野果穗

一段路（五题）

河　畔

　　我有过许多虚拟的幸福：一座河边的房子，一把琴或一幅画。每天打开一本崭新的书，就可以让我远离人类。当然，还有你，可你迟迟不肯出现。你在比虚拟更虚拟的地方，你不在我的视野之内。我在冬天燃起壁炉，偎着旺旺的炉火想世上的事情：欲望、死亡、艺术……音乐引领我到幸福的最深处，而你不能怀抱一只猫在我身边，我们一同看木头怎样在微火中化为灰烬，直到天色完全发白。

　　那些年，雪在窗外落了一场又一场，森林和荒野都在沉睡。时光像麋鹿走在结冰的湖面，树木和沼泽都以上帝赋予的形状生存和衰老，各种飞禽穿梭其中，蜘蛛忙着结网。我像卢梭一样喃喃自语，在野地里游荡，给每一株植物重新命名。风不时地吹动着我的衣衫，我的衣衫破旧，近乎褴褛，头发也乱蓬蓬的，胡子像六月锋利的麦芒，它们不能代表我的内心。事实上，一切外部形式都不能代表内心真实的表达，它让我们倍感生活的荒诞不经。

　　那些年，我的苦闷更多，香烟在手中一支接一支地燃烧，命题在脑海中一个接着一个，我找不到准确的答案，痛苦的思索只能让头发树叶一样飘落，没有声音和回应。山下的道路十分凄凉，有时走过一匹马，有时走过一辆木车。当我读书累了，孤独和忧伤会准时以黑夜的形式来临，破坏着内心完整的秩序，那一刻，我的绝望比火车下的海子更深。它尖叫着粉碎了记忆中的美好事物，只留下一具空空的肉体在勉强地呼吸。

深夜，我点亮火把，沿着一棵又一棵树寻找。我在找那天无意中发现的树洞，里面住着一只可爱的树熊。

一段路

有一段路我至今记得，它离河岸不远，但却在即将到达河岸的刹那，猛然间掉转了方向，蛇一样爬向了一片沼泽。更加奇怪的是，它虽然离河沿近在咫尺，却被一条狭窄的深谷切割，使河岸变得遥不可及。第一次遇到这样的情况，我呆立在原地，怎么也想不明白这条路究竟是哪些人走出来的。我踮起足尖，看到一河的水在远处亮闪闪地浮动，像地球一端的飘带，风把它吹得呜呜作响，风中饱含暧昧的湿意。

我摇摇头，感叹自己无法触摸到河水的温度。这段路太像弗罗斯特描述的陷阱了："一片树林里分出两条路，而我选择了人迹更少的一条，从此决定了我一生的道路。"

向前走的路已经不通，退回去又不符合内心的愿望。我始终不明白，哪些人在走到这里之后，会毫不犹豫地转向沼泽。那里除了沼泽之外，还有什么别的事物吗？好奇心促使我踏上那条突然间变细的路，就像走在蛇的脊背上，脚下软软的有点飘忽。

我先是看到几块闪亮的冰碴，春天的到来正让它们迅速融化。我知道浮冰下面是淤泥，它们深不可测。然后是一丛一丛的芦草和牛蒡草，可以想象，它们在夏天有多么茂盛，一场雨就可以让其猛增三尺！这些植物始终保持原始的状态，农人的运草车总是绕道而行，无法抵达。宽广的牧场有成群的牛羊，近得可以闻到木柴燃烧的气味。

我想起夏天，独自来到牧场，爬上残败的小泥屋顶，与同样孤独的月亮对视。周围太寂静了，听得见鱼在水塘里吐泡泡的声音。那一刻，只要往脸上抹一把，就会发现手心又湿又咸。

随着一段路又一段路在身后不断消失，我具备的本领也在不断丢失。比如，心越变越凉。再比如，对任何事物，想一下就觉得没多少意思的"审美疲劳"。

但我庆幸自己始终保持着与月光交流的能力。愿时间不会剥夺我这最后的花园。

想到这里，我不由自主地加快脚步，向沼泽深处走去。半截黑色树桩牵引着我的视线，树桩旁边一朵美丽的白花诱惑着我。

我仔细辨认，发现那是一具骷髅。它比花朵残忍，但比花朵更美。

星期三

我不止一次地在心中念叨星期三，这个日子因相识而闪闪发光。它让其他的日子都成为暗淡的背景，并且像松鼠的尾巴一样躲藏到岁月狭窄的甬道里。这让我想起一个美丽的比喻：大地之所以苍凉，是为了衬托一株树木的孤独。

而我愿意把所有琐碎的时光都省略掉，只留下星期三，缓慢地品味和感受，放弃世俗中所有的事物。我将因这一天而使生命告别表层，走向博大与纵深，在拥抱地下沸水的过程中获得拯救。

如果回忆一下走过的路，这个古老的奇数似乎与我的宿命有关：我出生的那天是三月十三日，那一年我的母亲刚好是三十岁。大雪封住了故乡的柴门，我拼命地啼哭也不能带来一朵温暖的火苗。木柴被冻得结满了冰凌，哆嗦的手怎么也无法把它点燃。

后来外婆说，那时候的春天总是来得很迟，它让穷人更加贫穷；而冬天却总是像狗一样赖着不走，朝麦垛发出汪汪的吠叫。外婆笑着说她削了一根木鞭子，每天赶它走；或者烧一堆纸钱，双膝跪地祈求。

不久，我开始走路和说话，行走和表达都是很笨拙的，我的话世界上没有谁能听得懂。多年之后我才明白，那个能听懂我的语言的人，那时候还根本没有出生。她处于某个未知的状态，连空气都不属于。

但她分明已经存在，像影子一样聚拢，细小的颗粒组成一个圣洁的模样，注定要在未来的星期三与我相见。

那时候，我蹒跚的步履，因何而如此艰难地朝前迈动？谁敢否认不是为了走向今天的星期三？

这一天，我会早早地起床，把房间打扫得一尘不染，然后披衣下楼，到雪地上沐浴日光。这一天的天气总是十分晴朗，空气中弥漫着树枝焚烧的木香，飞鸟在雪地上鸣叫和嬉闹；一阵悠扬的钟声过后，鸽群的影子掠过远处那座拱顶尖尖的教堂。

听吧，我在祷告上苍：第三日啊，圣洁的时刻，让我的灵魂日益强大不可战胜，让血液在体内加快奔流的速度，让人间的爱意和善意化作滔滔不息的江河，让我的文字因你的融入而变得神采飞扬，让我对世间的荣辱和变化无常不放在心上。

当我返身上楼，发现那一支香早已熄灭，雪白的盘子里只剩下一撮灰烬，我知道里面悄悄地藏着一个"爱"字。这时候如果有一阵风自窗外吹来，它就会突然神秘消失，盘子干干净净。

然后，我抓起电话，给你背诵拉拜的诗句："我在极端的苦闷中因幸福而哭泣，生活对于我既轻松而又艰辛。"

花 篮

后来，我把你的照片放在桌面上，好像放在夹袄最贴心的一层。我的羊皮袄，散发着男人热烘烘的气息。我要把你的全身焐热，让你像一粒种子生根吐枝，然后长成一株青青的树木，与我一道倾听冰河在远处的汹涌声。当冰河流过，道路就会清晰可辨，远行人的鞋子会沾满湿泥和草味。

春天来了，一波一波地袭击着大地，它有比其他季节更加撩人的温暖。稻田在风中起伏，沟渠里响起昆虫的叫声，一只狗以箭一般的速度向远山跑去。

是的，在这个时节，雪光仍然像扣在山顶上的帽子，隐隐地浮动着。我走出木头建造的屋子，手扶着结满霜花的栏杆把目光放远，我发现你清纯的眸子在盯着我。哦，是的——你的眸子是我看到的人类中最明亮的湖泊，它像秋天的夜空中遥远的星星一样透着清寒之气。一旦接触到这样的目光，无论在何种情形之下，都会立即联想到旷野上善良的羊羔。而在你的身后，是大地绿色的植被，一丛剑麻和一片乔木。

我始终认为，只有明亮的眸子才能和天上的星星相互辉映，那不是每个人都有的清澈。面对一些混浊不堪的目光，我总是不忍正视。而因为你的存在，天上的星星多了两颗。

出于丈量不清的距离，我猜不透你每天的生活如何度过，如何用咖啡或劳作打发生命中的漫漫长夜。日子正一天天变得慵懒无聊，意义也被一天天放大，加深怀疑的颜色。唯有音乐和诗，让心灵得到片刻的洗涤和慰藉。

哦，我在幻觉中编织了一只花篮，向你走去。天空高远而浩瀚，沙地上留下一串深深的脚窝。

而途中却发现沙哑的花朵已被泪水摧残。

每天的事情

我每天经历的事情，没有几件符合心愿：必须处理一些琐碎的公务，见一些不愿意见到的人，听一些不想听到的声音，它们远不如一声鸟鸣。

更多的时候，面对人性的狭隘、虚伪和自私，我们做不到泰然处之。如果反抗，又会因之而耗损气力。就这样，我们被每天的事情淹没，不能自拔。

这令人厌倦的模式让我一次又一次去亲近自然，森林、河流、牧场……帐篷外是成群的牛羊，青青的草原给忧伤戴上一副薄薄的刀鞘。

在我的日程表里，曾有过这样的纪录：

一月去黄河口；二月去鲁西平原；三月去江南扬州；四月和五月，去看祁连山；而七月八月，我来到大兴安岭和呼伦贝尔。

一匹衰老的马走过一座村庄和一片果园，人类丧失的真诚和勇敢一晃而过。美酒和烤牛肉的香气只能暂时安抚心灵的隐痛与虚空。

然后，一辆旧火车会把我带回到原来的生活，我坐在潮湿发霉的房间。直到这时候才明白和觉悟：精神的渴望越强烈，肉体的本领就越退化。泰戈尔的飞鸟，翅膀下拴着廉价的黄金。我们已无力再拿起一柄锄头，把汗水洒在泥土里。

面对一片现实中的麦地，我的本领不及一位年迈的老翁。我的嗅觉早已变坏，闻不惯马厩的气味，羊圈和农舍的气味也让我头晕。

这就是当下悲哀的城市生活，我们注定要依照多数人异化的模式，把生命中的日子浪费和消磨掉。晨雾尚未散尽，黄昏就又来临。山还是山，水也没有改变，只是建筑物逐年升高了许多。而在梦中，我们抛弃了万贯家财，一次次成功地私奔和出逃，越走越远，像两个淘气的孩子蹦蹦跳跳。眼前野花绽放，泉水淙淙，大地记录下相爱的每一个细枝末节。

我清楚地知道，时光会让朋友像树叶一样众多，但真正交融的灵魂最后却只剩下很少。在临终之人的眼里，我希望你的面容会清晰呈现，话语也像最初一样亲切。

在幻想中，我希望每天除了吃喝与睡眠，还能有空隙伸出一只手掌来覆盖你的眼睛，它像湖水一样幽深。

(原载《青年文学》2004年第8期，收入大众文艺出版社《岁月的回声》)

镜头： 1980 年

是的，广播喇叭上说，我们迈进了伟大的二十世纪八十年代，事后证明那是一个蒸蒸日上的年代。诗歌开始为人民代言。镜头渐渐清晰：你会看到小城的旧砖瓦，像哨兵一样竖立在街头的一溜电线杆，红砖平房……空气里散发着雨天的霉味。城西，一座简陋的木桥，桥下浮动着银子样的小河水。辛劳的母亲每天一大早骑自行车通过木桥，到蔬菜公司上班，每月拿30余元的工资，严冬把她的脸颊冻得通红，裂口的手背上涂满了马油。有一天，全家人在一起吃早饭，母亲伸开左手掌，说："瞧我的手冻成了什么样子。"我张口说道：很像一片枫叶。而那些裂口，就是叶子的脉络，它们向指尖方向蜿蜒流淌。

那一年我十四岁，寄居在父亲工作单位分配的县政府宿舍，有一帮被青春期折磨得躁动不安的朋友。我已喜欢上文学：普希金，惠特曼，歌德……我甚至会背诵大半本艾青的诗歌，还跑到县图书馆抄了满满的一本刊登在杂志上的诗歌。暑假，父亲命我在家老老实实地学习做饭，我把馒头蒸得又大又白，让人望一眼就有了食欲。每天，我的人生价值从家人的笑脸中获得了肯定，这让我觉得活着如果不思进取，其实不难。文化馆创办了一本油印刊物，叫《茌平文艺》，我把模仿戴望舒的习作《手之歌》趁月黑风高投进了邮筒。然后是焦灼的等待，像等待一个秘密被不计后果地公开。

镜头摇晃：夏天的傍晚，小河岸边水声喧响，草丛里飞翔着成批的萤火虫，高高的白杨树是鲁西平原上最独特的景观，树上的眼睛在调皮地望着我的影子日渐升高。阿林和山子约我到河里游泳，水很浅，浅水中生长着一丛丛的野生灌木。一个猛子扎下去，啃了一嘴腥气的淤泥，耳边响着嗡嗡的声音。我还呛了一口水，从河底钻出来咯咯地咳嗽，恍惚中看到阿林和山子站在水中赤裸着身体，青春期与荷尔蒙的气息汇成涟漪，一圈圈向四周扩散。

　　这时，丁零零，丁零零……我弟弟骑着自行车从公路上飞驰而来，向我及时传递了一个坏消息。他说：快回家接受审查吧，你把一锅馒头都蒸坏了，啊，快穿上衣服。我弟弟一向是个幸灾乐祸的家伙，他接着说：不穿衣服也行，提着吧，估计到家还得扒下来。他的意思是我要挨一顿板子。当然，这种说法并非没有道理，我父亲打起人来从不手抖，一板子抽下来，肯定还会有下一板子。那时候，我的胆子比毛毛虫还小，很快出了一脑门冷汗，脑海里浮现出父亲铁青的脸和充血的眼，那时候，父亲就是我生命中不可触摸的老虎和山神，摸不得也敬不得。县医院以东，狭窄的胡同，上了蓝漆的木门，叩动门环的手指，你为何如此胆怯而迟疑？天井里的饭桌上，放着我辛苦制作的"罪证"：一篮子放碱过多的馒头，全部是黄颜色，面也没有发开，模样丑陋。这时，父亲掀开门帘，从屋子里走了出来，他把一本油印杂志递给我，用平静的口吻说："今天就不惩罚你了，因为，你的诗歌发表了……"

　　当日深夜，天下雨了，是那种节奏均匀的细雨。我打着一把油布旧伞，吧嗒吧嗒地踩着水洼，街道两边的木板房子都打烊了，从门缝里溢出羊肉的膻气。我在一株硕大的梧桐树下坐下来，旁边是一个菜市场。雨点砰砰地打击着树叶，声音传递到东风会堂的屋顶之上，那里仿佛厮杀着千军万马。我看到雨点跳跃的街头，有骑自行车的人呼啸而过，有一对情侣头顶一件雨衣奔跑而过，水花飞溅，既不好看也不难看。路灯的光线那么幽暗，它们打在我的脸上，我看不到自己的脸。人人都看不到自己的脸，尽管它很重要。于是，镜头放大，我转过身来，眼睛凝神夜空。灯熄灭了，我的脸在黑暗中缓缓定格，雨珠继续滚落。

回忆花楸树

我与哥哥又吵架了，他把我拖到小卧室，用一根绳子把我绑到了床腿上，然后学着电影里的情节把毛巾塞到我的嘴里。他很聪明，知道这样做邻居不会听到。然后他关了门——关了屋门又关了院子的门，把我扔在了夏天的黑暗里。世界变得严严实实，像一间铁屋子。空气是如此令人窒息，旧棉絮发霉的气味从木衣柜里顽强地散发出来，床下的耗子在轻轻吱叫，弟弟的旧胶鞋也跟着捣乱，在某个地方散发出众所周知的臭气。我先是恐惧了一阵子，难过得流出了泪水，但我知道这不是结局，也就是说，我不会因此死去。像往常一样，母亲会在下班后惩罚我哥哥，泪水不会白流的，所有的委屈都会得到公正的补偿……

我慢慢地向外吐毛巾，残留在毛巾上的肥皂混杂着汗液的气味让我恶心，但它塞得太深了，麻花似的充满了我的整个口腔。这让我在那一刻意识到我哥哥原来是如此狠毒，对自己的亲兄弟下手那么重。被绑缚的胳膊已经发麻，我的胳膊开始惩罚我自己的肉体。随着麻木的感觉渐渐加深，我开始用回忆往事的办法减缓痛苦，在某个特定的时刻，我听说这个办法是有效的。而生命的里程刚刚开始，值得回忆的东西少得可怜。我先是回忆了不久前看过的电影：《流浪者》《大篷车》《追捕》和《生死恋》。我还想起了那年冬天寄读过的魏庄小学，校园内苍老的槐树，乌鸦围绕着树枝盘旋。我穿越操场，怀抱着一摞书，去向刘老师请教作文题，她正在与家人一道包饺子，年幼的儿子在床上玩木头冲锋枪。屋子里弥漫着一股炉火的气息，还有一股香菜根的味道。突然，停电了。刘老师说：啊，停电了停电了，小宋，快点上蜡烛。小宋，刘老师的男人，一个头戴鸭舌帽的工人阶级形象，蓝布裤子在屁股部位缝着一块大补丁，看上去像树墩上沧桑的年轮。紧接着，跳跃的烛火亮了起来，在我的眼睛里开了一朵泪花。就这样，就像是得了一剂止痛药，回忆在我的脑海里飞速检索，现实的处境被忽略不计。我的心渐渐地恢复了平静，我甚至一度扑哧笑出了声。

是的，最后，我回忆起了故乡的花楸树，童年的花楸树。它生长在村子以东，紧靠着一个大池塘，池塘北是一片沼泽漫漫的草甸，灌木丛生，夏天的时候蝉声大作。花楸树！它的下面埋葬着我的一个童年伙伴！多年以前，我曾经和那个死去的少女在树下乘凉。她在风中忽闪着一双大大的眼睛，那红红的嘴唇，雪白的牙齿，细长的脖颈，都让人猜测她长大后会是一个什么样子的美人——但她为什么就没有长大呢？我还记得：夜幕降临，我们一同看月亮顶一头露水穿越树梢，爬上山冈。

后院的光阴

我寄居的地方，是杂草丛生的县政府后院，院子里种满了紫槐树和木槿，地上开着潮湿的花，爬行着各种不知名的昆虫。那里原本是一排专门供机关职员休息的宿舍，但由于人们都在城里安了家，这排宿舍的唯一用途便是偶尔午休，几乎没有人在此居住。时间一久，那儿就荒芜了，成了没有人气的青苔遍生之地。而前院，却是整个小城的行政中心，每天都车水马龙，发生和上演着各种人事变动，牵动着全县最敏感、最世俗的神经。

有一次，我与父亲吵架。父亲说："你滚，我不要在家里看见你。"就这样，我在第二天就搬到了后院，一住就是三年之久。离开它的时候，我还不满十六岁。

后院：青灰的瓦房，凋敝的树叶，空寂的石椅，屋顶上稀疏的茅草，还有人们随手扔上去的垃圾。直到今天，后院的一切，还时常出现在我的梦境中，情节真实得让人流泪，醒来后恍惚良久，不知身在何处。

母亲始终是对我最好的人，时常在上班的间隙来看望我，她每月给我买一箱方便面，还有足够吃半个月的钙奶饼干，临走时还留下一些零钱。我用这些零钱，约同学一起看了电影。起初，我认为后院很深，甚至一度把它想象成一个远离街市的世外桃源，我每天在那里读书、练习写作，似乎在进行人生的修行，又像是被厄运囚禁。春天到来之后，一个手提黑水壶的老头到院子里来过几次，结果他走后我发现在屋子东侧与围墙形成的狭道里留下一摊粪便。我恶心得不行，于是想了个办法制止这种行为，就在狭道的墙壁上贴上一张警告字条——此处禁止大便！！！一连用了三个惊叹号。

看来那老头是识字的，此后他再也不来了。

在后院居住的第三个夏天，隔壁来了一位身材颀长的漂亮姑娘，她的名字我已经忘却了。其实我认识她，但碰面后佯装不识罢了，从不打招呼。她是县人大一位副主任的女儿，走路目不斜视，身上有着娇小姐的小性子和怪脾气，老远就感觉得到。她的眼睛原本很大很漂亮，却老爱翻白眼珠，这一翻让她的美丽大打折扣。院子里有被日光晒得滚烫的石桌，还有露天自来水龙头。她拧开水龙头冲凉鞋，洗丝袜，有时还掬着一捧水发愣，神情一直很忧郁。有一天中午，她忽然在院子里爆发出一阵大笑声，笑得完全不同寻常。我看到她脱掉了一只高跟鞋，拿在手里当话筒使用：喂喂，喂喂，听到了吗？美丽的脸蛋扭曲变形，白眼珠翻到天上去了，我才意识到她的神经出了问题。接下来的日子里，她开始招男人来后院过夜，断断续续地来了几拨人马。笑声、哭声、呻吟声刺穿了厚厚的墙壁，烧破了云幕，搞得人仰马翻。从此，寂静的后院陷入一片骚乱。终于，她父亲找来几条大汉，弄来一辆旧吉普车，三下五除二地将女儿塞进车子，送到外县的精神病院去治疗了。

她走之后，后院恢复了平静。但奇怪的是，我却自此时常做一些噩梦，醒来后一个人凝视着窗户，听到外面响着各种窸窣的声音，陷入莫名的恐惧，不能自拔。要命的是，这种感觉让我神思恍惚，幻觉丛生。情况一直持续到冬天来临——冬天，我离开后院，离开了地理意义上的家乡，乘上了一列北去的火车。

铁路以南

"许多年之后，面对行刑队，奥雷良诺·布恩地亚上校将会回想起，他父亲带他去见识冰块的那个遥远的下午。"在铁路以南，一个被废弃的车道旁边，我第一次读到《百年孤独》。在记住这个著名开头的同时，我也知道了世界之外有个名叫马贡多的小镇。腥风苦雨，传说飘落。我还记得，在整个阅读的过程中，我的耳边不时地响起火车的尖叫声，滚滚而来的风吹动着神秘的书页。如果记忆没错，我还在那儿读过一批苏联小说，印象较深的是盖达尔。战火纷飞的年代，这个年轻的作家为国捐躯，他笔下的俄罗斯大地，长满了茂密的森林和灌木。这使我在很长的时间里都认为，积雪覆盖的俄罗斯是童话的故乡。

在铁路以南，黄昏像一匹徐徐降临的锦缎，夏天的空中布满形形色色的晚霞和飞虫。我的身边杂草丛生，野生菌种寄生在潮湿的树桩，它们在大雨过后开出漂亮的花伞。这是一片幽暗的场所：一截旧火车头上蛛网罗织，生铁的气味直刺鼻孔，百米开外，一片失去屋顶的临时厂房，叙述着曾经的热闹。我之所以经常到铁路以南，还有一个羞于泄露的秘密——捡铁皮盒。那些被铁路工人随手扔掉的盒子里，什么好东西都有。比如，没用完的铅笔，小刀，旧怀表，小钢锯条，黑纽扣，等等。有一次，居然还有白花花的东西流淌出来，起初我以为是一堆碎铝片，仔细一看才知道它们是一些可以换取物质的真正货币。我数了数，有五元钱之多。我用这笔意外得到的五元钱到一家副食店买了两听沙丁鱼罐头，约了一个名叫田武的同学与我共享。在铁路以南的那片小树林中，我们俩难掩初尝美食的兴奋，额头被阳光照耀得亮闪闪的，随着被铁盒密封的罐头被田武锋利的匕首轻轻豁开，一股与众不同的香气冲破而出，惹得我当即嘴里涌满了口水。田武说："尝尝。"他用小勺子盛了一点肉汤放到我的嘴里，我陷入一种麻酥酥的快感。那个炎热的中午，我们就这样以一种很原始的方式完成了对一件事物的认知和粗浅解读。遗憾的是，当两听罐头被完全解读之后，就再也找不到原来的香气了。这件事让我过早地认识到品尝的意义：在获取满足的同时，是长长的失落，其气息很接近绝望。

事后，我们俩——两个懵懂的少年，打着响亮的饱嗝，东倒西歪，走在回家的路上。铁路以南的树影在风中战栗。

一天晚上，当母亲无意中得知铁路以南是我经常的去处时，竟然面露惊讶和愠怒，正色警告说那里阴气很重，是死过人的地方——两年前，机务段一个年轻的工人失恋了，给女友写了一封长长的遗书，然后在铁路以南用一根绳索结束了自己的生命。"啧啧，多可惜，"母亲说，"年纪轻轻的，走哪条路不好？三条腿的蛤蟆不好找，两条腿的姑娘有的是。"在扑哧作响的汽灯下，母亲面对着一个小圆镜，用一根针挑破了她脸上的水痘，细小的血液流了出来。事情来得莫名其妙，那一年，母亲已经四十岁了，却在一夜之间脸上长满了"青春痘"，这让她哭笑不得。为此，她专门向厂里请了七天病假。

奇怪的是，我听了母亲的讲述后竟然彻夜未眠，为这个发生在身边的壮烈故事震撼不已。望着渐渐发白的窗户，心里莫名激动，我在想：这个青年多么像我！如果我爱的人背叛了我，我也会义无反顾地把尖刀刺向自己的心口窝，就像英勇的战士盖达尔，用身体接住迎面飞来的子弹。心里这么想着，我的眼前不由自主地浮现出一张美丽可人的脸庞：清瘦，凄婉，忧伤，哀愁；她有一对长睫毛，一双黑眼珠。我承认，自从见到她的那一刻，我就开始了苦涩而又甜蜜的暗恋。时光验证，这样的爱情不会有实质性的结果。正因为此，它也就美好得像天上的星辰和月亮。铁路以南，游荡着我初恋的幽灵，它的样子失魂落魄。

（载自《山花》2009 年第 11 期）

去看鲁迅（二题）

墓地上空的乌云

　　鲁迅先生的墓地在上海虹口区鲁迅公园内。园子很大，以散步的速度，大约要一个上午才能走完。陪我同去的是妻子的外公，我们约好七点会合。我起了个大早，因为从我居住的莘庄到黄埔较远。

　　外公提议步行——从黄埔到虹口，至少五里，给了我一个"下马威"。几天来，我已经领教了老人家的行走本领，着实令我吃惊：一个年届八旬的老人，其行走的速度完全可以参加竞走比赛。在那天的饭局上，我提出去看鲁迅先生，话音未落，老人家便接上一句："我陪侬去看。"饭桌上顿时一阵喧嚷，众人指着我说："你惨了。"事后才明白是说我要遭受赶路之苦。

　　自今年始，我感到身体透支。不久前的一次北方酒局，让我的右眼狠狠地充血，到那天也未全消。庆幸的是，上海的饭局，不劝人饮酒，不然会发展到左眼。当身体不适时，方憎恶北方大碗饮酒的恶习，但一旦置身于那样的氛围，就又由不得自己。尔后待在房子里后悔去。

　　那天，是十一黄金周的第三天，赶至鲁迅公园时已经上午九点。事实上，步行了一里我就叫苦了，老外公始终在前面行走如飞，两腿像上足了劲的发条一般。尽管我提前做了一些准备，特意到商店购了一双旅游鞋，但行动起来仍然落后于一个八旬老翁。经我要求再三，他呵呵地笑一阵，妥协了，只好打一辆车。

　　上海的公园，门票都不贵，有的干脆免费，鲁迅公园的门票是2元。开头说过，这个园子几经扩建，已经变得十分宽敞，游走一个上午也不会有重复的风景，小桥流水，树木葱茏，大园子牵着小园子……这是我没想到的。据说，鲁迅公园前身虹口公园并不十分大，不知是否因为先生的墓地从万国公墓迁葬于此，才扩建开来。

哪一年扩建的我不知道，外公也不知道。

我买了一束鲜花，是为了献给先生。迄今为止，他无疑是我心目中最崇敬的人。年岁渐增，这种敬意益发坚固巍峨。小时候读不懂他的作品，便说不好，只能证明自己的年幼。我是长到三十岁才开始热爱鲁迅的，这爱发自内心，无丝毫勉强和光环的成分。几年前购买了两种版本的《鲁迅全集》，一套自己学习，另一套送给女儿。我要让她自幼就接受先生思想的熏陶。

世界上没有几个人，在死后还会如此让人怀念和景仰。

终于站在了先生墓前。先生的塑像坐落于鲜花丛中，神态依然冷峻，面部如刀削般分明。塑像后面便是先生长眠的墓地，用大理石做成，形状似一本厚厚的合拢的书。石碑上刻有毛泽东手书的"鲁迅先生之墓"六字。周围是茂盛的松柏、香樟、广玉兰和常青树。想到先生就在此处长眠，我的心跳怦然加速。从1936年10月19日上午五时二十五分至今，他已经躺了半个多世纪了，这个时间已经被历史记牢。

我向先生深鞠躬。外公忙着为我拍照，我也为外公拍照。这时，天空突然乌云滚滚，天色阴暗，天幕低垂仿佛要塌下来，让我的心变得格外沉重。

先生的墓地给我的感觉十分孤寂。尽管墓地所占面积达1600平方米，设计者也颇具匠心，但我仍然感到压抑。周围林立的石壁过高，挡住了开阔的视野。离墓地不远的地方，便是喧嚷的人流：练习太极的人，跑步锻炼的妇女，不知因何哇哇大哭的孩童……他们制造着与墓地极不协调的市声和噪音。

而在我看来，每一个敬仰先生的人，都应该自觉地把脚步放慢。

先生一生孤独，死后仍然如斯，这与我的想象不符。在我的想象中，他应该在一片开阔的草地上安睡，周围是高大的乔木与静流的山溪。我甚至有一个大胆的设想，如果把肖红、柔石、殷夫等与先生投缘的青年作家的墓迁过来，葬在先生的旁侧就温暖了。

站在先生的墓前，我强烈地意识到自己的卑微和生命芦苇般高贵与易折，我的内心乌云密布。

最后的寓所

向左走一百米，便是山阴路，找到132号，就是先生的故居，这是他生前最后一处寓所。他住在9号楼，一幢红砖红瓦的三层小楼。从外观看，这幢小楼很漂亮，干净也洋派。楼下是一个很小的院子，长满了紫色花藤。记得先生有一张照片，坐在藤椅上的，就是在这院子所拍。

只是那垂悬在墙上的紫色花藤却没有了，它们枯萎于先生离去的那一刻。秋叶遍地，"民族魂"从此成为大地的背影与坐标。

我与外公步行而至，发现这里清静得很，而且阴冷，只有一个游客正在参观，相貌竟似先生小说中的"红鼻子大汉"。故居右侧有一房，是管理人员的工作室，也是售票处。一个小伙子和一个中年女人值班，他们让我们先坐等片刻，待那位游客下楼后再上去参观，因为房间里容不下太多人。过了一会儿，一个身材高大的保安进来，说："请进吧。"那小伙子一边带领我们上楼，一边介绍。我感慨鲁迅先生住的房子不错，他立即答：当然喽，当然喽，他是富人嘛。"富人"一词让我听着别扭。当年先生以卖文为生，那时的稿费是比现在高得多，但在偌大的十里洋场，投机买办、冒险家、暴发户多如牛毛，鲁迅先生挣的是辛苦钱，与那种人同称，实在是贬低了先生。

一楼是厨房和饭厅，以及保姆的住室。当年的桌椅还摆放在那里，只是没了一丝烟火气。整个房间里散发着一种难以抵挡的凄凉。当年一家人热热闹闹的说笑声早已随时光的烟尘远遁与蒸发。

三楼是许广平和海婴的卧室，贮藏室和卫生间。卫生间里有白瓷浴缸，用的是抽水马桶。先生家的旧式木柜子格外多，大概是搬迁较频吧。

我格外留心的是二楼，二楼是他的书房兼卧室，还有一间客房。这里一切都是先生生前的摆设：写字桌已经被一只玻璃罩罩住，内有纸墨笔砚，先生的手稿真迹，我仔细辨认，像是一篇杂文，先生的字迹苍劲而绢秀，透着老辣。他写作时坐的是一把藤椅，管理员说这椅子是可以转动的，我忍不住摸了一下，想让它转起来，结果遭到保安的呵责。墙上挂着的是一幅素描，画着周海婴幼时顽皮的神态；还有一幅内山完造赠予先生的书法。令我心起波澜的是床榻，并不宽大的木床，雪白的床单，简单干净的被子和枕头，先生逝世时，就倒在这张床上。我凝视着它，仿佛看到先生还躺在那里安详熟睡。

在先生故居逗留的十几分钟里，斜阳的光线照射进来，眼前的景物变得模糊不清。而我仿佛已经置身于先生所处的年代——说真的，我多想让时光倒流，能够亲耳聆听和感受先生的绝望和沉郁。他说："夜正长，路也正长……"

他头发竖立。他目光如刀。他一针见血而又温厚炽烈。他针砭时弊游刃有余，像握住了手中的烟斗。

（载自《青岛日报》2005年3月16日）

幽 寺

宝 藏

小时候，我珍视每一个夜晚的来临。在月亮的光芒溢满窗台，山谷升起淡淡的氤氲的雾气，大地蒙上一层黑色的帷幕之后，我快速地钻进被子，蜷缩的身躯构成一只猫的形象。然后，我进入睡眠的幽深地带，隐约感觉到窗外每一秒细碎的变化，一切都是轻轻的，静静的。

墙上的时钟在嘀嗒走动，秒针正接近一个圆圈的尾部，整个世界都暗下来——院内的白杨树正忙着收集白霜，有疤痕的树身上闪烁着晶莹的颗粒——是的，整个世界透着神秘，甚至是莫名的，连屋角的木柜子都散发着诡异的气息。

大人们是不知道的，在我的内心，一直埋藏着一个无法言说的秘密——我之所以喜欢夜晚，仅仅因为在睡眠之后会有奇幻的景象出现，准确点说是一种奇妙多姿的呈现。当倦意袭来，睡神伸手把人拉入幽深的睡眠时，梦境呈现了，我稀薄的意识顿时进入一个无限蜿蜒的洞穴，灵魂看到比白天更加丰饶多姿的画面，另一个世界的门向我打开。

在那个类似仙境的世界里，草野被风吹开，像一条绿毯，太阳若露珠般晶莹，而人可以缓缓地飞翔起来，去摘取圣树上黄金的果实。梦境中没有现实生活中的繁文缛节和复杂琐碎，行动的迟缓或敏捷，身体只需轻轻地抖动，便可完成各种高难度的动作。

有许多次，我与神话中的人物在梦境中相遇，他们虽然面目模糊，但却亲切慈爱地抚摸我乱糟糟的头发，我能真切地感受到他们抚摸的温度和力度。我站在他们中间，像一个被护佑的孩子，承受着甜蜜的委屈，放弃所有的抵抗。最后，他们送给我许多当时堪称贵重的礼物：一面镜子，一把梳子，一个旋转的铅笔刀具，一个漂亮的滑轮车。我捧着这些黑漆漆的"财宝"，内心升起一种至高的荣光，我用手小心地抚摸着这些在现实中很难得到的礼物，内心涌动着难以表述的欣喜。

遗憾的是，当我醒来，这些东西全部消失不见了，枕边空空，什么也没有留下。在整个白天里我郁郁寡欢，陷入一种怅然若失的情绪，夜晚的情景在脑海中不时闪烁，重温的画面让我神往备至。这就是梦境带给我的最初印象，它像一个迷人的洞穴，闪着诱惑的光亮，而洞穴的尽头便是堆积如山的宝藏。它们像一眼看穿的秘密，具有短暂到绝望的性质，叶片上的露珠，遇到阳光就会蒸发。然而，一次次地，我愿意放弃一切穿越洞穴，去接近那些一闪而逝的宝藏。

歧　路

在虚拟的乡村天堂，乏味漫长的冬季是最难打发的，大雪往往一下就是三天三夜，我住在萧瑟的果园里，满眼都是白茫茫的积雪。有时风呜呜作响，把雪粒吹向更远的地方，堆积成一块礁石的模样。高高的柴垛，钻天的白杨树梢，雪地上莫名的爪痕，制造出一种莫名的气氛。我唯一的乐趣就是与村里的伙伴们会合，互相讲述昨晚经历的梦境。大雪深深没过膝盖，黄河故道上的冲积平原，喜鹊在白杨树枝上清脆喧鸣。一望无际的雪野，河岸上移动着马车的影子，远处传来黄牛在雾霭中偶尔发出的哀叫。我把围巾裹严，吹响口哨，影子在忽明忽暗的光里晃动，深一脚浅一脚，去赶赴同伴的约会。我们在寒风中，在老磨坊的碾盘边，在柴草垛的背后，在冬季一缕清寒的微光下，用极其神秘的语气互相交换各自梦中的所见，好像沙漠甘泉，饥肠辘辘中的旅人突然遇到奇珍圣餐。

哦，多么贫穷寂寥的乡村啊。伙伴们每个人的口袋里都藏着一只弹弓，白天里会歪斜着眼睛击落树枝上某一只倒霉的麻雀；夜晚则在枕边放一把自制的木枪入眠，听到窗外有异常的动静，醒来后的习惯动作是先把木枪抓在手中，其实这都是来自电影《地道战》《地雷战》的人物模仿。正是因为一场场脸谱化的电影，英雄主义情结被悄然播下，在心里生根发芽，日益壮大。于是，在梦中，他们都渴望成为银幕背景中的人物，小小年纪便抱定为成为英雄不惜捐躯的念头，有一度他们到处寻找光荣献身的机会。而年幼的我，却早早地知晓了死亡与睡眠的区别，这是我与众多伙伴的区别之一。其实，身边有太多的事物证明死亡的存在，如田间密布的荒坟，村子里难产死去的女人，某一辆从镇卫生院拉回的板车上面盖着白布的死尸，以及在夏天飘着萤火虫的夜晚各种关于鬼魂的传说。

在荒诞不经的二十世纪七十年代，我的三个童年伙伴先后死于非命：有一年生产队里的仓库着火了，一个伙伴奋不顾身地钻进去救火，却再也没有出来，人们议论，凭他孱弱瘦小的身躯根本不具备救火的能力；有个伙伴学雷锋做好事，夜半时分到大街上清扫积雪，不慎落入井中淹死——在我的印象中他极其聪明，学习成绩在全校排前三名；第三个伙伴则死得更加可惜——他捉住了村子里的一个小偷，因为那个人在村头的晒场上偷了几个集体的玉米，他抱住那个人的大腿不松手，要把他交给民兵连处理，两人发生争执，在争斗厮打中伙伴被对手活活掐死。这是一桩轰动乡里的杀人案件，杀人犯在几个月后被正法。我躲在人群中朝里张望，看到那个人站在一辆敞车里，光头低垂，然后，砰的一声枪响，一个蒙昧鲁莽的生命宣告结束。

类似的案件在我的幼年时代曾经屡次发生，这是当时每个中国乡村里都有过的悲剧。案件的起因大多不值一提，小到几个玉米、一株麦穗，或者一盒火柴。

那些天真幼稚的孩子，生命永远中止于第十二个年头。令人尤为嘘唏的是，他们的牺牲甚至连个荣誉也没混上，混沌无知的村人并不把他们的死与某种高尚的情怀联系在一起。在荒凉的乡村，人死了也就死了，茅舍与灶台依然清冷，草木灰在宅田菜地里泛着白光，枯树和芦苇在寒风中瑟缩着。

那个杀人犯被镇压的黄昏，我独自一人在村头游荡，满眼都是聒噪的乌鸦，冷风飕飕地钻入衣袖，莫名的孤独感弥漫了冬天干冷的道路。我感觉哀伤。令我哀伤的不只是子弹穿越脑壳让脑浆飞溅的画面带来的刺激，而是我永远失去了三个志同道合的"追梦者"。对我而言，这意味着一个重大改变：自那以后，我的梦只剩下了自己一个读者——早晨，分享梦境的喜悦冲动没有了，冰冷的生活中，只剩下茫然失落的记忆。

禅 院

聚会中，朋友们热烈地谈论起各种神秘灵异现象，其中有个家伙是个彻底的怀疑论者。他认为世间存在的一切现象都是可以解释的，而那些在网上被热炒的灵异视频，皆出自某些无聊好事者拙劣的伪造。为了满足人们内心的猎奇需求，他们刻意安排，在夜间排演了一场又一场所谓的灵异事件，经过电脑的技术处理，大肆渲染，赚足了人们的眼球，满足了他们可耻的虚荣心。总之，在他看来，世间万物没有什么神秘可言，山有山的法则，水有水的源头，一切都是非黑即白的二元对立。关于梦象，他认为"日有所思，夜有所梦"的说法已经足够完成对其全部的阐释，这是人潜意识中的"一种精神兴奋活动"。席间引发小小的争议，人们无法说服他。我冷观了这场争论而不一置一词。如果放在过去，我会忍不住与之大吵起来。但现在我已经感觉到争论是虚无和徒劳的，我只是在心里认定：做梦这件事没这么简单。我认为在人类所有的感知系统中，它是唯一可以"触摸"得到的神秘的现象，人人都能在枕边与奇幻幽会。尽管人们对此早已习以为常，不加深究，进而忽略了它的唯一性和神秘本质。按照弗洛伊德的哲学观点，把做梦现象一股脑儿地打入性学，更是直观到可笑离谱，不值一驳。比如，既然春梦只是梦境内容的一种，就不能把所有的梦种都归结于性的反映。如果白天的想法直接在梦中体现，那些离奇的荒诞景象就不会存在。梦境与现实的重大区别在于，前者是非逻辑的，甚至完全脱离于大脑的支配，有许多梦的画面远超于个人想象能力之外——人可以振翅在太阳下低飞，春天返青的麦苗在睫毛下掠过。而且，梦中的行为有一个最大的好处，即可以不必为后果负责，哪怕在梦中做出了严重到可怕的事情，也不会构成任何现实的麻烦。尽管如果在悬崖的绳索上行走，要经历同样逼真的心理体验，小心翼翼，具备同样惊心动魄的危险，但只要睁眼醒来，惊险就会在瞬间消失，一切都没有真正发生。这种危险体验的成本等于零，正所谓虚惊一场。讪笑之余，惊恐的瞳仁会在一秒钟内重返宁静，归于常态。

然而，在活生生的现实中，有许多人却因为接受了梦而改变了行进的道路，做出了扭转命运的决定。这使我产生疑问：梦境，果真是一切都没有发生吗？

在一个苍茫的冬日黄昏，我流连驻足于一座幽深的寺院外围，残阳如血，一切都是偶然的，是无意中的观察与留意。那红墙灰瓦的高大建筑把阴影投射到麦田上，有隐约的诵经声自寺院内传来，但我围绕它转了一个圆圈后竟然没有发现入口。是我忽略了吗？门在哪里？整个寺院通体神秘，像川端康成笔下经典的幽寺，但又似曾相识，瓦楞上的荒草，风中飘来的气味，都给我以重温感，沿着一缕烟就能抵达回忆之乡。在疑惑与忐忑中我怀疑这座寺院曾经在梦境出现过，或者眼前的画面干脆就是一个梦境？我咬了一下手指，感觉到真实的疼痛。后来，我还是找到了一个窄窄的巷子，它被一株粗壮的老树遮拦着，以至于粗枝大叶的人难以发现这里有一个通道。这是故意遮蔽的，我一时不明白设计者的良苦用意。我的思维瞬间闪了一下，我被莫名心理驱使着进入巷子。光线忽明忽暗，焚香气息扑鼻，周围死一样寂静，脚步绵软，感觉像行走在梦中一样恍惚。

居　士

眼前呈现的画面出乎我意料，寺院内美得像一幅静止的水墨画：院落干净整洁，积雪被清扫得颗粒不存，院内的两株蜡梅已然爆开，一股清雅的芬芳在空气中弥漫。

"禅院里的花，香味比雪更纯。"我的脑海里突然涌出这句不知出处的诗。

凭借一点佛门知识，我双手合十，念诵阿弥陀佛，很快与主持搭上话。他是一个上了年纪的僧人，脸上表情单纯温和，网形皱纹松弛，像开片的瓷器。我们在火炉前对坐，用一把老铁壶烧开了水，泡了一壶陈年普洱。茶香四溢，烛光照亮了供案上的一尊莲花佛像，旁边有一个铜质香炉。

原来，这座叫作"梦禅寺"的佛家修炼之地有一番来历：修建这方圣地的人是位居士，其原本是个普通平常的家庭主妇，时年五十多岁。一天晚上，她梦见一个模样俊俏的孩童在寒风中哭泣，孩童的衣衫破旧，赤脚在雪地上冻得通红。这让她善心大发，上前抱起孩童，哄了又哄，并且把身上的衣服脱下来给他穿上。梦醒后她感觉奇怪，因为梦太逼真，让她在整整一天都心绪不宁，眼前晃动着孩童的影子。此后，连续三天她都梦见了这个孩童，目光清纯如水，满面忧戚，望着她似有话说，却欲言又止，只是泪水长流。居士问其来历，不禁吓了一跳：孩童自称太子——南朝梁代著名的昭明太子！这是个不幸英年早逝的孩子，自幼聪慧过人。昭明太子名萧统，他是诗人、学者，编撰存世作品集《昭明文选》30卷。居士虽然大字不识几个，但从小就从乡人口中得知太子的大名和有关他的传说，忍住惊讶上前询问，太子泪水涟涟，边哭边说。居士听了暗暗吃惊。原来太子落难，无处可栖，其修炼道场在遥远荒僻的东天目山，数年前寺庙被毁，如今已成废墟，风雨剥蚀着碎瓦残片。太子言频繁造访打扰，是看到居士慧根大德深厚，即向她求助，主持修复寺院道场……居士闻言，一个激灵醒来，太子清晰的语音犹在耳畔回响，屋子里似乎萦绕着太子的哭声。她急忙开灯，记下几行字，歪歪扭扭，却藏下一个隐秘天机。

几天之后，居士做出一个惊人决定：独自一人，远赴东天目山修复道场，也就是说，她是如此固执地爱上了一个虚无的梦境，不由分说地信赖一个梦境，义无反顾。对于一个家庭妇女而言，做出这个决定的难度可想而知，她要承受各种压力，被周围人议论嘲笑，被家人视为疯子。但她心意已决，不可更改。居士身背行囊，从鲁地出发，独自深入东天目山寻找旧道场遗址。此前，她从未想过世间有这样一处荒芜的山峰，会与自己发生关联。奇怪的是，梦中的景象被一一验证，道场的原址在深山峡谷中很快找到。她感觉兴奋。这让她认定了神谕的存在，坚定了她修复道场的信念。当晚，她又梦见了韦驮菩萨——韦驮菩萨以护法著称，相传整个天目山都是其最早的道场。这对居士来说，一切都在验证。韦驮在梦中叮嘱居士要有吃苦的精神准备，修道场需经历八十一难才可做成。果然，在此后的日子，她承受了雨淋风吹、冰霜雪打、寒冷、饥饿、蚊叮、虫咬、蛇缠、熊袭、兽攻、火烤、水淹、雷击……如今，十多年过去，庞大的昭明寺道场宣告落成，东天目山恢复了一千年前的热闹，前来朝拜的香客络绎不绝。莲花灼灼，世上又多了一处佛门圣地，在不停地向人间传达佛愿，并且影响四周。而居士也已经进入年迈老境，她端坐在红木椅上，神态安详，表情放松，目光流露出舒适宁静，焦虑消失。这让我明白了一个道理：当一个人完成了一件自己想做的事情，心就安了。

居士在南方完成她的心愿后，便返回鲁地，又八方筹措，新修了这座我所见到的梦禅寺院。

我喜欢这座寺院的幽寂：人置身其中，会嗅到一股暗香，香气冉冉上升，周围静若幽梦一帘，让人产生虚幻迷离的隔世之感。这其实来自居士的精心设计，她要以此纪念梦境所带来的觉悟与启示。

死魂灵

有人说，梦是没有色彩的，一个人观演全过程，恰如欣赏一部黑白电影。但是，据我本人的体察经验判断，梦的像素大多不高，颗粒不够细腻，画面比较模糊，聚焦不够精准也是事实。但它同样具备色彩感，梦中的大地同样繁花似锦，硕果累累。也就是说，梦画并非经过艺术处理的图像，而是接近生活本身的颜色。如果说其中有差别，那就是梦中的图像更为幽暗，在亮度上类似阴雨天气的拍摄，缺乏现实的温度与质感。

在现实中，人很难以绝对观众的心态超然于自身之外，来远远地观察自己。但梦境的出现改变了这一局面，而且这是一部根本不需要投资成本就可以欣赏到的微电影，制作简单，闭上眼睛就可以迅速投入生产。

另一种说法则流传甚广：梦见死去的亲人无法对话，对方是沉默的，表情与眼神是呆滞的，是因为人死后灵魂已经变成一缕轻盈的气息，丧失了语言表达能力，或者说其已经无法承受一句话的重量。当他从口中吐出一句话，发出声音时所产生的磁场能量足以把灵魂的躯壳震碎，脆弱的身体外形瞬间化为一堆碎片。这一刻的灵魂会有痛苦吗？我猜不透，我只知道生命的痛苦往往伴随着肉身的疼痛，以至波及灵魂的痛苦触须。而作为灵魂本身一旦丧失了肉身载体，这一定会让灵魂的痛苦大大削减。试想一下，假若灵魂果真存在，并且是背负着深刻的痛苦，那么死亡后的世界该是何等恐怖——会漫天都是嚎叫和歌哭。总之，我认定人死后的灵魂一定是漂泊、木讷和无奈的，不具备敏锐的道德羞耻感和高贵的精神毅力，更谈不上拥有立意辽阔的目标追求，甚至是极其笨拙、惊惶失措、探头探脑的形象。

奇怪的是，两年来，我与死去父亲的"沟通"却保持"畅通"。在梦里，父亲依然像活着时一样侃侃而谈，有时喋喋不休。他笑起来依然魅力十足，有一次居然真切地开怀大笑，笑声惊扰了睡神。我当场醒来，呆坐床前魔怔了半天，然后眼睛开始湿润。我因此坚信，父亲在另一个世界是快乐的，至少是安详的。尽管，他每一次在我梦中现身，背景画面都破旧不堪：阴冷的屋舍，幽暗的光线，悬挂的蛛网，糟烂的桌椅上摆放着陈年古物，木门后摆放着米缸瓦罐等生活物什，在恍惚的意识中我判断是故乡老宅。而且每一次，我都明确地意识到他和死去多年的爷爷及二爷在一起，这是一个符合逻辑的变化。看得出，父亲已经适应了死后的状态，尽管从表情上分析，他时常流露出委屈、感伤和无奈，似乎是离开人世早了些，他还有许多尘世夙愿未了。他死时七十五岁，还不算太老。

在父亲死后的头一晚，我负责守灵。灵堂设在一个城郊尚未投入使用的新居民区内，周围一片荒凉、寒冷，积雪茫茫。年节临近，灵堂外有饥饿的野狗出没，我几次抄起木棍驱赶野狗，有一次击中了野狗的后腿，它在黑暗中发出一声嚎叫，然后逃离。唯一的亮光是父亲遗体旁的三支蜡烛，它们在风中摇曳。我对着静静仰卧的父亲磕了三个头，但父亲死了一个多月，我却从没梦到过他。不是我不想他了，恰恰在这一个月内我的日子极其煎熬，时常夜半醒来望着他的遗像流泪，耳畔回旋着他临终前的每一句话，脑中回想着每一个细微的动作。在最后一刻，他的神志和思维依然清醒敏捷，这让我的痛苦格外沉重。在我看来，死神将那些能量耗尽的生命取走才合乎自然规律，也易于让亲人接受。

父亲死后第一次进入我的梦境是在两个月后，梦中的画面至今让我震惊：他孤单可怜地坐在一个小餐桌前，表情严肃，在默默地吃一碗面，我甚至嗅到一股被油煎过的葱花的气味。我心里明白他已经死了，但还是像以往一样小心地走近他，叫了他一声父亲，他冷漠地看了我一眼，没有搭腔，把脸扭向一边，继续吃面。这时候，我隐约注意到，他所处的环境是陌生的，身边有一些人影穿梭，烟雾蒸腾，只有一缕微弱的光从门廊上方投射到桌面上。我的心跳得厉害，认定那是一家简陋客店。第二天，我又梦到父亲，他开口说话，说他到了一个新环境，一切从头开始，一切都好，他需要一双新皮鞋，要42码的。早晨醒来，这个梦仍然清晰，像一句鲜活的叮嘱。我打算9点钟到超市去买皮鞋，可巧这时客厅的电话响了，是大姐从故乡打来的，第一句话就说她梦见父亲了，他缺少一双皮鞋。这让我暗暗吃惊，紧张得毛发竖立，话到嘴边又咽了回去，未敢说出与她在同一时间做了一个内容相同的梦。我怕因此引起大姐的恐慌与怀疑——她或许不相信这是真的。事情的结果是我未到超市购买皮鞋，因为大姐说只有纸做的东西阴间才能收到。第三次梦见父亲是半年之后了，这一次他很高兴的样子，似乎是刚喝了酒，笑声朗朗，大声说话，身后跟着爷爷和二爷，这让我感觉安心。

　　两年多来，每当我梦到父亲，我都会在第二天驱车到寂静无人的十字路口给他烧纸钱，一边望着火焰一页页舔食那些黄色的草纸，一边喃喃自语。在那一刻，我相信地下的父亲能够听到。父亲的突然离去让我参悟，舍得放下，不再贪痴，懂得了人生的定数，努力、失败、成功、辉煌、黯淡……最终却都逃脱不了衰老枯萎的结局，这是最公平的天理法则。当生命的大限来临，梦境便如雨后天空架起的一道彩虹，成为死者与生者、阴间与阳世的唯一桥梁。

幕　后

　　大幕徐徐拉开，有一点至今令人疑惑——既然自己是梦的主角，真切地感受着欢喜与疼痛，那么那个躲藏在幕后的观察者是谁？是自己像个摄像机般观察跟踪着自己，还是另有其人？如果另有其人，这个人是谁？依照个人经验分析，并非每一个梦都具备意义，事实上，多半的梦是零乱的，像铁丝网或田野上的藤萝一样零乱，这样的梦很快被遗忘。只有极少的梦才有深奥的隐喻力量，能开启一个人内心潜藏的智慧之门。在某些得道者看来，一幢房子、一株树、一片水域、船只和僧侣，都是上苍的隐喻与暗示。当然，读懂这隐喻与暗示的人凤毛麟角。

　　而且，既然梦境是上苍有意识透露的神秘一角，那么它与现实的结合点在哪里？假若完全依照它的指引，它在现实的冲撞面前是否会通往陷阱？在信赖与怀疑的比率中，需要保留多大的参数？这些都是难题。世间原本存在着许多未解之谜，如宇宙、星空、天堂、地狱、宗教……追究下去，只会让人类陷入玄想的疯狂与绝望。

而美梦，却是如此曼妙，就像一座幽静的禅寺——水珠在莲叶上滚动。

（原载《鹿鸣》2014年第3期，收入国内多种选本）

第四辑　野果穗

河流：闪光的预言

开　始

春天，我在森林里小住，夜晚听得见树叶在风中婆娑作响。花朵在河岸上大面积次第开放，浓郁的香气自对岸传来，穿透阁楼的木板，以猫的形状和速度爬进窗棂。接着，各种鸟鸣流水一样灌入耳中，它们掺入了月光的忧愁和丁香的苦涩。而透过沉沉帷幕，我看见一颗正在眨眼的绿色星子缓缓游移，它微弱的光芒，照耀着巍峨浮动的长白山脉。这时候是四月，山顶上的积雪还没有融化干净，白天里视野可见的轮廓被遮掩，整座山峰变成一个完全黑暗的国度，这让我一次次地沉入不可遏制的幻想。突然，一个闪光的念头跃入脑际：像一粒埋葬地下的种子瞬间爆裂，一个光荣而秘密的行动已经开始。

我在孤寂的房间里来回踱步，口中喃喃自语。窗帘拂动，初春的风是多么柔和啊，窗台上有一支冉冉上升的印度香——那是去年八月，西藏的一位禅宗大师送给我的礼物。

我知道，人人都想了解自己前世的出身，以及亲人、爱情、命运、遭遇、幸福与苦痛。但当我试图求解时，大师却拱手告辞，留给我一盒印度香和一串开了光的菩提佛珠，也留下了一个事关生死轮回的迷局。

自那以后，告别城市的想法折磨着我。在轰轰烈烈的乡村开发和"蚕食"运动中，我和伙伴们身居钢筋水泥混合的建筑樊笼，困兽般身不由己，无可奈何。我们的心从来都不属于这里，不属于这里的名利圈、各种酒局、话语场……

日日夜夜，我听见伟大的河流在召唤。在春天，它以一滴水的融化方式信步走来。

观　察

我承认，有些东西被我牢牢抓住：人性的迷幻结构，森林的气息，人参的精灵住所，土豆的生长过程，以及长白山中的奇妙历险。在四月的最后一天，在从长春去长白山的路上，我和同行的伙伴迷了路，一头钻进了漫无际涯的林区，一只硕大的白鹳稳稳地停靠在车顶上。夜已至深，我们停下车，与它相处了十几分钟，周围是呼啸的山岭、高大的树木、飘忽的光影……一丝恐惧瞬间攫住我们的神经。

但最终，我们凭借经验和判断走出了丛林，抵达二道白河镇，然后顺利进山。接连几天，我在山中游历，背着旅行包，带着数码相机和望远镜。观赏着原始的火山口，迷雾萦绕的天池，温泉的水，白桦的姿影；品尝新鲜的蕨菜、野猪肉、鳜鱼和鹿肉，我以此种方式，对长白山一带的自然与生态进行解读。

也就是说，世界上有一些事物，是可以凭借经验、知识来做出判断的。无论如何，它们还没有跑出人类智慧和品味的篮子。

但当我一觉醒来，伸了个懒腰，看到融化的雪水自山川倾泻而下，汇入河流，浩荡奔腾，顿时有一种无奈和茫然涌上心头，我觉得对河流的感觉是抓不住的。是的，抓不住！好容易打捞上一根水草，却变成游鱼从手中溜走。我在想：既然它有一个开始，那么它的源头在哪里呢？它融入水中，可水又代表着什么。在它奔跑时，我试图追随而去，但我发觉自己根本没有能力攥上它，哪怕扯住它的一个衣角。

像一个孤苦无助的孩子，我沿着野草生长的河岸漫步，观察它的流向，企图从中找到它的本质。但整整一天过去了，我一无所获。

印　象

　　记忆中最温暖的河流，自然是在童年时代。它在我的故乡沙河镇，如果有名字，定然是叫沙河。印象最深的是夏天，与伙伴们在河边割草，累了就到河里游泳，渴了就喝河里的水，喝起来有一股浓重的土腥味，但喝到肚子里会泛起一丝甘甜，滋润着舌尖与喉咙。河岸上有生长的庄稼和灌木，还记得与伙伴们一道，网浅水里的小鱼，拔松土里生长的甜草根。

　　因为喝了河里的生水，自然也有"浪漫"的后续章节——这也是一条让我的童年长过蛔虫的河流，不由得频频向其膜拜致敬。

　　如今，众所周知的原因，故乡的河流已经不复存在，只剩下一片卵石，卵石堆中，有残破的贝壳，生锈的钓钩，糟烂的船木。若干年后，或许会有考古学家来到这里，考察一条河流的遗址。

　　最美的一条河，要属西藏林芝的尼洋河，这是我去年八月在西藏游历时的一个亮点。这条河像一条蓝色的绸子，干净得让人屏住呼吸，找不出合适的语言来表达。从始至终，它静静地流淌，伴随我们从林芝到拉萨，一路闪亮。

　　"一条比雪还干净的河流。"

　　尼洋河之上，是瓦蓝的天空，雪白的云朵。偶尔，河岸上会出现放牧的藏民，身穿布裙的妇女，脸蛋红红的孩子。木头的围栏，长满苔藓的绿野，石堆上的经幡，在河水的映照下生动耀眼。

　　而眼下，长白山脚下的这条河流，汹涌开阔，紧挨着陡峭的山峰。积雪在山顶碎裂之后，发出巨大的声响，轰隆隆，轰隆隆。河流在遭遇冰块的撞击后迅速瓦解，顺势而下。

　　与别处的河流不同的是，我看到水中滚动着一些巨大的漂木。

河 岸

白天，我听到清晰的喊号声，声音悠长而嘹亮，像从山顶飘下的一支歌谣。世世代代，那些山上的伐木工，用辛苦的劳作换取活命的口粮，他们从高高的悬崖锯下成年的树木，然后借助水的力量，把木头运到山下。山下，是一片锯木场，电锯在嘶鸣中工作，木头像西瓜一样被切开，带有松油脂味道的香气四散。木屋，帐篷，一列废弃的蒸汽机火车，讲述着一个远逝的年代。

养蜂人沿河而居，在河岸上升起炊烟，从河中汲水，洗涤衣物，布置蜂箱。而周围的村庄，居住着淳朴的渔民，他们凭借一条河的哺育，出生，成长，直至死亡。我经过晒鱼场，问一位正在阳光下收拾渔网的渔民："老乡，你的家就在这森林边上吗？"他说："从我爷爷的爷爷……那一辈，我们家就在这里打鱼，到我这一辈，已经第十代了。"我惊讶于他精确的身份记忆，久久地望着他伸向空中的两个巴掌。

沿河而行，水声扑哧，白气蒸腾，身上和脸上感觉湿润而清爽。我看到工人撑着木筏，把一根根圆木打捞上岸，装载木头的卡车列队而行，卡车的影子消失于森林绿色的通道。铁皮房，弥漫着油漆的气味，野花遍地，草莓已经落果。

这就是我日思夜想的东北大地！

遥想当年，祖父带着年幼的父亲在长春谋生，尝遍人间悲酸与苦难。半个世纪过去，当每年春节家人团聚，父亲总是重复讲述久远的过往：扯着祖父的衣角，推一辆货郎车在寒冷的北风中叫卖烤薯、甘蔗和散装的香烟。

长春，一座在风雪中瑟缩的旧城。

那天黄昏，当我入住长白山宾馆，从第十九层的窗口眺望朦胧的街头时，我的眼前奇异地出现了幻觉。我看到两个步履蹒跚的背影肩背口袋，走向熙熙攘攘的人流，而那个瘦弱黝黑的少年，不经意间的回首一瞥，在我的心海激起怎样的波澜！这是血脉的维系，命运的丝线可以追溯到久远的开端。

在那一刻，我的心是忧伤的，也是疼痛的。因为，在父亲饥饿的身影背后，那些在大街上洋洋得意的人，是日本政客，手持长枪的宪兵老总和叼着大烟袋的妓院老鸨，他们红光满面，金牙闪亮。

一切都过去了，即便从中开出新生的花朵，又能奈何时光分毫？而父亲，那个给予我生命的人，他的行程已经结束，并且频繁出入我的梦境。

此刻，我活在公元2013年春天。我在黄昏的河岸上自由徜徉，夕阳下的河流平静如镜，葛藤的枝蔓垂落在水中，一艘桦皮船从对岸的水汽中朝我驶来。

梦　境

有许多次，我做了一个内容相似的怪梦，与河流有关。

在梦里，闪亮的河流从天而降，它翻滚的浪花淹没了我。我感觉到身体像一枚树叶被席卷而去，顺水漂流，在整个过程中，我真切地感受到被水包裹的凉意，内心充满了快乐的刺激。我看到眼前美丽的游鱼和五彩缤纷的藻类，太阳的光芒照射到水的底部，我看到水中舞蹈的浮萍和大树的根须——那些根须红光闪烁，制造着奇幻景象。有一次，我与一条像热带鱼一样婀娜的水蛇相遇，它吐着舌信向我游来，在交会的瞬间，它毫不客气地在我的肩头咬了一口，鲜血如注，我感到了火辣辣的疼痛，然后我醒来，抚摸肩膀，疼痛还在持续。我呆呆地坐在床头，直到天色发白放亮，时令入冬，窗户上绣满了水汽制造的图案。

在梦里，水并不具备屏障作用，我惊讶地从中穿行而过，而且可以保持呼吸。我拥有鱼类的灵敏，长着鳍的武器和对付敌人的锋利的刺矛，以及足以承受外力重磅打击的坚硬的骨头；我甚至感觉自己长出了翅膀，随时可以跃出水面飞翔。但不知怎的，却从未做过一次飞翔的尝试。有许多次，我在水深处泅游，两臂作浆向前轻盈划行，却听到头顶砰砰作响，我意识到是天空下雨了。奇怪的是雨并没有落到水里，而是落到了屋舍的顶棚上。

我的眼前呈现出扑朔迷离的画面：乡村的天井狭窄而诡异，老式的房子里摆放着一架弹花机，一位年迈的老妇人，在油灯下颤巍巍地织布……凄苦的冷雨夹杂着冰雹从天而降，砖瓦上布满浓重的湿气和水雾。飘忽的喊叫声，啼哭的婴儿，被烟熏黑的泥灶，田野里游荡着的残存的绿色火焰……

春天！那一望无际的黄昏的河岸！四周是金黄的油菜花和在风中起伏的稻田。我看见有人手持雨伞，迎迓着蒙蒙细雨，在冰凌爆裂的声音里开始孤独的远游。

长笛手

春天的河流拥有许多秘密。比如，它与音乐的默契与融合关系。当音乐响起，整个森林都在颤抖，树叶是情人的嘴唇，终于开口说出一句话。而在这一刻，河流像上苍精心发布的预言，预卜大地上即将诞生的事物：草木、花朵、马车和土豆。

最初的音乐洗礼，是约翰·施特劳斯，那个来自音乐故乡的奥地利人。我看过他的一帧画像：目光炯炯有神，留一绺短而粗硬的胡须，这样的男人让女人看了会忍不住动心。据说他身材高大威武，像位骑士。是的，与贝多芬、巴赫或者肖邦不同，施特劳斯的作品不够隐晦，他的生命里充满了雄性和阳光，以及一往无前的激情与冲动。在他的音乐中，会听出"生活是美好的，自然是美好的，一切苦难都是可以战胜的"，所以，有悲观主义倾向的人纷纷远离了他。基于这一点，他的音乐在表现忧伤困苦方面显得少多了，于是就有了眼下众多的发烧友说他"浅显"，说他没有很好地揭示人类感情的深层，隐秘或者人性。或许吧，我想。人终归是要成长成熟，一个时期有一个时期的需求，包括对音乐的需求，这很正常。然而，我之所以忘不掉施特劳斯，却不是因为他那首最著名的《蓝色多瑙河》，而是因为他的另一首作品《春之声》。那时候我正在一所县城读中学，是学校宣传队里一名蹩脚的长笛手，每天都要早早地起床，与那一管凉凉的金属接上一吻。

记得，一个月光晃眼、春寒犹袭的晚上，我与一位拉长号的同学在学校阔大的操场上闲逛，每人手里夹着一根劣质香烟——我们已经开始偷偷地学习抽烟，而且远处也有明明灭灭的微火，大约是有人在焚烧冬天的干麦草。时值早春，空中始终弥漫着一股好闻的气味。有远远的说笑声，似乎还夹杂着一种鸟叫声。在这样一种氛围下，施特劳斯的《春之声》奇异地响起了，先是溪水一样哗哗地流过来，然后是鸟儿的啾啁：啊，春天来了，春天来了……我们一脸惊愕，竟寻找半天而不知音乐的来处。直到今天仍不知道，事情从始至终都是朦朦胧胧，恍兮忽兮，十二分的美妙。当时，我的同学嘟哝了一句"是施特劳斯"，就不再说话了。我也不再说话，静静地谛听着这仿佛来自上苍的语言，一下子置身于一个万木复苏的节日里：大地上的积雪在消融，树林披上了淡淡的绿衣，一群天真活泼的儿童像开放的花朵，稚嫩的笑声传满春野，解冻的河流在林间开始流淌，那嘎嘎作响的声音，是冰排在河道里汹涌奔突、呐喊、撞击……那一刻，十四岁的我竟突然有了一种早恋的欲望，脑海里出现了许多奇奇怪怪的画面，印象最深的是森林里有一幢木头房子，房子外面是一个少女和一群雪白的鸽子。是的，一切都是那么干净和神圣，甚至柔软和缠绵。有人说，音乐和绘画，还有文学，都不需要什么教育，直接感受作品就行。而在那一夜，像施特劳斯预示春天与河流一样，我的生命很自觉地接受了最早的震撼与觉醒教育，开发了内心最敏感的部分，使我自此和自然，乃至大地上的一切，都发生了不可思议的联系。

灯　盏

　　灯盏是从河岸上升起来的，穿越山顶，被风吹向夜空，飘飘摇摇，变成群星中的一颗。灯盏是有欲望的，它的欲望如岸上的熊熊篝火，映亮整个山川下的河流、水纹和浪花。

　　中午，表姐从长春赶来，提着一兜子水果来看望我，说房间里太冷了，就到院子里的花楸树下取了几块木柴，点燃了壁炉，房间里顿时被温暖包围。壁炉原本在春天来临之后就熄灭了，遇到雨天，凉意便从地板的缝隙里冒出来，我每天入睡前都将身体蜷缩在被子里，咳嗽，叹息，然后逼迫自己进入梦乡。

　　整整一个下午，我和表姐围坐在壁炉前，回忆往事，叙述家常，那些久远的经历像一桶被窖藏的葡萄美酒，一经开启就散发出浓郁的醇香。我们从祖辈谈起，谈山东与东北地域的渊源，谈几十年前表姨带着年幼的她去山东的一路见闻。当时她只有八岁，与表姨乘坐了五天五夜的慢火车，途经十几个城市，才到达我的故乡沙河镇。那是我童年时代一桩难忘的幸福事件：家里来"切"了，是那种父辈们常念叨但却从来不见人影的亲人。多年过去，表姐仍然记得在沙河镇上吃过的美食"呱嗒"，如今，它成了"江北水城"聊城的名吃之一，名扬四海，食客满天。表姐还记得镇上有一座宋代古塔，我们曾在铁塔下交换过各自的玩具——子弹壳和羊拐。遗憾的是，作为千年文化的见证，古塔已经不复存在。不久前，从故乡传来一个消息，古塔将复制重建，但我听后摇了摇了头，没有什么兴趣。

　　就这样，整整一个下午，我们在回忆的隧道中穿行，里面翻卷着永远消失的画面。记得普鲁斯特曾经说过："人是活在记忆中的。"通过回忆，我和表姐仿佛又重活了一次，那些生动的旧日子，那些贫穷中的甜蜜温馨，都像乡村阳光下的池塘，躲在篱笆和灌木的阴影里。那里埋藏着童年的全部秘密。

后来，我们终于谈到灯盏。我告诉表姐，我是一个灯盏收藏者，在我的书房里，有马灯、罩子灯、煤油灯和各种陈年灯具。我近乎迷恋地收藏旧物，每天看着它们读书、写作和胡思乱想，感觉内心踏实，似乎时光之鸟没有远走高飞。我对表姐说，我收藏了许多灯盏，但有一种灯具却无法收藏，那就是在故乡人们用纸糊的一种灯，可以借助煤油燃烧的能量升上夜空。多年之后，我才知道它叫"孔明灯"。我无法向人表述它带给我多少甜蜜的回忆，在贫穷荒凉的年代，它是孩子们欢乐和遐想的起搏器。当我说完，令我意想不到的事情发生了，表姐说河岸上就有专门放"孔明灯"的，我们去放吧。面对这突如其来的惊喜，我愣怔半天，她的话让我有些不敢相信。

黄昏，我们来到河岸，在哗哗奔流的水声里，果然看到河岸上有一对中年男女在销售孔明灯。只不过这种作坊制作出来的孔明灯已经大为改观，属于环保型的灯具，不必担心它升上夜空后会有什么后果，因为固体的燃料会在空中消耗干净。而童年放飞的那一种灯，孩子们是要狂追而去，直至看到它从天空落下的。不管怎样，我们许了愿，放飞了两盏孔明灯。望着冉冉升起的光束，我的头一阵晕眩，零星的雨滴飘落下来，落到河里。而大红的灯盏，掠过树梢和山脉，扶摇上升……

（原载《山花》2013年第1期，收入国内多种选本）

海边炉火

在轮下

  我忆起海边的炉火，隐隐燃烧的木炭，楼道里响起的脚步声，以及黑漆漆的门廊外简陋的报箱，佝偻的身影，咳嗽的声音，地上的纸屑。那是二十年前的事情了，那些悲喜交加的日子被我珍藏至今，就像一本书，一闲下来就忍不住读上几页。十一月，阳光被风吹得很无力，像无数悬挂在树枝上的紫藤花，垂下哀伤的眼睑；公路两旁的白杨树，收缩了孔雀般的羽翎，露出了客栈的木窗棂。有一个装扮低俗的女子站在路旁，车窗闪亮的瞬间，我看到她的眼睛里似乎有泪水盈出，兴许是被风吹的。

  我拥有文艺青年的时髦身份，在疯狂写作散文诗，有许多诗稿都是在会议上、酒桌上、甚至大街上写就的。我常常一写一个通宵，第二天，我把写好的诗稿工整地誊写在带格子的稿纸上，到镇上的邮局，投寄给远方神圣的殿堂——《文学杂志》。然后，剩下的日子极其难熬，每天都在忐忑中度过，期待的焦灼感撕扯着我，自此连一个字也写不下去。直到杂志社那边的消息来了，不管消息好坏，却都能让我恢复平静，很快开始酝酿新的构思。后来，我意识到这是一个坏习惯，就说服自己改掉，并听从恩师的教诲：每写完一篇东西，不要急于寄出去，在抽屉里放一放，赶快写新的，当新作完成了，再回头修改旧作。事实证明这个办法灵验，它不但按捺住了我那颗急于求成的骚动之心，还让我训练出一门超常技艺——能够瞬间关闭自己的感觉系统，迅速进入另一个冥想的世界。那个世界浪漫温馨、柔软而生动，与乏味的现实筑起一道高墙。那时候，我可以在厨房一边做饭一边写作，也可以在会议室、厕所和候车厅，甚至是在喧闹的街头，身体倚住一面墙壁，支起一条腿就能进入快乐的写作。如今，谁能做到对纷乱的人流视而不见？

我的读书量极其有限，鉴赏水准也处于低幼的层面，尤其是书读得芜杂，对经典名著也没有格外的耐心，感觉吃力，或者读不出"好"在哪里。尽管买书的习惯在少年时代就已养成，在小城里我属于书店的常客。有一阵，我把买来的书随手送人，错误地以为一本书读过了就会被装在脑子里记牢。但时间一久，读过的内容被淡忘，想查找核实时书已不存。在我的单身宿舍里，写字桌上永远有一排整齐的书籍，一摞稿纸，一支笔。直到有一天，我到省城拜访一位响当当的小说家，他在家中请我吃饭——餐桌上摆放着一竹筐大包子，羊肉胡萝卜儿馅的，每一个热腾腾的包子上面，都沾有一片散发着清香的老玉米皮。这是典型的胶东吃法，让我感觉餐桌上萦绕着一股田园气息。饭后，他引领我参观他幽暗密室般的书房。随着一道光线铺开，我当即感到震惊：占据了三面墙壁的书架，直直地通到屋顶，满满一屋子的书……这是书的海洋，除了书，看不到其他，我瞬间陷入一种虚幻状态，意识到自己的渺小。他送给我一册自己新出版的书，郑重地签上名，见我的目光始终不肯移开浩瀚的书架，似乎是看透了我的心思，说道："书可不能随便送人哪，送出去就再难买到了。"

听了他的话，我感到脸上微微发烫，心里咯噔一声，被什么狠揪了一下。在从济南回来的路上，我反复思忖着这句话，从此改变了随便赠书予人的坏习惯。我在想：人活着时遇到的人，听到的貌似平常的话，都是多么重要，都会让你瞬间想到改变早已熟稔的生活，这空洞而乏味的生活。

雾蒙蒙的冬季，满眼都是被人踩脏的雪，地面上扔弃的纸屑，随地卷起的阵风，散落的叶片。像空空的鸟巢，我的生活充满了文艺气息：一个接一个的聚会，小合唱，诗朗诵，笔记本，文学社……白天萧瑟的树影，夜晚满天的繁星，还有一次感伤而短命的爱情——她黑夜中眨动着眼睛，蓝毛衣里散发出阵阵温暖和清香。呵，爱情！那个城外小河融化之后的夜晚，那个空气里散发着迎春花淡淡香气的夜晚，在被木篱笆围拢的院门前，她从自行车的后座上跳下来，忽闪着大眼睛，方格子布裙是暗色的，瘦削的肩膀靠向篱笆。

难忘文学社聚会的情景：光线昏暗的街头，摇晃的大客车，贴有标语的站牌，脖子上的围巾，乱糟糟的头发……每个人的口腔里都呼吐着寒气，怀里揣着一摞诗稿，在差不多的时间到达一个朋友的单身宿舍。像被注入了时代的强心剂，兴奋地喊叫，爆发争论时掀翻桌椅。这似乎从一开始就注定了它的波折与短寿，果然在冬天快结束时，聚会被一纸"莫须有"的通知禁止，面临要么解散，要么离开的局面。社长像北岛一样瘦削，长着一头卷发，我们经常嘲笑他的头发"上下不分"，他正在狂热追求一位写诗的女孩。他手持通知气得破口大骂，但又无可奈何，文学社的十二名成员面面相觑，没有人搭腔。一帮年轻人，手无寸铁。后来，有个叫郑小文的社员，自愿献出自家无用的空房给文学社，但房子地理位置偏僻而隐蔽，在一个高高的山坡上。因为不通车，以后的聚会就都改骑单车。周末的黄昏，三三两两的文学社成员相约而至，其情景让人想起老电影中遥远的革命时代，浪漫又好玩。有个大学哲学系毕业的家伙是个怪人，一年四季都戴着一顶鸭舌帽，恰似电影中某个为信仰而光荣牺牲的配角。

那些年，我总是在路上，挎包里装着一册黑塞的《在轮下》。那件穿了多年的牛仔裤被阳光和雨水洗得发白，忧伤的目光盯着道路两边萧瑟的枯木，天空翻飞着鸟儿，满眼都是肮脏的积雪，大地上有半截发呆伫立的木桩。天渐渐黑下来了，当穿越一段铁路时，我听到刺耳的汽笛被拉响，轰鸣声接踵而至，脚下掠过一阵钢轨与车轮交错摩擦的震颤。

礁　石

恩师在信中说："你来吧，这个季节海边清静，我们一起散散步。"

在接到信的第二天，我从小城登上开往海滨的火车。那是一辆破旧得像老牛一样不停喘息的火车，济南至青岛，只不过我是从一个叫辛店的小火车站上车，高耸入云的烟囱使得屋顶上空到处都是煤灰。如今，那个小火车站已经荡然无存，成了轰轰烈烈的城市扩建运动的牺牲品，取而代之的是一片商铺。二十世纪八十年代初冬的车厢里，除了人，还有鸡鸭鱼鹅，一同塑造着属于那个年代的小环境。那时候，居然允许在车厢内吸烟，车窗也可以自由打开一条缝隙，让飕飕的风吹进来。好在多年来的奔波经历让我学会了一副超常的本领，可以瞬间关闭自己对周围的听觉，陷入一个全封闭的世界。

而每次乘火车外出，我都喜欢坐在靠窗口的位置，坚硬的车厢给我踏实的依赖感。我的思绪是恍惚和茫然的，甚至连眼神都如此滞呆，一会儿盯向桌上微微抖动的茶杯，一会儿又把目光投向窗外的旷野：土黄色的村庄，空地上的柴草垛，收割后荒凉的田野，蜿蜒起伏的沟壑，一掠而过的冬林……旧火车从小城到海滨行程六个小时，足以让我完成对未来的设计和想象。我是那么喜爱乡野中的景物，道路上的每一片水洼都楚楚动人诗意盎然，像镜子反射着露珠与太阳的光芒。火车在哐哐行进，天边的乌云低垂，似乎在酝酿一场暴风雪。而海边的屋舍里，在眼前出现一组蒙太奇，有安详的老人，有事关哲学与艺术的话题，有果酱、面包和红酒的香气，有冉冉升起的炉火。

然而现实其实远没有想象中的美妙，他瘦小、多病、敏感，有点怯懦，遇到点小事情就会连续几夜失眠，仿佛厄运又要降临。尤其让人心动的是，他贫穷。

第一次与恩师见面，是1986年春天——那个樱花街醉醺醺的花丛中飞满了金色蜜蜂的春天！那一年，恩师五十七岁，我二十岁。我们已经有三年多的通信友谊，地道的忘年交。现在的人们，这个年龄差无论如何都难产生真正的友谊，我们算不算是一个奇迹？相见的机缘，是一次规模不大的发奖会，我的一首名为《邮寄》的诗歌在省报举办的诗歌大赛中获奖。尽管是个三等奖，却足以令我兴奋的了。那是我的"作品"第一次得到社会的承认，那个年代的奖项多么干净和公正！当时，我刚刚结束了小城广播电台的编辑工作，来到鲁中一个陌生的城市，在距离上与恩师近了许多。我告别了一段流浪生涯，小城闭塞落后的生活，人们陈腐的观念，低格调的审美趣味，自私丑陋的人性，满天撒播的流言，我已经不想回忆。而恩师大概还不知晓这一变化，我暗暗得意，为能当面把这个消息告诉他感到快乐。

　　写到这里，有一个小插曲不得不说：因为与恩师从未见面，我对他的体貌特征并不熟悉。在三年多的频繁通信中，恩师曾经寄给我一张坐在海边礁石上的黑白照片，他双手托住膝盖，侧脸面向海洋，散发着温和的气息，在头顶上方，有一只海鸥被摄入镜头。除了照片，他还寄给我一些剪报，是一些他发表过的旧作。在与恩师通信的美妙时光中，为了表达内心的一份情愫，我曾经在新年前夕寄给他一册年历，是从书店特意挑选的俄国风景油画，在那个年代这就是奢侈的礼物了。会前，我在信中告诉他开会的时间，他回信详细打听在哪家宾馆，说届时到会上找我。但开会那天，令人尴尬的一幕还是出现了：在开幕仪式上，当一个瘦削老者在众人的簇拥下进入会场时，大家都起身鼓掌。我以为是他来了，只见此人目光炯炯有神，一头浓密飞扬的长发，极具诗人气度。他和大家一一握手，当走到我眼前时我很激动，紧紧地握住那双手，说话结巴。那个人瞬间感到异样，小声地问我是谁，我告诉他名字，他听后略略一愣，似乎是在大脑中飞快地检索，表情很快恢复了礼节性的陌生，目光里的火焰渐次熄灭，他点点头，把手松开。"恩师"没有我想象中的热情，这出乎我的意料，令我大失所望，我几乎是颓丧地坐下来，心头被失落占据。误会很快消除，当天晚上，恩师的"真身"来看我了。而那位长相与之相似的老者，是北京《诗刊》社的一位名编，一位风头正盛的诗人。2009年3月，我去鲁院进修，刚一落脚，有个朋友即打来电话安排接风，他约来许多诗坛前辈，其中就有那位外形似恩师的名编（但气质完全不同）。他已经退休多年，头发变成雪白，脸上也出现虚肿，树枝般的细小血筋蜿蜒呈现在两腮。听说他嗜酒如命，沾酒必醉，那天晚上果然醉了，一醉就骂骂咧咧，被朋友搀扶着上了一辆出租车。目睹了一个诗人的衰老，孤独无奈的晚境，我想哭。席间，说起那桩陈年旧事，诗人已经不记得了。

那一晚，我挽着恩师的胳膊，穿越玉兰树开花的街道和长有高大水杉的小树林，城市幽暗的灯光洒在我们身上，远处有公交车奔波忙碌的声音。这个陌生的亲人终于以近距离的方式出现了，我的内心洋溢着滚烫生动的幸福感。恩师的话语亲切温婉，口音里夹杂着苏南水乡的温柔，他向我讲述苦难的过往，人生的遭遇，美好的片段……虽然韶华已逝，但他雄心犹在，充满希望地描绘着未来蓝图的实现。空气中始终流动着兴奋不已的情绪，晴朗的夜空也十分配合地完成着这次美好的相见。当时，恩师还住在鲁迅公园附近的一片杂居区内，旧房子不足二十平方米，骑楼格局，没有院子。海边的夏季本来就潮湿，那幢房子却还时常漏雨，制造着更加慌乱的窘迫。至今记得，光线灰暗的室内有点像摄影师的作坊，炉灶、厨具与卧床摆放在一处，中间隔离着一道布帘，帘外摆放着一个小小的餐桌，旁边有一个简易木马扎。我的恩师，就是在那样的餐桌上进行写作。他的名字就是从那张餐桌上起步，飞向了全国。

后来，我们来到海边，沿着海岸线走出好远。春天的海风还有些凉意，吹着他瘦削的肩膀，浪花在耳畔哗哗有声。远远看上去，他的身影像一块礁石。

茉　莉

她的头发密扎扎的，似乎是天然的亚麻色；光洁饱满的额头下面是两道细弯的柳眉，眼睛又大又亮，眼皮竟然是多层的，似乎在与人捉迷藏，不时翻动一下，再翻动一下。她独自坐在角落里一言不发，表情冷傲而淡然，似乎在不卑不亢地观察他人的蹩脚表演，把犀利的机锋有意隐匿。长相酷似北岛的社长起身走过去，递给她一支香烟，用打火机帮她点烟，她礼貌地微笑点头。生活中她早已习惯了男生的殷勤示好，像传递而至的接力，旁若无人地让香烟在自己手里燃烧。她吸烟的姿势优雅，高深莫测，两根夹住香烟的手指那么尖细，指甲上的闪烁的蔻丹在微火中明灭，只不经意间发出一声轻咳，随手将烟灰弹落在烟缸。这是她头一次参加聚会，众人貌似漫不经心，却又从未将她忽略，她带去的一个满脸雀斑的娇小同伴成了左拉笔下的陪衬人。总之，那一晚上她所有的表现，都令我着迷。

事后，她告诉我，整个晚上她根本没有听懂那些貌似深奥侃侃而谈的发言，什么"非非主义""莽汉派""撒娇派"，什么这思维那思维，故作高深的词汇一大堆，有什么意义呢？矫情得很，做作得很，真正优秀的诗歌只有两个字："朴素"。"能让人产生共鸣。"她又认真地加了一句。这两条对艺术的鉴赏至今适用，只是我怀疑这并非出自她的原创，极有可能——是的，极有可能是她从大学讲座上获取的二手资料。

令我略微吃惊的是，那一晚，竟然是她生平第一次吸烟。她说："真不好意思。这么呛人的东西，你们男人竟然爱不释手，我以后再不吸了。"

我当即表示怀疑，因为那吸烟的动作太过熟练。但在此后的交往中，果然没有看到她再次吸烟，其吸烟时的出色表现纯属天赋。自那以后，我开始相信世界上有一种人具备无师自通的领悟力。

有一次，出于男人虚荣的较劲心理，我将吸了半支的香烟硬放在她唇边，她侧身躲闪，样子像躲避瘟疫。"你呀，吸一口又怎么了，会毒死你？来来来，吸一口……"我故意逗她。她说："不吸嘛！"她一边用手驱赶袅袅的烟，一边轻轻地说一声"讨厌"。我知道，如果继续劝下去，她就会真的生气，鼓起红红的小嘴巴，脸扭向一边，整个晚上都不理你，搞得气氛尴尬而扫兴。这一刻，就算你使出浑身解数，都不奏效，甚至是越哄越麻烦。文学社那位"鸭舌帽"哲学家告诉我，这是天下美女的通病，全世界都适用，因为她们被人宠坏了，一句话不对心思,就会大动干戈,使性子发脾气。苍天作证,这是我平生头一次近距离接触异性!像一头初生的牛犊,浪得了"挟持虎胆"的虚名,遇事后却根本不懂得如何处理和应对,万般无奈之下只好向哲学家取经。哲学家果然老到,说:"将欲取之,必先予之。"我不解其中风情,问:"这什么意思?"哲学家说:"如果你想得到她,就要舍得豁血本……"我顿然开悟,又面露难色。晚上,我面朝天花板,粗略算了一下自己的"家底",不由陷入深深的沮丧——在这个世界上,除了自己的一条命,我简直一无所有。对了,有一辆骑了一年多的飞鸽牌自行车,是父母给我的调动工作转换职位的贺礼;还有一台海鸥牌相机,是从济南一位在铁路上工作的朋友处借来拍雪景用的……嗯,就这么着,在天快亮的时候我终于有了主意,决定把抽屉里那台借来的相机作为她二十岁的生日礼物。只好这样了。

阴雨过后天空架起绚丽的七彩虹桥,这一招果然灵验。但她永远也不会想到,她那如一首忧伤的朦胧诗的男友,会因为一台相机给自己的生活埋下多么大的隐患,将面对怎样的尴尬和压力。最终,朋友前来催债,自己平时擅长编故事的本领竟然用不上,连谎都撒不囫囵。好歹总算还上了这笔相机的债务,与朋友的友谊也因此宣告破裂,再难修复。通过这件事,让我体会到物质的厉害,用卖血的方式领略了马克思的伟大学说。

生日过后,我们的关系进展迅速,从最初的拉手散步发展到接吻拥抱,但对那个实质性的区域却始终不敢触碰。那片禁锢密封的沃土,从来都无人踩踏。从始至终,她是一个皮肤黝黑发亮的冰美人,但在性情上却是一只古怪通灵的红狐狸,通体散发着神秘,给人出了一道邪恶难解的算术题。

有了亲吻的秘密,舌尖的火焰融化了一切,融化了郊区的小河和田野上的谷草垛。农场里空寂无人的护林小屋,是我们频繁幽会的场所。世界陷入黑暗,只有彼此的目光闪亮如星,在心壁上摩擦出麻飕飕的交流电。更加奇怪的是,似乎我们走到哪里,美的气息就跟随到哪里,哪怕身边是腐烂的土质，飞扬的草屑，流浪狗屙下的粪便……我们是如此年轻，巨大的能量胜过一百台内燃机，可以让废墟上开出鲜艳的罂粟。呵，这肆意生长的爱情，如一场大火就要烧毁整个山林，还能有什么力量将它扑灭？我们在称呼上改口，省略了父母赠予的各自俗不可耐的名字，我叫她茉莉。下雪了，我给她打电话："嘿，茉莉，我们去打雪仗吧。"

落 叶

一个闪亮的深秋降临，草籽成熟，大地上酒香回荡。好消息伴随着一场绵绵细雨，打蔫了公路两侧一周前还葱茏茂盛的桉树和法桐，使得满地都是金色落叶。我一夜未眠，静静地谛听着窗外运货的卡车声，直到天近黎明，才有困意袭来，倒在枕头上打了一个小盹儿。很快天亮了，我起床，到卫生间洗脸刷牙。雨停风歇，我住的院子里布满了落英，一场秋雨一场寒，紧接着又是一个冬天。但眼下的秋天注定要被牢牢记住，这是因为恩师要从海滨赶来鲁中的城市看我了。

为迎接恩师的到来，白天我已经约好"鸭舌帽"哲学家，还有另两名文学社成员，大家对恩师来后的活动进行了具体的分工和安排。我们上午十点钟到火车站接头，茉莉特意从花店买了一束鲜花，有文竹、玫瑰、百合和康乃馨。恩师乘坐的是一列笨重喘息的绿皮火车，比普通快车慢了整整两个小时。他舍不得买卧铺，坐了一路硬座。毕竟，他已是快六十岁的老人，由于又累又困，在打瞌睡时折断了一根眼镜腿，一位好心的乘务员帮他找了一块白胶布，粘住了断裂的塑料眼镜。一路上，他没有吃任何东西，喝了满满七大杯温开水，这让他跑了好几趟厕所。

至今难忘恩师从车站的栅栏门走出的情景，秋阳的光线照耀在他多皱的脸上，他远远地朝我挥手，一夜的劳顿似乎一扫而光，嘴唇像孩子样微微抿起，整张脸上布满了温暖的笑意。是的，我记住了：雨后，车站，人群，过客，瘦弱的身影，残缺的眼镜……他走来，步履轻盈灵动，远远地张开浪漫的双臂。那一刻，天色陡然暗下，打了一道闪电。

为了这次出行，他还特意买了一件西装，穿在身上果然有几分"大作家"的模样。我们一路说笑，乘车赶往宾馆。哦，欢乐的青春，闪亮的深秋，闪亮的日子。

一个记忆镜头：收到恩师来信以后，我向单位打了一个接待报告，说我的恩师如何"著名"，有一大堆"光环"和"头衔"，他的来临会为整个城市增添荣耀。这是世俗的规则，我必须适应遵守，以换取五斗米的利益。单位在宾馆为他安排了一个小套间，算是"教授级"的待遇。因为是淡季，整个宾馆里没有多少客人。恩师住进去后，十分不安，不停地向我唠叨："怎么这样安排呢？我一个人怎么可以住这么浪费的房间呢？"我向他解释，说客随主便，是公家的安排，但他忐忑了一晚。一直到第二天，我去陪他吃早餐，他仍喋喋不休道："能不能……换个房间？"我当即就"火"了，似乎火气噌的一下就蹿上来了，用一句话顶撞了过去，像泼出去的脏水。恩师眨眨眼，自尊受到伤害，顿时表情尴尬而难看，他自然也是不会掩饰心情的人，一度要离开。我又道歉，好言相劝，方使他安下心住了几天。现在，我已经记不清是用了一句什么话刺激了他，反正那句话很粗暴，让我懊悔至今。那些年，自己做过多少幼稚的事情，说过多少口无遮拦的无知话，伤过多少亲人朋友的心，我懊悔至今。

剔除这个小插曲，还是快乐居多。为期一周的时光中，恩师为我们的文学社授课，把自己积累多年的写作经验教给大家，他还挑选出一批稿件，打算带回去在杂志上发表。发表！在当时是多么神圣的事件，人们对铅字的崇拜，远胜于无耻的金钱。记得，我们到郊外散步，远远地看到一片工业区里的储油罐，他问我："这是什么意象？"我说："粮囤。"他说："不，是'银色的坟'。"我当即表示惊叹。当走到荒地上一株孤树边的时候，他突然一脸坏笑，表情神秘地问："那个在车站献花的女孩，长着一双漂亮的大眼睛，嗯，是不是你的女朋友？"我的脸上一阵发热，未置可否。事实上，我与茉莉的关系已经走到尽头，频繁的性格冲突与战争折磨得人心力交瘁，两败俱伤，其中风波诡谲，阴差阳错。尽管秋天来临，而我们迎来的不是一次喜悦的收割，而是一片田地受灾后的荒芜。夜里，只要我一睁眼，就能看到爱情的狰狞面貌。

恩师，我难言的苦衷，用怎样的方式才能向你平静地描述与倾吐？既然依照我的年龄和人生经验都不能，那就让它们永远埋葬。

珍　珠

伟大的时间总是不停地给人类制造缺损与困境，它让心灵注定在悖论中永远撕扯纠缠不清，一边是精神世界的张扬独立不可侵犯，一边是世俗欲望的贪婪深渊和无底诱惑。但是，在喧嚣无解、人人自危、以锐不可当之势通往死亡的浩荡洪流中，又有几人能够做到真正的决绝与超脱？那一天，除了爱情，我无法向恩师传达更多的困惑，以使他无端地增添局外人的负累。在这个黑暗与光明、粗鄙与优雅并行飞翔的世界上，他已经承受太多，上帝对他的考验，从来都是采用近乎残忍的方式，下起手来可谓毫不客气。

当恩师看到文学社"一派繁荣"，以为文学的薪火正熊熊燃烧，孩子们会从他们那一代人手中毫不犹豫地接过文学的接力棒。他所不知道的是，此时的文学社正面临各种危机：三年多的交流和活动，留下几期油印刊物，还留下许多撞击的裂痕。成员几经更迭，最初的热情钝化消退，像玫瑰或刺猬，在对自身环境谙熟后张开了原本收拢着的刺。文艺青年的个性，其实是一把双刃剑，总是在刺中对方之后以为取得了胜利，但还来不及转身，自己却已轰然倒地。在僵持的状态下，虚荣与自尊占据了上风，谁都不肯做那个放下长矛与盔甲的绅士，像一辆辆被妖魔挟持了的战车。人们注定逃难悲哀的人性局限，虚荣、嫉妒、为一点小名利争风吃醋，最终导致文学社不欢而散。

而在恩师到来之前，各种不祥的征兆已经浮出水面：命运的幸运儿郑小文，因为莫名其妙地冒出一个失踪多年的叔叔，继承了一笔海外遗产，宣布放弃写作，到异国他乡去接管叔叔留下的公司，走前收走了房子的钥匙。二十世纪九十年代末期，他又杀了回来，收购了国内几家濒临破产的企业，让这些企业起死回生。如今，他成了一家跨国公司的老板，也是整个文学社成员中唯一的坐拥数十亿资产的家伙。二十年来，我与他再无联络，他有一年还乡，我恰好出差在外，错过了他召集的奢靡聚会。据说那次聚会喝掉了十几瓶窖藏茅台，上了鲍鱼、海参、鱼翅、烤乳猪，创下了万豪酒店开业以来的消费纪录。可是，那又说明什么呢？暴露了他虽受他国文明的熏陶这么多年，其实却没有任何进步，还是一个爱炫耀的土财主而已。我表示鄙夷。而文学社其他成员，则通过各种方式，不断搜集着有关郑小文的消息，成了他企业的义务宣传员。他的消息至今在我耳边不时传递，像夏天的苍蝇挥之不去。诸如："郑小文又离婚了""郑小文又结婚了""网上直播了郑小文的捐款仪式""以郑小文命名的文学奖诞生啦！"等等。这类消息真伪莫辨，我听了都当作耳旁风。然而不久前，有个宣传员神秘兮兮地对我说"紫金山天文台要以郑小文的名字命名一颗彗星"，我终于忍不住笑喷，含在嘴里的一口茶水冲出来，水溅湿了电脑的键盘。

那位形象酷似北岛的瘦削社长，最终恋爱遇挫，他追求两年多的写诗的女孩在一夜之间变脸，坐上了一位厂长公子的铃木摩托车。社长从此一蹶不振，很快找了一个相貌平平的女子结婚生子，过起了平庸刻板的日子。在这一帮可爱的人中，"鸭舌帽"哲学家的人生轨迹最是神秘。在某一个阴雨天气，电话铃声急促响起，他高调闯入，给出一个冠冕堂皇的理由——要完成一个"周密可行"的策划项目，为此向朋友们一一借钱，多少不计，哪怕是几枚硬币，都被统统放进他黑色的鸭舌帽里。那顶神秘的鸭舌帽终于被他亲手摘下，托在手里。人们惊讶地发现，其实他有一头油亮乌发，发质还不错，这打破了多年来关于他秃顶的各种传说，那么为什么长期不肯示人呢？为什么？这是他留给人间的又一个谜案。然后，"鸭舌帽"在一个阳光灿烂的天气突然失踪，至今下落不明。老朋友们在春节时偶有聚会，席间总会有一个不知趣的人插入一句话："喂，你们说，'鸭舌帽'还活着吗？"大家面面相觑，没有人能够给出一个确切答案。目光落在桌上，残羹剩汤，菜已经冰凉。

哦，答案——"答案在风中飘荡"。这是一部旧电影的插曲，一代摇滚歌手鲍勃·迪伦，他总是用嘶哑的喉咙唱出人世的悲伤。

一个时代结束了，大风席卷了它：青春、爱情和诗意，各种浪漫的事物，期待的目光，热烈的心跳，善良的愿望，美好的憧憬……多年之后，我经常在雨夜做一个内容相同的梦，情景逼真，如玻璃窗上的雨滴历历可数。在梦里，我还是一个孩子，远远地看到恩师从天边走来，手提一盏马灯，在海边捡拾珠贝，玲珑剔透的珍珠在手中闪闪发光。整个海滩苍凉空旷，周围到处都是野生植物，芦荻、木槿、紫云英和灌木丛。

雨声中，我睡着了，甜蜜、幸福而安详。

（原载《散文》2012年第12期，收入国内多种选本）

第四辑 野果穗

地　窖

　　平白无故的空地上挖出一个地窖，只要一猫腰钻进去，就能让满世界的人找不到你。

　　在胶南，我的一些时光是这样度过的：坐在地窖里的木墩子上喝一杯茶，在罩子灯下读点书，从钢筋水泥结构的城堡暂且逃离，从上至下，感受着这一丈深的地气，享受着一种独特的寂静。尽管地窖里没有什么值钱的东西，无非是些瓶瓶罐罐，葡萄酒和旧书刊，还有我随手放置的一些东西，随手在墙上写的字，某人的电话号码。在地窖中央的木柱子上，挂着一盏罩子灯，一拧开关就亮，把我的影子放大投到幽暗的墙壁上。地窖里没有电源，不是不可以接上，而是我觉得接通了电源的地窖就不是地窖了。

　　春天来临，适逢一个好天，到处热烘烘的，薄棉袄已经穿不住，走一段路身上就冒了汗。我把院子里的地窖打开盖儿，让它在四月的日光下出出霉气，这一出就是三天。恍惚中看到在地下过冬的"小鬼们"都纷纷爬了出来，刚爬到窖口，一见光就融化了。

　　春天是观察节气的好时机，为了观察地窖的变化，我在一楼的阳台支起一架望远镜，看地气从地心深处升起时的形态。我惊讶地发现，无论早晨还是黄昏，地窖口周围总是雾气氤氲，气象神秘；而在别处，却光线明亮，一览无余。

　　现在的地窖，是经过严格勘探、重新选址、物业批准后建的，位置紧挨着玫瑰花丛。春天过后，松木窖盖被青草遮掩，护栏外无人可识。记得画家马塞尔·杜尚说过一句话："人生没有什么事是重要的。"但当某件事在人心里有了想法，便挥之不去，想把这件事做成时，你能说它不重要吗？总之，那些天，在院子里建一个地窖，成了一件天大的事，搞得我心神不宁。最终，有规划，有设计，还在电脑上做了个效果图，由此可见，我打算挖一个像模像样的地窖。至于挖地窖的过程就不用多说了，大约用了一个月的时间吧，我的院子里多了这么一个神秘的空间。其实，地窖相当于一间储藏室，这多少弥补了一个遗憾。买下胶南的房子时，所有的储藏室都被人抢光了，这自然与商家的优惠诱惑有关。有人干脆利用储藏室做起了生意，开了小卖部、杂货店，还有人利用储藏室做快递公司，到处塞满了货物。在胶南，当地人奇怪地将储藏室称之为"草房"，来历至今未加深究。没有储藏室的自然也能对付，储藏室毕竟不像厨房那么重要，但若想过好日子，没有一间储藏室怎么行？走了这些年路，经历了许多事情，终于有了透彻的觉悟，就是不管外面的世界如何热闹喧嚣，归根结底仍然是要把日子过好。如果你是一头牛，就要过好牛的日子，把主人家的地耕种好，夜间吃一槽子好草料把体格养肥养壮，闲着没事时哞哞地叫两声，提提神气。如果是一只地鼠，自然就没有了主仆之分，不必为人的生计操劳，多储存点过冬的粮食就可以了；地鼠在"体制"外，属于典型的自由职业者，但它们也有其不幸：在获取自由的同时失去了一份人类的关怀。

秋天过后，海边的天气转冷，风顺着海滩呜呜尖叫，把地上枯萎的植物吹得乱作一团。这以后我就很少再光顾地窖了，它成了纯粹的储藏室。结果，给了地鼠们一个可乘之机。

充满悲悯之情的人类，把许多动物当宠物对待，也会对情感深厚的动物关爱有加，如马牛猫狗之类，但人和鼠类很难交上朋友。尽管，地鼠是正宗的野生动物，可为什么人类很讨厌它们？答案只有一个，就是它们侵占了人类的利益，人类将其归为"四害"之一，这旁证了人类悲悯情怀的虚伪。

关于这一点，我要特意说几句。嗅觉敏锐的地鼠在秋天光临地窖，其直接诱因大概是半袋麦仁。"人为财死，鸟为食亡"，这话也适合鼠类。金黄的麦子在六月收割后，大姐从姐夫的乡下老家要了一袋新麦，颗粒饱满，金光灿灿，抓一把满手散发麦香，那是直接从泥土中提取的芬芳。大姐把新麦拿到小镇上一家磨坊加工，打成麦仁，其实就是将麦皮脱掉。用新麦仁煮粥，味道甘甜清香，有浓郁的田园风味，让人忍不住怀恋故土，勾起许多被遗忘的感觉，那些童年故事，其实都在味蕾上潜伏。大姐知道我小时候喜食麦仁，就将其中半袋打包寄到胶南，还特意打电话吩咐，要趁麦仁新鲜时吃掉，放久了味道会变"喀"。妻子是在新疆出生的，在上海长大，极其熟悉一种叫作"馕"的烤饼，还熟悉大白兔奶糖和凤尾鱼罐头，却对麦仁的好赖皆无感受，问"这玩意怎么吃呀？"不等我做出反应，径直将半袋麦仁打入地窖，将拆封过的包重又草草合拢。而我当时因为天天到海滩上转悠，干些拔芦草一类的"雅事"，竟然把半袋麦仁忘得干干净净。

地鼠是嗅觉敏锐的动物，它们在夜色的掩护下潜入地窖，顺着木条飞快地爬行，几乎不费什么力气，就能找到自己要找的目标。它们品性无私，吆三喝四地招来许多同伴，把半袋麦仁当成胜利的果实分享掉，嘴巴里发出愉快的声音——吱吱吱。事后，它们觉得地窖是个不错的地方。你想啊，在一个现代设施完备的生活小区里，它们上哪里找像地窖这么好的地方去？这简直就是一处天然的桃花源。于是，哥儿几个目光接触，会心一笑，一致决定住下来产崽生子，繁衍后代。

深秋的一天，风刮得很大。妻子说："往后天冷了，你去地窖里收拾一下，把冬天用的东西拿上来。"我扶着梯子下到地窖，数日没有打理，地窖里已经结了蛛网，还有几分阴凉的霉气。我在木箱子里找到了棉皮靴子，找到了棉袄棉裤。妻子要把这些东西拆洗一遍，再找个晴朗的天气，拿到草坪上好好晒晒。

就在我收拾好这一堆东西，打算离开的时候，无意中感觉背后冷飕飕的，似乎有一种目光射向我。这目光凌厉、惊恐，错愕中含有几分敌意！当时，我意识到地窖里有活物，但当发现一只硕大的地鼠伏在木箱子上，正肆无忌惮地盯着我时，还是被吓了一跳。与之对视几秒钟后，是我先投了降，把目光移开。为了稳定紧张的情绪，我点上一支烟，在木墩子上坐下来想了想。这一想不当紧，一支烟抽完，站起身来时，感觉自己替人类完成了一件大事情，突破了许多原有的局限、原有的惯性思维和腐朽理念。

不妨附上我当时的几点想法：一，地鼠们在地窖安家落户，实出无奈，世上的房子盖得再多，拆迁之声甚嚣尘上，不绝于耳，哪有它们的一幢，甚至一个洞穴？二，假如鼠类皮毛可以卖钱，肉可入药，目系仙丹，它们还会承受着人人喊打的命运吗？可见人类有多么势利。三，鼠类的胆子为什么最小？还不是因为人类拒绝与之交友吗，据说最早大熊猫的胆子也相当小，可它在人类的宠爱里恢复了自信，找到了感觉。而鼠类，千百年来在"斩草除根，格杀勿论"的声浪中如履薄冰，造成它们的处境十分艰难，真是夹缝中求生存。而除了吃点喝点，至多咬坏个衣柜箱子，鼠类的危害委实谈不上大。四，野生的虎狼日渐减少，如若再继续苛待鼠类，那么此种眼神怯怯的小动物，难道没有绝种的可能？

凡此种种，让我做出决定：由它们折腾去吧。并且，这事要对妻子严格保密，否则会有一个众所周知的局面出现。哦，这些可爱的小家伙们！说不定，地窖里多了一种生灵的呼吸，还有种搭伙的踏实感觉呢。当然，仗义是够仗义了，但还不够彻底。比如，让我再拿出一袋麦仁来喂养它们，我做不到。可见，我骨子里受传统文化的影响有多么深，怎么都剔除不净。我的意思是说，我已经搭上半袋麦仁了，不愿再继续干赔本的买卖。

歌谣云：

> 小老鼠，上灯台，
> 偷油吃，下不来。
> 叫妈妈，妈妈没有在，
> 骨碌骨碌滚下来。

（载自《红豆》2012年第12期）

第四辑　野果穗

野果穗

小路两边的野生植物很多，高度参差不齐，很低调地开着一串串或白或紫的小花，大多叫不上名字。我惊异地发现，大凡到海边沙滩上的人，经过这些野果穗时都没有什么感觉，一律视而不见地从它们身边过去。有人骑一辆自行车，一双长满汗毛的腿蹭到了它们的身体，蹭落了果穗上的花粉。

"我有几朵小青花，我有几朵比你的眼睛更灿烂的小青花。——给我吧！——她们是属于我的，她们是不属于任何人的。在山顶上，爱人啊，在山顶上。"

我手捧一册书，坐在一截陈腐发黑的木桩上，眼前放着一个茶杯，从上午九点到中午十二点，我不时地瞄一眼书，伸手取杯啜一口茶。其实，我的心思不在这两件事上，我是在暗暗地观察过往的行人，想知道究竟有没有人对这些野果穗感兴趣。那一天有点热，到海滩上去的人不多不少，大约有三百六十口人，这还没有把九点钟以前的人计算在内。另外还有一些车辆，由于搞不清车内到底乘坐了多少人，因此这个数据统计并不精确，只是个大致的参照。

人们三三两两地来，也三三两两地归。来来去去，目的只有一个：消暑纳凉，休闲度假，和残酷的夏天捉迷藏，不被季节的子弹击中，躲过中暑和热晕就是胜利了。我一想到这一点，就不由得心生感慨，当下人们真是鬼精得很，天热了去海边避暑，天冷了躲进有暖气的房子，还得好吃好喝地侍奉自己的身体，不受半点委屈。态度决定行为，人们是接受了活在当下的理念，变着法子享乐。不过，这有什么错吗？当然没有。

在短短的人生旅途中，有一些疼痛是躲不过去的。日子永远像一本不薄不厚的书，人一页页地翻过去，翻那么几十年，平淡如白开水的页码居多，亮点往往一闪而逝。问题在于，说不定哪一页里，会猛然弹出一枚暗中潜伏的锋利刀片，割破你的某个指头，击中你的额头。痛苦与耻辱往往在平静的表情下深埋，当血珠从裂口处渗出来，你还不能叫疼。

人是那么脆弱娇贵，其强大程度远不如这些生长在海边的野果穗。

后来我渐渐地明白，从空旷的大海滩到环绕着森林的海汊子，一路都是野果穗，花花绿绿，漂漂亮亮。世间什么东西一旦多了，人们自然就不稀罕，那东西就不值钱。

我独自一人在林子里读书，真正吸引我的，起初并不是野果穗，也不是络绎不绝的海滩游客。近年来，我越发不喜欢闹市，在人多的地方我的心却感觉荒凉，时常私下思忖，既然自己那么不喜欢人群，干脆到沙漠里生活一段时间吧！对于这个问题，我认真地设想了一下，答案是否定的。我承认自己很没出息，忍受不了沙漠地带的空旷寂寞，以及没有森林、没有鸟声的地理空间。

说来不好意思，每天吸引我坐在树墩子上的，竟然是一幢抬眼就能看到的红房子，它与我相距不过几十米。房门紧闭，周围是篱笆，围墙内是高过人膝的青草。它寂静如梦，幽暗荒芜，像是从来不曾有人居住过。或许设计师从一开始就是为了让人观赏而盖了这幢房子，世间的俗人不配住进去。最对我趣味的，是屋顶上有一根大大的烟囱，让我的感觉与童话里的印象十二分地吻合。

书中，有一首法国象征派诗人保尔·福尔（1872—1960）的名作："我有几粒红水晶，我有几粒比你的嘴唇更鲜艳的红水晶。——给我吧！她们是属于我的，她们是不属于任何人的。在我家里炉灰底下，爱人啊，在我家里炉灰底下。"

连续十几天近距离地观察这幢房子，我没有丝毫个人目的和动机，既不想知道与房子有关的一切秘密，也不想结识它的主人，如若哪一天房子的栅门被打开，我会断然拒绝入室观察的友好邀请。只有我自己知道，我的想法并不古怪，我所做的一切，只是出于简陋的人生经验。我害怕自己的好奇心和幻想会被真相粉碎，会破损或归于平淡。

与其如此，莫如保留天真的感觉。我想起几天前，在微博上读到一句话："人生苦短，我们都像随波逐流的叶片，无常！与其在乎短暂的存在，不如跟小孩一样陶醉在人生的美好。"

说这句话的是位写励志读物的畅销书作家，多年来一直为我所不喜，但我却欣赏这句话。至此，我在私下将其列入"一句话作家"的行列。这样的作家还有几位，恕不一一列举。

有一刹那，我放下书本，眼前出现了幻觉：我听到有一个男孩和一个女孩在嬉闹，风推开了柴门，两个孩子从院子里走来，手里拿着一束薰衣草。

"我已找到了一颗心，我已找到了两颗心，我已找到了一千颗心。——让我看！——我已找到了爱情，她是属于大家的。在路上到处都有，爱人啊，在路上到处都有。"

幻觉消失的瞬间，我的内心一片幽暗。

（载自《红豆》2012年第12期）

亲爱的孤独

生活总是泥沙俱下，精致的孤独不被理睬。有人说所谓孤独，往往是通过喧嚣的人群被命名和确认的。换句话说，孤独是从比较中抽离出的元素，并被放大，加深了它的程度。一个人置身于茫茫人海，突然有落水般的感觉涌来，他于是喃喃自语："啊，亲爱的孤独。"

但我要说，那仍然不是真正的孤独。真正的孤独是彻骨的，是在漫漫长夜和横无际涯的日子里无人读懂的，或者是一个永恒密谋，世人无法走进这个黑洞。

孤独的人随处可遇。比如，福克纳笔下的艾米莉，那个曾经貌美如花、青春妖娆的艾米莉。在湖畔的甬道上，在小巷的某一个窗棂下，在人群里，隐藏着一个活着的"幽灵"。

我们看到她身着黑裙，独自行走在某世纪的街道，她的头上戴着黑色的面罩，人们因此永远看不到她哀伤的眼神。那偶尔的一瞥，像一股强烈的电流，把对面的接招者击中……这个老军人的女儿，破落的贵族后裔，因家庭变故被命运抛弃在一个寂寥荒凉的小镇上，就像一只船被搁浅在一座荒岛上。她先是失去了父亲，接着又失去了恋人。从此，侍候她的只有一个黑人，这家伙比她更沉默寡言。他们在漫长的一生中是如何交流沟通的？此问题像孤独本身一样令人不安。整个小说笼罩着一股神秘的气息，这是福克纳式的神秘。但福克纳毕竟还算善良厚道，在这一点上，比冷酷的博尔赫斯可强多了。在小说结尾，福克纳把谜底交给了读者：在艾米莉死后，人们在她卧室的床榻上看到一具躺倒的骨架，那是她心爱的男人的骨架，但他似乎仍然活着，夜夜与她倾诉衷肠。多年来，艾米莉与之同床共枕。人们最终恍然大悟，原来她采用这种极端的方式，消解了内心的孤独。这个故事有些残忍，却让我发现了福克纳的另一面，他用艾米莉的爱情事件和极端方式，重重地打了活着的人们一记耳光。

较之艾米莉，川端康成的小说《睡美人》中的老人江口，则是另一种孤独，此种孤独属于时间的力量。它让我们看到生命的余烬——真是比死亡还无趣无聊！这个故事讲述了一个年近八旬的老者，时常怀想和回味青壮年时代的艳史，但他目前显然已经丧失了性能力，时间已经把他逼向死角，他成了一个独居的、连上帝都懒得理睬的、一息尚存的老人。于是欲望和身体的悖论产生了，它们在折磨着他，让他坐卧不宁。恰巧，他发现有一家这样的旅馆，有一项据说是很人性化的匪夷所思的服务：少女在被药物催眠的昏睡状态下陪同孤独的老者共度良宵。一宿过后，两者都相安无事，少女自然是什么都不知晓，而江口老人却在回味中找回生命的感觉。他从此乐此不疲，身上的血流渐渐恢复活力。小说读到这里，我时常停顿思忖：世界上有什么场景，比一个垂死挣扎、骨瘦如柴的老人搂着一个裸体的青春少女更滑稽的呢？少女圆润饱满，呼吸轻盈，口吐芬芳；老人则哮喘不止，形似骷髅。一向精细的川端康成发现了这个画面，把这个有关孤独的故事演绎得惊心动魄，让人绝望得想发疯，然后说不出任何话。

说白了，孤独其实与生理关系不大，在这个时代生理问题不难解决，它多半是来自精神的渴求。当世上的对话者多起来时，你还会感到孤独吗？生活里充斥着误解、误会和误读，生活里充斥着怀疑、猜测和八卦，这让我时常感觉到生活常态下隐藏的杀伤力。我多次对身边的朋友说：什么都行，唯独不可原谅的是误解。当身边的朋友盲目猜测你的行为时，你可以不必做任何解释，剩下的事情就是远离这个人。

有一次，我冒着严寒，跑了数百公里的路程，来到另一座城市会友。当时时近年关，家家户户都忙着同一件事情，城市的上空烟雾缭绕。我们坐在一家老式咖啡馆里，说了那么多话，把积攒了一年的话都说完了，反复絮叨。那一天，我觉得自己就像是一个赶来倒垃圾的人。

因为在实用主义者看来，我说的全是废话，没有任何实际的用途。第二天一早我就离开了，朋友送我到车站，我想告诉他"我是来释放孤独的"，但却始终没有说出口，说出便显得矫情。

"啊，孤独，它是无法说出的，就像一幕无法排练的戏剧。"其实，因为对方早已懂得，所以什么都不必再说。

（原载《青岛文学》2017年第5期，《散文海外版》转载）

第四辑 野果穗

西施的美人生涯

我承认，即便置身于2006年的光线里摆弄手中的鼠标，然后点一支烟，在古筝和二胡的演奏声中来玄想西施这位远古的美人，袅袅青烟也会把有关她的一切一一呈现：明眸如潭，皓齿如雪，红唇如樱，莲步款款，仪态婀娜……是的，这些都是表象，是上苍赋予的，但有谁真正理解她内心的伤痛？或者理解她的勇气与大义，恐惧和战栗，忧愁与哀怨？尽管事情已经过去很久了，美人与她所处的时代，距今已经两千五百多年，多么遥远。但我的心仍然会被一支自春秋飞来的利箭射穿，夹带着滚滚隐痛，于是一只手颤抖，忍不住按住了心脏的部位。

我过着一个低调文人的闲适生活，每天的工作不过是完成定量的书写，自己给自己加码，在单调的键盘敲打声中消磨岁月。较之一些得意扬扬的朋友，我的状态显得暮气沉沉，关节和腱鞘时有炎症。写作让内心沉静而又无为，像一扇门在白天开了，又在夜晚关了。与西美人这个弱女子相比，我只有羞惭。作为男人，生命虚度，但又不想在打牌搓麻中将时间浪费掉，或者加入一场尔虞我诈的商战。日子不多了，要掐着指头计算了。一天好比一元钱，我要把这一元钱花好，当花光一万元的时候也就修成了正果，永远不再有人世间的烦恼和恩恩怨怨。

室内安静温暖，兰花盛开，冷香暗流，烟草淡淡。窗外却依然喧嚣，大雪在节后的春天降临，把正月里的红灯笼打出沙沙的声音。腥气扑鼻的店铺，节后刚刚开张，大雪中招展的酒幌，不过是蹩脚的仿古之作，缺乏实质性的灵魂风韵。这样的热闹也总是表象，就像这个时代的美人一样，可以利用手术刀的威力闪亮登场，勇拿模特比赛的冠军。人们越发不安于自己的长相了，不惜耗费巨资把自己打造成一个美人，像首饰匠打造戒指一样。

西美人是绝对的国色佳丽，天生丽质，粉黛轻施，一袭玉骨，裙锣漫飞。她拥有着天下美人的共同特质：聪慧机敏，能歌善舞，皓齿闪闪，眉目溢情。至于另外三位著名的美人，都是后来的事情了。中国的四大美人中，除杨美人出身官宦外，其余三位有一些共同点：都降生在社会地位低微的贫寒之家，都是忍辱负重的典型，都在完成重大使命后郁郁而终，不得善果。红颜命薄，这难道就是天下美人难逃的劫数吗？

至于西子，上天让她到世间来，只是想让她在村头的水边浣纱，把家庭经营得兴旺。她本人也无甚野心，一心孝敬父母，和苎萝村的众多姑娘们一样，织布种花，卤肉酿酒，相夫教子，过完一个女人平庸满足的一生。在村人眼里，美是不当饭吃的。老公也不会因老婆漂亮而骄傲与自豪，他一心一意地播种收获。直到儿女成群，树木成林，水田一亩，房屋三间。老了，不过是在村头增添一座土坟，中国则会少一则供人宣泄伤感的传说。

我时常冒出这样不怀好意的猜测：像她这样的美人，在偌大的越国，能只有这么一位吗？也许和她同样美的佳丽被埋没村野，做了一世的农妇，幸或不幸，却也难讲。然历史从来鄙视假设，它只尊重事实，不管怎样，天下的巧事偏偏让西子遇上。幸或不幸？问西美人去吧。

某年春，江水返绿，桃花争艳，阳光恍惚，美人西子情窦初开。

她正在与伙伴戏水浣纱，她笑得像山花一样烂漫。此时，从南边的道上走来了风度翩翩，却正失意落魄的"劳改犯"范蠡。他打着来给美人送一包治疗心绞痛的草药的幌子，闯入了美人纯洁如雪的世界，迅速俘获了美人的芳心。月光灼灼，茅屋幽静，风吹树响，西子含泪盟誓。而正是这个让她爱得入骨的男人，她生命里的第一个男人，将她的命运彻底改变了，也将中国的历史改变了。

此后发生的事情，我真是不忍诉诸笔端——如果一个男人懂得怎样去爱自己的女人，又怎么能够下狠心将其拱手让给暴君？即便有天大的理由，亦非君子之道也。而范某身为知书明理、野心勃勃的入仕之人，在面对西施的重大选择问题上，实在有失男人的厚道。在那个时代，女人地位低微，但正因为此，才将贞操视若比生命更加珍贵的东西。而这个满口仁义道德的男人，却让西施陷于"一女伺奉二夫"的尴尬境地，走上一条通向死亡的险恶道路，这意味着一个女人在世间的幸福没了。如果说西子年幼无知，任由狡猾的范蠡扯了个为国献身的大旗盖在身上，尚且不明就里，那么身为朝廷官僚的范某，还看不透政治里的那点猫腻吗？如果像后人说的他有大智慧，又怎能看不透贪婪无耻、过河拆桥的越王？

复杂的人性，是不可思议的。原本粗野好色的夫差，渐渐有所收敛，渐渐地懂得了怜香惜玉。平日里，他称西子为妻，而西子回称他为夫。他为她付出得可太多了，专门设立豪华的舞场，筑起姑苏台，为她建巍峨的馆娃宫殿，还时常陪她到裁缝店量做丝绸的衣裙和狐裘华服。西施穿在身上，愈显白天鹅一般的高贵和楚楚动人。她经常拉着夫差的手在宫中漫步，给池中的锦鲤喂食，要么一道去雪后的山涧饮酒赏梅。远山如黛，白云悠悠，一股蜡梅的清香在山中弥漫，西施和夫差都感到了世间的美好和爱情的甜蜜。随着西子的渐渐成熟，她终于明白自己在这场男人的游戏中充当了什么角色。她有些懊悔，但为时已晚。更为要命的事情是，她已经习惯了眼下的生活，也习惯了她与夫差这个虚拟仇敌的每天的拥吻。因为，这个人成了她事实的丈夫。甚至在西施多年的调教下，他已经克服了许多坏毛病，倒在西施的怀里时，像个大孩子一样乖顺。

陶醉于美人营造的温柔之乡，头脑简单的夫差早已荒疏了岌岌可危的朝政。但对西子的爱恋却像长江奔流不息，他还为此得罪了伍子胥等国家政要官员。这是夫差的重大失误。另一方面，也说明了夫差是个直来直去的性情中人，连说话都是粗嗓门，性子急得一点就着。一味追求个人享受，也不看看眼下是个什么时候。严格地说，他实在不配做一个战乱时期的君王，离一个富有远见卓识的政治家更是千里万里之遥。最终败在诡计多端、隐忍残暴、一心渴望实现复仇计划的勾践手中，当是个必然的结局。

事已至此，如果有人再说西施从来没有爱过夫差我是不相信的，从整个事情的过程分析也不成立。一个男人为一个女人付出了这么多，如果这个女人再不心生恻隐，那可真是蛇蝎心肠了。而西施绝对不是个心狠手辣之人，相反，她的内心之高洁不在她的美貌之下。从范蠡带人攻城，西施出城接应的事情上，足可看出其良善的品性和崇高的威望。当时，范某的士兵围堵于吴国的城下，朝城墙大声喊话，企图用攻心的政策瓦解夫差的官兵，对自觉放下刀剑的吴国官兵许以重赏。一开始，夫差的将士并未吃他那一套，拼命抵抗而使其久攻不下。急于成功的勾践急得抓耳挠腮，把范某叫来一通训斥，逼其立下军令状。于是，摧毁性的暴力攻击开始：火攻，投掷石头，万箭齐发，射落城头吴王的旗帜。一时惨叫震天，鲜血用喷溅的方式染红了高高的城墙，血顺着垛口流淌下来。此时的范蠡，也终于暴露出了他的实用主义嘴脸，完全置西施也在城中的事实于不顾，他要将吴国的城池化为一片火海。危机关头，西施审时度势，勇敢地出现在硝烟滚滚的城门之上，制止了事态的进一步扩大。她让范蠡答应一个条件，就是进城后不要滥杀无辜。于是城门大开，范某带人冲了进来。

在西施十余年的间谍生涯中，我一直对越王勾践这个躲在幕后的关键人物心生厌恶之情，他伙同范蠡之流不择手段取得的胜利为我所不齿，他卧薪尝胆甘当奴隶，表面一套背后一套，究竟为了什么？事实是，以他为首的一伙人夺取了江山后，天下更不太平，百姓更加处于水深火热中，同样，更多的美人仍然难免遭殃的命运，沦为新一轮胜利者发泄兽欲的工具。在人品上，勾践的品性甚至远不及被打败的夫差。夫差几次将勾践于屠刀之下放过，身上毕竟还有几分人性。他的最终醒悟和面蒙三层白布自杀身死，也为自己做了一个还算完善的了断。死时，他最放心不下和难以割舍的，大概就是心爱的女人西施了。此时的西美人，内心充满了浩瀚的悲伤与复杂的绝望。

果然不出所料，天下刚刚夺定，新一轮的内战又轰轰烈烈地上演了。这一次，像无奈的西施被推上历史的祭坛一样，自作聪明的范蠡也成了可怜的牺牲品。他大呼上当，悔之莫及。这才想起自己是多么对不起被他毁掉了一生的美人西施，于是，拉起西施，连夜逃出城池，其实是逃出了比他更阴险、难以预测的政治怪圈。

美人西施是否真的像传说中的那样，与之一道隐居泛舟于太湖之滨，此后生儿育女颐养天年？恕我直言：这是违背常识的虚构或杜撰。

（原载《海燕·都市美文》2006年第5期，《文学教育》杂志2006年第6期转载）

忧伤的回廊， 遥远的风车

剧　院

　　小城的剧院是静止不动的——说它是剧院， 其实并没有歌舞团， 也没有音乐会。 文化局下属的不足三十人的京剧团一年只有两三场演出任务， 平时人们感觉不到它的存在。 这样一来， 剧院最大的功能便是放电影和开全县干部大会。

　　我父亲是县委机关的干部， 开会成了他一生中最重要的活动之一。 他在退休后整理即将告别的办公室， 把满满一纸箱会议笔记本倾倒在地板上， 说 "没有用了"。 然后， 吩咐我和哥哥拿到院子里点燃了。 火舌很快吞噬了那些五颜六色的笔记本， 塑料封皮散发出一股难闻的焦油味。 我当时已经爱上文学， 知道每一页会议记录的背后都隐藏着一个隆重的集会， 主席台上有个神情严肃的人在侃侃而谈。 密密麻麻的文字凝结着父亲一生的虔诚与荣耀， 便于心不忍地偷偷藏下一本。 夜间的翻阅令我大失所望， 上面记满了三夏大忙季节防治棉铃虫的方法和措施。

　　少年的我时常混迹于开会的人群中， 目的是观赏会议结束后加映的电影： 《闪闪的红星》 《海岸风雷》 《卖花姑娘》 《看不见的战线》 《瓦尔特保卫萨拉热窝》 和 《流浪者》 ……

　　至今难忘的是一次公判大会， 一个煤建公司的工人杀死了他的情妇。 尽管小城小得只有一条脏乱的街道， 但我们平时谁也没有注意过这个人的存在， 一场凶杀案突然让他成了全城的焦点。 人们在茶余饭后议论纷纷。 沉重的镣铐叮当作响， 他在宽敞的舞台中央端坐， 并且已经被剃光了头，但鼻翼下的一撮小胡子仍被完好保留。他健壮如牛，表情木然地面对一排手雷似的麦克风。奇怪的是他的声调显得很镇定，在娓娓地诉说他的杀人经过和理由，剧院上方的大喇叭把他在人世间最后的声音清楚地传向远方。陈述完毕，他被五花大绑地拉到郊外枪决。多年后我读到昌耀写死刑犯的诗句，大意是两个死刑犯在被执行枪决前互相嘀咕耳语，最后因为话不投机而争执起来。昌耀感到惊诧莫名，"两个死刑犯，他们之间的争执还有什么意义？"

事实上，活到现在才幡然顿悟，对于意义的寻找可笑而不足取。争执也因为时间的流逝暴露出愚蠢的河床——那时候，伙伴间的争执每天都在爆发，像传染了恐怖的瘟疫。电影散场，我们沿着剧院一侧的小路回家，模仿某位伟人的口吻争论不休。面红耳赤，恼羞成怒。而更多的时候，我们坐在树荫下畅谈《流浪者》的男主角拉兹，他引发我们由衷的羡慕之情，因为其尽管是个人人唾骂的小偷，却获得了气质高雅的丽达的宽容的爱情。

"在我们这里，没有谁会爱上一个小偷，女孩们个个俗气得要命。"

"这个城里没有高贵的丽达。"这是我们分析了一番现实后发出的共鸣和绝望结论。

多么滑稽可笑，三个十四五岁的少年时常把自己想象成主宰未来的人物，掐腰背手，沿城郊的护城河堤相依漫步。一本惠特曼的《草叶集》被传阅得接近鸡毛掸子，仿佛吹上一口气就会羽毛纷飞。在大雪天出来朗诵《我歌唱带电的肉体》。崇拜影星，谈论女生，渴望恋爱，渴望留长发，渴望有一条喇叭裤。每人头上都有一顶傻傻的军帽……第一次品尝啤酒，它让我们皮肤过敏，第二天出现了一身湿疹。那天晚上，三个人都醉了，东倒西歪地喊道："同志们，朋友们，你们多好哇，可以无忧无虑地享受大地的安宁……"

神秘的荷尔蒙毫无预兆地降临到身体内部，开始它魔鬼般的控制。于是我们很快在班里找到了各自的暗恋对象。阿林的暗恋对象是校花，她每天早晨都出现在学校的文艺宣传队里，宣传队唯一的特权是不必早操，单单这一点就令人心生仰慕。那时起我就知道世界上的人是不同的，而我在一个暗淡的角落，像木梁的上方飞翔着的不伦不类的蝙蝠。值得一提的是，多年之后，阿林与这个叫静的女生果真结成了秦晋之好，他们的爱情开花结果，有一对已经读初中的龙凤胎为证。这真是个奇迹，只有用"上天的刻意安排"这一著名的理论才能解释得通。另一个好友杉子就运气差些，他用棉棒棒练习书法，蘸着墨汁认真书写的斗方字画已经无数次被暗恋的人婉言退还，急得杉子抓耳挠腮。"究竟为什么呢？难道我连她也配不上吗？"这令我们疑惑至今，成为一桩悬案。

我算不上一个优等的学生。对我而言，坐在教室里接受刻板的教育是不得不承受的折磨。每天，和所有的同学一样，我装模作样地坐在冰凉的座位上听老师絮絮叨叨，下意识地做着笔记。而思绪却不可遏制地飞向远方，穿越高山荒漠、莽莽丛林，有幻想的片段，有电影里的场景，却唯独没有课本里的内容。我的作业马马虎虎，时常把别人做好的数学题拿过来摹写一遍；考试更是穷于应付……在整个中学时代，我是全校最恍惚的学生之一，犹如一截木桩，在昏昏然的状态下寂寞自燃。

炎炎夏季，盼望已久的暑假终于到来，我渴望天空下一场暴风雨的心顿时像一匹脱缰的野马。但我在家中仅仅待了三天就已按捺不住——父亲的找茬与训斥令我如临深渊，战战兢兢。多年来，他把我视为眼中钉肉中刺，对我的挑剔与苛刻简直无以复加！每一次冲突的起因都小得不值一提，"欲加之罪，何患无辞"。比如，扫地用力过猛，地板上起了灰尘，都会成为他挥手打我耳光的理由。那一刻，粗暴的父亲和戴近视眼镜文质彬彬的机关干部，这两种身份让他的形象变得错位而立体。处于弱势的我只有忍受，忍受……忍受终于铸就了我内向的性格。事后，唯一的发泄途径就是到剧院看一场电影安慰自己内心的苦痛。我陷入黑暗的心需要电影的照亮，剧情会覆盖心头的不愉快，它比敷在伤口的药物还要灵。如今，完全有理由做出这样的假设：如果世界上没有电影这门供人娱乐的艺术，我极有可能选择自杀。

凝视着晃动的银幕，我忘记一切，默默流泪，貌似来自剧情，其实根源是现实中浩瀚的悲伤。

但有一次，在剧院忽明忽暗的环境里，我遭遇了平生仅有的一次无法确认的"性骚扰"，事情的经过被我写进了一篇叫作《乌鸦》的短篇小说中。

那晚的电影是《两个小八路》，自然是一个关于抗日的故事。这部影片已经连续放映了五天，故而剧院里观众稀少，长长的一排椅子上只有一两个人。这样的情况是无须凭票对号入座的，我随便在靠前的一张空椅子上坐下。先是放了两个加演片《新闻简报》，正片即将开始的间隙，我的身边突然多了一个丰满健壮的成年女人，她穿着一件软软的月白丝绵短衫，鼓鼓的胸脯似乎在告诉人们她是个已婚的生过孩子的少妇。我还记得她的面部皮肤比较黑，留着齐耳的短发，眼睛格外大，闪闪发亮。如果把"黑牡丹"这个绰号赠予她，一定十分恰当，我心里这么想着，果然就暗暗赠给她了。整个长椅上只有我们二人，而她暧昧地偎依过来，很自然又很老练地与我搭讪，她像对一个熟悉的人说话一样，声音很轻："哎，还没开始吗？"她指的是电影《两个小八路》。我也很自然地回答："马上。"然后便不再看她，身体拘谨地贴紧椅子。但她的心思压根儿不在电影上，而是没完没了地与我攀谈。她极其坦率地介绍了自己的工作——在饮食公司下属的国营大众饭店做服务员，她就住在县供销社。她问我："放假了吧？"我说："嗯，放了。"从始至终，我的话少到极点，而且全用鼻音作答，瓮声瓮气。脑子已经被她身上释放的一种气味弄得一团模糊，好像被施了魔幻术。"黑牡丹"往我的裤兜里塞了一些东西，我用一只手悄悄地伸进口袋摸了一下，感觉是几块硬硬的水果糖。她又把我的手抓过去，放在自己的手中抚摸和揉搓，另一只手插入我长长的头发里。我紧张起来，呼吸变得急促，额头湿淋淋的，我不知道该如何应对"黑牡丹"如此猖狂的进攻，心里想着尽快离开剧院，但身体却沉重得不能动弹。

后来，她伏在我耳边嘀咕了一句："你呀，真是个小孩子……我们出去吧。"我茫然地点头，被她麻利地拥入怀中，跌跌撞撞地离开了剧院。

她把我带到剧院外的一小片广场上，路面上闪动着片片水洼，气息里有了一股清爽的味道，原来天空刚刚下过一场小雨。夏夜的一阵凉风把我吹得清醒了许多，我意识到眼前即将发生一件可怕的事情，这种事情我从来没有遇到过。

黑牡丹说："到我家去……"她的语气始终平静而温和，分寸把握得当，有点自言自语的味道，明显地她并不需要我做出任何回应。哦，这个在低音区里徘徊的声音就像是一个梦境，丝丝缕缕地萦绕在我的耳畔，整整一个晚上了。她似乎胜券在握。

我未置可否，没有做出摇头或者点头的表示，大概是一副失魂无助的样子吧，完全成了被动空茫的低幼动物。我呆立在原地，看着她到看车处取了自行车，她还蹲下身整理了一下车子的链条。然后她骑车，让我坐在车后。她的力气可真大，把自行车踩得像风火轮。路上，她仍在平静地说话，我根本没听她究竟说了什么，心里在盘算着如何脱身。

当自行车攀上一个高高的坡之后，开始沿着惯性向下滑行，我知道前面就是我父亲所在的机关大院。就这样，在她的车子抵达大院门口时，我飞快地从车上跳了下来，像一只逃跑的兔子那样，一溜风地从侧门钻进了大院。

第四辑　野果穗

露　霞

"黑牡丹"带给我的刺激并未就此结束，接连几天我都在惶惑不安中度过，晚上需要掰着指头数数才能潦草地入睡。回到家后我把屋门关严，将衣兜里的水果糖一一掏出，摆在桌子上加以分析。一共十二颗，糖纸很美丽，五颜六色，外表和商店里的糖没有任何区别。忽然，我想起自己在剧院的黑暗中还吃掉了一颗，是黑牡丹剥好后硬塞入我嘴里的。这让我忐忑了好几天。

几天之后，见什么事也没有发生，我的心稍稳了些，便约了阿林和杉子来到我的零乱狭小的居室。我被内心巨大的秘密折腾得奄奄一息，见到他们二人后语无伦次，结结巴巴地讲述了那一晚的遭遇。谁知他们听了并没有做出我想象中的惊讶反应，只是可怜和同情我的胆小如鼠，我遭到了一番奚落。他们还抢吃了桌子上的糖块儿。吃完了糖，他们开始对"黑牡丹"这个县城中的异类女人大感兴趣，要求我带路到街头进行指认。我说："算了，不想见她了。""不行，要去，要去。"他们施计说如果我再拒绝，就是我在撒谎，这件事纯属子虚乌有。在那个年代，人品被怀疑等同被判处死刑，为证明清白，我只好蔫蔫地闷头带他们二人来到街上。

前面曾经说过，二十世纪七十年代的县城只有一条街道。每天早晨，所有的人都骑着自行车上班，而黄昏时分又在同一个时段下班，想在人群中辨认出某一个人并不困难，因为无论如何这个人都必须经过这条街道。所以当她出现的时候，我马上就认出了她。

在黄昏的人流里，她仍骑着那辆八成新的"飞鸽牌"自行车，齐耳的短发被风吹得飘起来，细长的眼睛迷茫地投向前方，她的身上始终散发着一种心平气和的淡然。与那晚不同的是，新换上的一件蓝色的背心，紧绷绷地裹在身上，勾勒出了丰满的胸部特征。不知怎的，我的心突然跳得厉害，脸上开始发烧，手也不停地颤抖。我很害怕她会认出我后从自行车上跳下来，那样我将不知如何应对。但事后证明这想法是多余和可笑的，原来她具备超凡的遗忘本领，早已把那晚的事情抹杀得不留痕迹。因为在后来的时间里，我们还曾经有过几次狭路相逢的情形，她都在朝我轻扫一眼后侧身而过，抛给我一个背影式的谜语。

我们三个站在路畔，以一棵高大的法桐树作掩护。他们二人一直在询问："来了吗？来了吗？""哪一个？别错过了。"终于，我朝她的背影指了一下，就低了下头。

他们迅速地朝"黑牡丹"追了上去。过了一会儿，两个饱了眼福的人嘻嘻哈哈地回来了，面对脸红的我评价"黑牡丹"：真的很漂亮。

一路上，他们不停地说："呵呵！她才是全城最标致的美人哩。说真的，比你的露霞漂亮多了！"

我的暗恋对象有个欧化十足的名字：露霞——来源于伊凡·蒲宁的小说。这成了我至今喜欢蒲宁作品的主要缘由。在我的书架上，五卷本《蒲宁文集》被摆在一个显眼的位置。

当然，这个名字是我私下里给她取的，她本人永远不会知道，至今也是秘密。我只能透露她的名字里有个露字，至于她现在在哪里，是否活着，都是未知的了。而且，关键的问题是，依照现在的心态，我已经丧失了对她的命运的探究兴趣。这让我怀疑衰老降临到我的身上，是不是已经到了一定的程度。它始终在走，比人走得快。

苏联文学带给我最早的艺术启蒙，与它们接触的机缘值得回忆：那一年冬天，当我们全家从吉林那座冰窖般的北方城市迁到故乡的县城时，父亲先是租赁了一位老同学位于县粮食局附近的三间平房。他的那位同学是一位中学语文教师，因为工作调动而举家迁往乡下。不知是搬家匆忙还是有意遗弃，竟然在旧居里丢下了一个大大的纸箱，里面全是五十年代出版的苏联小说，这无意中帮了我的大忙。那是一些很优秀的小说，如《远离莫斯科的地方》《盖达尔文集》《山冈上的篝火》《小北斗村》《铁流》《毁灭》……甚至，我还几近抄袭地模仿《拖拉机站站长和总农艺师》（作者是迦林娜·尼古拉耶娃），利用自习课的时间"写"了一部中篇小说，题目为《去北京的列车》。而事实上，当时我并没有到过北京，北京是一个遥不可及的地方。

按照当时的中苏关系，那些书都在被禁之列。因而每一本书的阅读都是在偷窥的心理状态下进行的，地点也尽量选择隐蔽之处。比如，在一个周日中午，我找到郊外的一个乡村场院，扒开一个玉米垛躲进去读盖达尔，读得入迷。直到天色完全黑透，连周围的风都沾染了神秘的寂静。我从玉米垛里钻出来，朝满天的繁星呼了一口气，伸个了懒腰。

渐渐地，阅读培养了我肤浅的清高与孤傲，我看世界的目光多了不屑，多了怀疑。阿林很及时地批评我道："不要这样嘛，有什么了不起的？不就是比别人多看了几本破书？"为了这句话我们大吵了一架，差点动手和绝交。

其实他说得很对，除了几个空洞的词汇，我一无所有。我的灵魂被神奇的文字紧紧地攫住了：集体农庄，园艺师，康拜因，布拉吉，红军，白匪，哥萨克，伏特加，顿河，骏马，篝火，营地，丛林，冬妮娅，卓娅，以及露霞……

哦，我的露霞，她的身影在青草地上熠熠闪亮。

露霞是一个皮肤如雪的大眼睛女生，我至今能够清晰地回忆起她咯咯的笑声，像一串清脆的铃声回起在校园冬天的走廊。从始至终，我是一个暗恋"毒鸩"的狂饮者，以至我即便不正视对方一眼，也能够准确地从黑暗中分辨出她的一声轻咳。昼出夜伏的美化让露霞通体散发出神性的光焰，想象中的画面静止：夏令营里歌声四起，在高高的幽静的密林，河水从远处传来阵阵喧哗声。露霞抱着一捆木柴，点燃了山冈下的篝火……茂盛的青草，呜咽的风琴，弥漫的雾气，月光下的木桩，夜空中低旋的大鸟，以及露霞被风轻轻梳理的飘动的长发，都会在我的眼前随时浮现，或者随时熄灭。

过于内向的性格让我在万丈深渊中苦苦挣扎，我从不向阿林和杉子袒露内心。而且，我对他们近乎公开的恋情极有看法。对我而言，这是一个巨大的秘密，说出即是背叛。相反，为了掩饰某种心虚，我在他们二人面前对露霞言辞轻蔑，像一个玩世不恭的问题少年。我恶毒地嘲笑着露霞的一举一动：体育课上的尖叫，遇到路面水洼时夸张腾跳的不雅姿势……但当他们二人随声附和时，却又像有一把尖刀扎在心头，顿时血滴迸溅，伤口好几天才能恢复。而这种尴尬痛苦的折磨是我一手制造的，像个悲剧中的主角，我对自己的性格分裂感到惊诧和无奈。这是为什么呢？为什么当最单纯的爱恋通过唇边的关隘时，却化为一串粗鲁的语言和双目喷火的仇视？

当时的风气令人费解，男女生之间没有最基本的交流，既不说话，也从无合作。由于露霞是个身材娇小瘦弱的女孩，她坐在第三排靠左边的座位，与我的座位相隔了整整五排。这让我有机会长时间地凝望和揣摩她静坐的背影，写满了春天花瓣引诱蜜蜂的内容：瘦削的肩膀，像葱白一样洁净的脖颈……一根粗黑油亮的辫子，时而别一支发卡，时而系一只蝴蝶结……耳朵的轮廓多么分明，耳垂上有一颗暗红的痣……她侧身与后座的女生说笑，眼睛眨巴，兴奋得两个瞳仁放射异光。当朝我投来下意识的一瞥时，她会忍不住一怔——此刻的我，早已将满眼的饥渴与爱恋瞬间化为佯装的愠怒……我怒目而视，火力喷薄，后又心疼地望着她像一只受惊的猎物，从我视野的枪口下仓皇逃窜。

显然，一个没有任何瓜葛的人毫无来由的"敌视"态度令她迷惑不解，进而感到不安。有那么几次，她甚至企图用极度温和的眼神与我进行无声的"和解",但我的无知让她的努力一次次地失败了,败得很惨。

我看到她慌乱地收敛目光,转身,低头,背影幽暗而孤单,肩头似乎还在轻微地抽搐。

后来,她干脆看见我就急忙从道路上绕开,有意识地避开辐射而来的"敌视"带来的心理负荷与尴尬。

现在看来,这其实是我人生最初的,也是最大的一次失败。因为暑假结束后,露霞就随着父母的工作调动转学去了遥远的新疆哈密,这不幸的消息对我无异于五雷轰顶。从此,她的身影在校园那条幽暗曲折的回廊上不再出现,也终于完成了一则我永远无法更正的感伤寓言。

而所有灼人的秘密终会泄露——阿林和杉子在我的床铺上翻找香烟,无意中发现了我写给露霞的一首情诗。他们争扯了一番后大声朗读,逼着我承认,我满面羞红,最后不得不在百般抵赖无果后默认事实。随即眼里涌出了一股泪水,黏稠而咸涩。那首《致XX》的长诗,我只记得其中的几行:

你是屋檐下的冰串吗/瞧你流淌得这般缓慢/春天了啊/你却滴答、滴答……/不肯扑入我焦渴的心田……

事 件

那辆破旧的火车嘎嘎作响,速度极慢,遇到芝麻大小的车站也要逗留好久,铁道工在吹哨子,打着旗语。一路上,我蜷缩在靠窗的一角观察地面。雨后的地面潮湿而零乱,路两边的松林已遭摧残,到处是被风吹断的枯枝败叶。圆木堆积,信号忽闪,电锯发出刺耳的尖叫,三三两两地行走在道路上的伐木工光着膀子。然后是逶迤的山冈和起伏的田野……这是一次离家出逃的情景记忆。

现实变得越发不可忍受：父亲的粗暴，好友的戏弄，"黑牡丹"的诱惑和露霞那双楚楚动人、略带忧伤的眼眸——它的闪动带给我的内心的焦躁越来越严重，像冲击波。

凡此种种，离家出走便顺理成章、不可避免地发生了。香烟事件成了最直接的导火索。

几年前，我们家已经搬进位于城西的县委家属区里，父亲也凭借他的本科学历成了县委的主要部门领导。但他的脾气变得更大了，可谓喜怒无常，搞得全家人人自危，生怕稍不留神就大祸临头。父亲批评人的本领堪称一流，蛇打七寸，他很会抓住对方的要害。往往用一句话就能把对方的气焰压制住，把对方的尊严踩在脚下。我见过他批评一位因饮酒误了大事的机关干部的情形，语言之犀利无人可及，一颗颗子弹从父亲的嘴里倾吐而出，直击靶心。那个年近五十岁的人低着头，哆嗦着躬身站在父亲面前，吐字含糊地说："我、我错了……今后……嗯，再不敢了……我……认罚……听候组织处理……怎样处置……我……都没意见……我……有罪。"

他这样反复忏悔着，压抑的哭泣使他像个孩子，连手上都沾满了黏稠的鼻涕。那一刻，作为旁观者的我，觉得全身掠过一股巨大的电流，从脊背到股沟，仿佛都爬满了阴森的毛虫。

离开了原来毗邻的粮食局，我们家的院子背靠县医院，这里住满了县委机关的首脑人物。每天都有穿白大褂的医生护士出现在小区里，他们前来检查某位退休官员的身体。长长的胡同尽头是一条河，那是城中唯一的河流，河岸上生长着大片葱茂的野树和灌木。我曾经约了阿林，两人怀抱气枪到树林里去打麻雀，我的枪法不错，几乎百发百中。然后我们把打来的猎物拿到河岸上用火烧着吃，那真是一生中少有的欢乐时光……阿林的家也在这个小区里，与我家相隔几座院落，他家门前就是公共厕所。由于父亲不允许我在家中大便，倒给我提供了一些外出活动的机会和借口。每次大便完毕，我只需把裤子一提，直奔阿林家。幸运的阿林是独子，父母也是普通的机关职员，但其整个家中的和睦气氛让我悄悄羡慕。对我刺激最大的一件事是，有一次我看到阿林的父亲正在喝茶，阿林抢过父亲的杯子，咕咚咕咚一口气将杯子里的水全部喝光了……我惊讶地盯着他父亲的脸，观察其父的反应，却什么变化也没有，阿林的父亲又去倒了一杯水。我十分震惊！因为这样的事在我与父亲之间，是不可想象的，也是永远不会发生的画面。打那以后，我才恍然大悟，原来世上还存在着如此亲密的父子关系。我忍不住问阿林："你怎么可以喝你爸爸的茶水呢？"

"渴了嘛！这有什么……"阿林说。越是这般轻描淡写，越让我的内心失去平衡。

而我的日子一如既往，与父亲的摩擦每天都在发生。这一次却源于我的大意：偷了他的香烟。当时我父亲正躺在床上，时而从胸腔里发出轻微的鼾息，我以为他真的睡着了。最大的错误不是这个，而是我记住了父亲曾经说过的一句话："摘了眼镜我是什么也看不见。"这句话促使我放开了贼胆，从他的枕头旁小心地抽出了五支香烟。

在转身的刹那，我被他一把揪住。

这是我一生中最难忘的恐怖经历。那一天，我为这五支香烟付出了惨痛的代价：在挨了一顿拳打脚踢后双手被反绑，然后被关进了燠热难当的厨房，被罚站了整整一天。母亲出于对我的怜悯，悄悄打开了门锁，端进一碗热气腾腾的小米稀饭，用一把大大的铁勺子往我嘴里喂送。我的眼睛马上浸满泪水，母亲一边责备我一边流泪。懦弱的母亲不敢解下我双手上的绳索，一个劲地催我快吃，否则父亲下班回来就麻烦了。但我没有一点饿意，摇头拒绝，母亲就强制性地让我吃了一口，我就吃了一口，母亲让我再吃一口，我又加以拒绝。就在僵持的当口，父亲的自行车稀里哗啦地闯进了院子，而母亲已经躲避不及。父亲铁青着脸，先是一把夺下了饭碗摔得粉碎，黏稠的火粥顿时变成一摊稀泥，然后，他伸手朝母亲脸上打了一记重重的耳光。

当天傍晚，我们家爆发了一场前所未有的战争！父亲几乎摔碎了所有能够摔碎的家当：暖水瓶、搪瓷锅、玻璃相框、酒杯、一摞碗……杯盘满地，桌椅被掀翻，四脚朝天；我平时阅读的书籍被一把火点燃，烧成了一堆纸灰。一股青烟从院子上空升起，斥骂和揪打声向四周扩散。大约有上千人围观了这个热闹的场面，邻居、行人、小贩、父亲的同事、母亲的同事、哥哥的朋友、我的同班同学……他们中有的人在真心劝解，有的人却脸上挂着恶意的微笑。院子里的火炬树被挤歪，连墙头上都坐满了光屁股的儿童。

事后得知，有一个赶驴车的中年人路过胡同，以为发生了什么大事情，也加入了围观的人群，结果他心爱的毛驴走失了。

第二天，偃旗息鼓，像以往的大小战事一样，不需要任何调解，一切就归于平静。生活仍沿着原来的脉络延续，大事件套着小事件，小事件也会引发大事件。这场战争没有输赢，损失要远大于五支大前门香烟的经济价值。若把砸碎的家当重新置办，需要花掉全家人整整一年的工资储蓄。

父母都耗尽了气力，没有按时起床上班。他们太劳累了，倒在各自的房间里酣睡。早晨醒来，家中比以往更加寂静，母亲豢养的几只家禽，吓得连大气都不敢出；猫跑到房顶上去了，鸡在院子里悄悄啄食，窃窃私语，仿佛它们都清楚一场场事件的始末，一次次见证了主人的凌厉与暴戾。但这一次与以往不同，它促成了我少年时代的一次成功的出逃。

为什么我必须要忍受肉体与精神的双重凌辱，过着连猪狗都不如的生活？远方啊，一定温暖而快乐，有比眼下更好的生活，那是真正的生活：果实遍地，溪水淙淙，野鸽子低低地飞翔，甲虫的队伍自由奔跑……事实上，离家出走的计划和想法折磨我很久了，仇恨一直在内心拼命地积攒，到了饱和的状态就会发生裂变。我想：如果我的肚子里隐藏着一个炸药包，如果我的舌头就是一个引爆装置，我会毫不犹豫地把它从嘴巴里掏出来，把体内的炸药包引爆，让整个夏天都坍塌和陷落于一次金色的爆炸。

风　车

挣扎着起身，我从仓房里装了一布兜鸡蛋，情绪镇定地来到农贸市场，以很低廉的价格将鸡蛋卖出，从一个耳朵上挂着黑眼罩的男人那里换回八元钱作为出游的旅费。前后过程简简单单，不到十分钟的时间。然后，我来到河畔，沿着河堤行走，鸣咽的河水在脚下哀伤地奔流，河水见证了我内心的渴望与决绝。

但接下来面临的问题令我颇感迷茫：我实在不知道要去哪里，哪儿才是一个安抚伤口的地方？世界筑起一道高高的栅栏，到处都是陌生的人群。他们吃喝，劳作，睡眠，占据着城市和村庄，并用黑压压的身影切割了阳光下所有的道路。

原来，在貌似开阔庞大的社会结构中，根本没有出走的人可以遮雨的茅棚，以及一顿免费的午餐。开花的春天已经远逝，而丰盈的夏天碧草如织，秋季芦花似雪，冬天有温暖的洞穴，树上筑满鸟巢，蚂蚁在泥土中穿行……如果从这一角度加以分析，人的生存空间甚至远比其他物种更加逼仄。

伴随着河水的流动，理性渐渐在我的意识中复苏。我放弃了原本打算到一个陌生地的冒险计划，而是决定到五百里以外的乡下外婆家去度过这个漫长的假期，那个地方叫沙河镇。直到今天，一想到这个地名，我的鼻孔间便会奇异地缭绕着一缕淡淡的泥腥味，或者一股浓郁的树汁香气。

我在内心精心设计了这次具有划时代意义的旅程：一，沙河镇是我童年熟悉的地方，那儿有我的许多亲人；二，沙河镇以西的黄金村，埋葬着我的爷爷和二爷，我有好几年没去看他们了；三，面对我的失踪，父母会理所当然地想到沙河镇……不管怎样，我还是爱他们的，我不想让他们为寻找我而焦灼。唉，人的感情真是复杂微妙，在行动的刹那间，我竟然动了恻隐之心。类似的恻隐之心，在此后的人生里从未消失。

就这样，主意拿定，我来到小城的火车站买了一张车票。火车经过一天一夜的运行，我来到沙河镇，在外婆家住了整整一个半月。

当我与小城不辞而别，行进在明亮的钢轨上时，我听到火车发出哐哐的撞击声，我感到周围充满了危险的快意。车窗外，孤独的风夹杂着一场暴雨从天空泼打下来。

外婆家位于沙河镇以北的小村子，从家门口可以一眼看到公路，外婆时常用手搭起凉棚朝公路上张望。她家的院子外有一个白茫茫的大水塘，这个水塘至今还经常出现在我的梦境中。每一次都有已故的外婆出现在其中，她有时手里拿着一只铜盆，有时两手空空地微笑。

当天黄昏，因为我的到来，外婆吩咐我二舅到水塘里捉了两条两斤多重的大鲤鱼，还杀了一只老母鸡。"它叫花妮儿，我养了五年。"外婆说着，伸出一个巴掌。外婆抚摸着我精瘦的身体，不停地骂着我的母亲，叫着母亲那陌生怪异的乳名——布儿。那顿饭吃得我肚子鼓胀，站起身来都很困难，最后，我只好一点点地挪着步子钻进了蚊帐。夜间，久违的蛙声吵得我无法入眠，满屋都是陈旧的气味，稻草的气味，衣柜的气味，破棉絮混合着往事的气味，还有一股类似于春天梨花爆开花蕾的气味……一团明亮的月光在窗棂上水一样游动，照耀着墙角下一只缺了耳朵的尿壶。

公路上不时响起马车奔跑的声音，我的心却感到闻所未有的安稳，像躺在一个温暖的摇篮里。渐渐地，我进入了梦乡。

第二天，外婆领着我来到村子西边的一片竹林，竹林里有一小块花生地。在花生地的旁边是我外公的坟墓，我们一同给外公烧了一叠纸钱。还到竹林外的棉花地里采了一大把野花，放在了外公的坟前，然后我跪下来，跪在青草地上，重重地磕了三个响头。这时，令我终生难忘的一幕出现了：外婆将手中薄薄的白纸折叠成一个小风车，用一根黑线将它扎在竹棍上挑着，小心翼翼地插在了外公坟头的中央。我想询问外婆这有什么讲究，却不知出于什么原因始终没有开口。我看到外婆双眼微闭，蠕动的嘴唇念念有词……天暗下来，幽静的竹林里没有一丝风，时间凝固了。

而风车，却在旋转。我眼里的泪水也在旋转。

（载自《青海湖》2006 年第 4 期）

第五辑

遥远的火光

逃亡的羽毛

用什么语言也难以表述这个死神觊觎的春天，似乎被一根鱼刺卡住了喉咙，有太多的话要说，却欲言又止。目光失神游移，大脑一片空白，嘴唇在颤抖，心突然很乱。明明坐在电脑前，明明像往常一样翻开某一本书，读上几行却被另外一种力量牵走，去了一个未知的溃败地带，眼前出现一堆火山灰。毫无疑问，这场疫情刷新了一个人前半生的全部经验。

"淡定，淡定。"面对窗外日益迫近的春天，我躲在书房里，一边踱步一边自言自语。

宅居刚刚开始的时候，我本人没觉得有什么不便，长期的写作状态早已让我习惯于足不出户，也算拥有较丰富的闭关经验。多年前因为要写一部长篇，曾经在郊区租赁的乡下草房里闭关三个多月，身心完全投入到虚构的故事中，连味觉都几近丧失，也无心讲究。当时在感觉上，从春天跨入夏天只用了很短的时间。而出人意料的是，疫情爆发导致的被迫"隔离"和自愿闭关完全是两种感受，被打乱的不只是内心的平静秩序，还有许多平时被忽略的琐碎，体现在生活的每一处细节。比如，每周三至四次的有氧运动，这是长了痛风病后强制性排泄嘌呤完成代谢的方式；比如，每月必定进行一次的理发，都已成习惯，否则，就浑身感觉难受和不自在；再比如，每天写作后到小区外围的公园里散步，以保持腿部关节组织的柔韧和弹性……诸如此类吧，都是一些平日里被忽略不计的小事情。而如今，这些平时轻而易举就能落实的小事情却都变成了无法实现的奢望，突如其来的困境让人不知所措。

"幸亏是在自己家里呢。"我用这句话鼓励早已坐立不安的妻子和女儿，以稳定"宅心"。有一个朋友前年开车回到老家，结果被困在乡下老家无法返回，他在微信朋友圈发信息，说"什么生活用品都没带，这真比囚犯还难受呀！"这句话后面紧跟着的几个捂脸的表情符号，就能表明他的尴尬处境，这是最真实的尴尬，体现在时间分分秒秒的流逝中。另有一位在石油大学工作的朋友，年前去了武汉探亲，原打算从武汉去三亚度假旅游，结果被困牢在风雨飘摇的武汉。好在他和亲人们都没有被感染，只是百无聊赖地在煎熬中度日。作为诗人，他灵光尽失。此类的事例不胜枚举，许多在春节期间出行的人遭遇相当令人同情。

而我们一家三口，也经历了差点被新冠病毒"扣压"在老家的危险。腊月二十九单位刚放年假，我们便收拾行装回老家聊城陪老母亲过年。像以往一样，这是个按部就班的年节，无论平时多忙的人都得放下一切参与其中。我们的年节计划和中国千千万万个家庭大致相似：年三十全家人吃年夜饭，大年初一互相拜年，给孩子们分发压岁钱。连续几年了，我和退休后定居聊城的作家左建明老师、诗人姜勇等几位朋友必有一次相聚，一般约定在大年初二或者初三。这个春节，女儿从北京回山东过年，全家人打算在聊城待到初三后返回青岛西海岸，在家中继续这个年假，因为女儿有一个大海写生的作业需要完成。但其实在大年三十气氛就开始紧张了，我不停地刷微信，朋友圈已经被武汉疫情刷屏。那一晚我几乎彻夜失眠，过年的心情被一扫而空。面对愈发紧张的风声，我们决定取消初二中午的聚会，提前踏上返程。朋友们都是通达明白人，用不着多解释就达成了协议。但提前返程的决定一出，母亲一听生气了，大声嚷叫起来，并且动作麻利地把我放在鞋柜上的车钥匙藏了起来。

2019年我一直在外奔波忙碌，很少回家看望母亲，每次打电话，都允诺回家过年，似乎用一个年节就能把自己对亲情的亏欠补上。到这个春节时，母亲已经八十四岁，她的态度当在情理之中。此时武汉已经封城，可以说"封城"对每个中国人而言是个陌生的词语，超出了我们的日常经验，我感觉事情变得严重。而老家的人似乎对疫情并不敏感，来家中串门和拜年的人络绎不绝，这让我惊恐不已，万一感染了新型冠状病毒肺炎怎么办？必须尽快离开这个无法掌控的地带。好在经过一番耐心说理解释工作，母亲终于无奈地下达了放行令。我把带有母亲体温的车钥匙拿在手里，踏上了返程的济青高速公路。一路上，车辆不算多，远不像来时那样拥堵，说明人们还惯性地沉浸在节日里，没有对疫情抱有足够的警惕。有一瞬间我甚至产生了怀疑：我是不是反应过度了？但这个念头刚刚闪过，就陆续接到武汉、北京、青岛的几个朋友打来的电话，传达的信息令人毛发悚然，闻所未闻，各种画面在脑海里密集出现，险象环生。于是，我在心里又做出一个决定：不回青岛了，到淄博下高速。在这样一个关键的节点，我的直觉起了作用。果然，下了淄博高速，路口已经设置了测量体温的岗哨。

之所以做出这个临时决定，是出于物质储备的考虑。毕竟在我的工作单位所在地安顿下来，生活上要方便得多，眼下能够健康平稳地度过这一特殊时期成了头等大事。当平稳运行的世界发生倾斜，时间的火车出现脱轨时，能够活下去，尽快找到安全地带便是第一要义。

2019年，我在位于西海岸的家中足不出户，独自一人生活和写作，一日三餐基本是凑合填饱肚子。为了赶稿子，尽量减少出门和社交，每天的活动是黄昏时去滨海大道的林子里散步，到沙滩上观看落日和海水涨潮。这一年，完成了近三十万的文字量，它们在电脑文档里排列整齐，是我在时光面前的痕迹与慰藉。而此刻，我望着这些变成了书本和印在报刊上的一堆文字发呆，怀疑着写作的意义，陷入了前所未有的虚无。在巨大的灾难面前，渺小的生命个体更是脆弱到不堪一击，像一根逃亡的羽毛在错乱的时空中历险……从此，我们一家人和全体中国人一起，被这看不见摸不着的新型冠状病毒关进了居室。其间经历了太多惊心动魄的体验，内心被遥远的武汉撕扯，一会儿像一只抛向空中的氢气球，一会儿是炸裂后纷纷扬扬的碎片。

（载自《青岛文学》2020年第5期）

第五辑　遥远的火光

幽暗的居室

长期生活在都市里的人们，已经被舒适的现代化生活宠得很脆弱，经不起一丁点颠簸和风浪。人们早已习惯于日益丰富的物质生活，只要从网络上下个单，吃喝玩乐，想要的一切应有尽有。而飞速发展的景象让人类变得更加贪婪、狂妄和膨胀，无节制地开采与破坏，占领与掠夺，人类已踏上危险的悬崖而浑然不觉。

如今，终于被一场疫情关入居室。自此一个新词走进了我们的生活：新型冠状病毒肺炎。这个从天而降的杀手，它的体积该是多么微小，小到用肉眼难以看到，触摸也无感知；但它又是何等狡猾，绕开了世人一直引以为豪的高端科技，绕开航母导弹和飞机大炮，直取人类的弱项和命门。

生活突然从一种秩序跨入到另一种警戒状态。一家三口，每天面对一个幽暗的世界，除了吃喝与睡眠，似乎无所事事，满眼尽是被刷屏的疫情，以及一时真假难辨的各种信息，病毒让谣言长了翅膀飞向四周。这时候，理性的识别与判断多么重要，这得益于日常养成的逻辑思维，依照常识走，就不会有大的偏差。很快，冰箱里的食物几近告罄，那些积时已久的牛肉、鸡鸭、冻鱼、冻虾、火腿肠、禽蛋和蔬菜，像卷入一个旋涡，被巨大的黑洞吞噬，食物的滋味已然不再重要。

突然没有了喧嚣、社交、宴会、雅聚、出行、杯盏觥筹和猜拳行令的热闹，整日面对雪白的墙壁，除了心头写满无奈，便是在情绪的低谷徘徊。窗外的雪，纷纷扬扬地下着，漫过空旷的夜晚，死寂无声，连一只野猫的叫声也没有。尽管节气上的春天已经来临，但大地依然布满结霜的严寒。一切都静止了，而人只有在与外部世界的交融碰撞中才能把潜能激活——需要友谊，需要爱情，需要与大地上的事物产生交集，需要森林、草原与节日的狂欢。在非常态的静止中，精神在生锈，妄念在增加，疾病在滋生。我想起了十七年前的"非典"，时间也是春季，印象中连口罩都没有戴过。这次疫情与"非典"不同的是，除了地处重疫区的武汉，弥漫性的灾难波及活着的每一个人，人人都作为幸存者的身份而存在，而不是旁观者。在武汉是困境，被迫宅在居室里，同样是困境。换句话说，自武汉封城那一天起，我们每一个人都在现场，无一幸免。而且，随着疫情的传播，每个人的处境越发艰难。

在雪后初晴的黄昏，我和妻子一道驾车出门——这是我们自宅居后头一次上街，短短一个月，却与世界有了一种久违的感觉，看到任何物景都触碰到内心的哀伤。小区的门口已经被围上了铁栏，几个戴袖标的疫情管理人员在铁栏前把守，给我们办理了临时出入证件，凭这个证件每户每天可以出门一次，并且严格限定归来的时间。然后，我们小心翼翼地沿街行驶，天色幽暗，路边积雪茫茫，看不到一辆车和一个行人。街道两边的商铺一律关闭，有的贴上了封条，这让我的脑海里产生了各种错觉，以为是在一个梦境中穿行。我打开了车灯，缓慢的行车速度更像是对梦境的检阅。说真的，那一刻的心情是复杂难言的，如大海涨潮打湿了海滩。

在这个叫临淄的小城居住快三十年了，如此近距离的观察与端详却是前所未有的。像在翻阅一本书，从每一扇紧闭的门开始阅读，门脸的装饰都独具匠心，被人忽略的美术设计突显出来，折射出店主人的文化品位和个人趣味。忽然发觉小城的街道如此宽敞，仿古的建筑富丽堂皇。当行至闻韶路东拐弯处一家装了路灯的门前，我把车停了下来，摇开玻璃窗注视了好久。紧锁的木门不禁让我泪目，眼前幻化出一个暖心的画面：一个女子掀开厚厚的门帘，探出头来，望着漫天飞舞的雪花，惊喜地嚷叫了一声"哟，下雪了！"——这仅仅是一个月前的情景。

这是一家僻静的咖啡馆，平日里我经常约几个朋友来此小聚，店主是一位年逾七旬的老太。据说她是一位日本遗孤，会说一口不怎么流利的日语，有一次与我聊起了日本影视剧，聊《深夜食堂》，聊富士山，还聊日本的茶道和歌伎。看得出，她深受日本文化影响，把咖啡馆布置成了色泽古旧的"东洋"风格，墙壁上挂着两幅日本书法，橱柜里摆放着一对日陶梅瓶。我当时想，一个老年女人，依旧迷恋成双成对的美满寓意，这是中国文化的渗透。而她的丈夫早已逝去多年，眼下守着女儿安度晚年。尽管我知道，她就像一盏呼吸微弱的油灯，在未来的四季里，只要有一阵风吹来就有可能把她带走，熄灭，送往另一个世界。

我之所以喜欢来这里小坐，除了幽静，当然与这位老太的不凡身世有关，尽管我们为数不多的交流从未涉及她的过去，这些经历也多半来自道听途说。其实，根本用不着过多的语言交流，只要一见到那张脸就会让人联想到岁月的沧桑、世间的风雨和离乱。而如今一切都挺过来了，她还如此安详慈善，像一个时间的标本，让人内心踏实笃定。此刻，我不知道这个老人躲在何处，以怎样的情态度过眼下的寒冷。我知道，人与人之间的连接很奇怪，亲切感也是无阶级、无国界、无来由的。互相熟悉以后，我每次去那里，都坐在靠窗的角落，对新磨的咖啡细细品咂，让苦香浸润舌尖。她在一旁忙碌，将室内收拾得纤尘不染，却不忘及时给我续上一壶新咖啡，或者免费送上一碟水果或甜点。天黑了，她点上一支摇摇颤颤的烛火——亮光虽小，却能让人从心里抽出丝丝温情，一股宁静踏实的力量自那里冒出，弥漫周身。这尘世的气息令人着迷。

（载自《青岛文学》2020 年第 5 期）

灾难的面孔

一个近景：巨大的海浪、倾翻的轮船、尖叫的鸥鸟、在水中挣扎的船员。而镜头拉开：天空广阔，洪水泛滥，飓风掀翻了屋顶，街上是奔逃的人群⋯⋯⋯这是经典的灾难场景，是人们思维习惯中的宏大叙事，它们大多源自某一部外国科幻电影的片段。总之，发端于自然界的灾难在人类的公共记忆中的形象早已形成，堡垒一样坚不可摧。而处于一个科技统领的时代，灾害的模样已经发生了惊人的变化。从某种意义上说，工业文明的程度越高，灾难的形态就越多样，它会隐藏在春天叶子的背后，秘而不宣，向人类突然发起进攻。

我对灾难形成的最早记忆，来自久远的乡村。那时候我还是一名幼儿，终日依恋在母亲的怀中，世界在我眼里是一块蓝布，这是天空带来的印象。时间是夏天，母亲把我揽在怀中在天井里乘凉，她坐着的竹椅微微后仰，而我似睡非睡。天空繁星密布，月光还像往常一样明亮。乡村的夜色里飘荡着一股植物腐烂的气息，整个院子里有一种凝固了的闷热，像一只铁桶装满了熬热的油漆。忽然，我感到母亲的身体仿佛被一记重拳袭击，随着竹椅发出一声断裂的脆响，我们一同飞了出去，身体四仰八叉，狠狠地摔倒在地。我被惊醒了，看到夜空中的月亮在上下蹿跳，星星在飞翔。街上已经有了嘈杂声，母亲全身发抖，说："地震了，地震了！"母亲拉着我的手迅速跑到街上，看到老椿树下已经聚满了人。有人举着一支火把，空气中散发出一股柴油味；更多的是手电筒，光柱乱晃，偶尔会照射并放大一张扭曲惊恐的脸，颜色发蓝。人们喊喊喳喳地议论，语气里流露出紧张和不安。经验丰富的老人说这是老天爷发怒了，这仅仅是个序曲，更大的地震还在后头，要房倒屋塌啊。现场一片唏嘘，女人们在抽泣。正是在那一刻起，我吃惊地知道了天地间还有另一种神秘力量的存在，它比母亲的呵斥可厉害多了。

第二天，我们家就搬到了村东的场院地，在空地上扎起了一个帆布帐篷，全家人挤在一起。一时间全村出动，都各自占领了村外的一块空地：沙河滩、梨园或枣树林等露天场所。大人们愁容满面，说话的声音里都流露着焦虑和不安，像一只只待宰杀的羔羊。而我和伙伴们却只是觉得好玩，依旧借助场院麦草垛的便利，进行捉迷藏的游戏。我们哈哈地笑着，觉得周围的景物都没什么变化，天还是那么蓝，飘着白云，地上的青草仍然疯狂生长，结出了花穗。好在十来天过后，更强烈的地震并没有到来，人们这才收拾炊具和家当，结束了这段抗震避难生活。关于地震，美国学者马里奥·萨尔瓦多里在其著作《大地何以怒吼》中有过详细阐述，他把地震喻为"碎裂的蛋"。记得，当我在秋天的阳台上阅读该书时，只对其中的神话传说较感兴趣。

多年之后，我目睹了地震带来的巨大灾难。那是在汶川地震后的第五年，我到四川绵阳参加一个文学颁奖会，其间，当地散文家冯小涓夫妇联系了有关部门，带我去参访北川旧城地震遗址。车子出了绵阳，在干净空旷的国道上行驶，四周景色优美，空气像滚动在芭蕉叶上的雨滴。驶过一座被地震破坏开裂的桥梁，继续在深山的弯道走一段路，就到北川老县城了。五年过去了，当年世外桃源般的北川县城已经变了模样，街道被雨水冲洗得干干净净，路两旁的木棉树枝繁叶茂，开满了花朵。应该说，旧北川实在是太美了，它地处四面环山的洼地，像一个天然的聚宝盆，到处都是绿色的植物——震灾之前，这里真像一座无人打扰的世外桃源。而此时，如果一个毫不知情的异乡人误闯进来，在旧北川的街道上行走，除了一种巨大的美感之外，绝对不会产生恐怖之感。因为灾难早已远去，那个狰狞的黑夜已经被时间和阳光驱散，剩下了满目繁花，仰脸即见峭拔的山峰，鸟群在天空自由歌唱。许多人家的窗子上还挂着花布窗帘，在风中微微拂动，桌子上的电扇在轻轻旋转。谁会想到这里曾经上演过一幕最为惨烈的悲剧，是魔鬼疯狂撕咬生灵的战场？尽管，我心里清楚眼前的宁静都是蒙人的表象，它们经不住追究，只需稍加询问就会获得一个令人震惊的答案。但我刻意忍住没有问，因为站在废墟现场，我害怕真相的还原会给内心带来剧烈的震荡——人是多么喜欢回避真相，尤其是当它们具有悲剧性质时，连大脑皮层都会本能地拒绝吸收。直到参观结束，我们一路无语。回到新建的北川县城用餐，服务生端上北川当地的特色菜品卤煮香碗，气氛才有所缓和。借助围绕美食展开的话题，为弄清纠结在心里一上午的问题，我刻意轻描淡写地向一起用餐的人求解："有一排楼房很完整呢，是建筑质量太好了，对吗？"小涓沉默片刻，用一口四川味道的普通话回答说："你看到的楼房是三层建筑，实际上咧，那是四层建筑……一层陷入地下喽，一楼的人都没来得及出来。"说着，小涓的眼圈立刻红了，开始用餐纸拭泪。仅此一个细节，让我很是震撼，品尝美食的欲望顿消。在此后整个下午我都陷入了沉思，眼前上映着一个惊悚的画面，感觉到人类在自然面前的无助。所谓的人定胜天，不过是理想主义时代的说辞。记得在离开绵阳的那天，我曾经答应冯小涓回去后好好写一篇北川之行的感受文字，给她主编的杂志《剑南文学》，但多年过去，却始终没有行动。因为一想到北川，那个惊悚的画面便会在眼前浮现，冲垮了承受的极限。英国诗人艾略特在诗中写道："这就是世界结束的方式，并非一声巨响，而是一阵呜咽。"这又一次让我痛感文字的苍白无力，真正的悲剧是无法用语言表达的。

　　在我的写作生涯中，几乎不忍心触碰灾难题材，即便有所涉及，也尽量采用委婉的方式，用鲁迅先生的话说就是不能"直面惨淡的人生"。自己缺乏"猛士"的勇气，像一个开惯了自动挡轿车的司机，驾驭不了一艘灾难的轮船。在我看来，人类遭遇的重大"灾难"和世间日常生灵的"爱与死"是两个完全不同的概念——文学关注的爱与死，是如此生动细腻，甚至是温柔无声的抚慰，像上一堂人性解剖课。基于这一点，我从心底对那些擅长书写灾难的作家表示钦佩，觉得他们具有冷面杀手的心理素质。

而爆发于 2019 年的这场新型冠状病毒肺炎疫情，把灾难的面目彻底改写了，它与地震、沉船、洪水、雪崩、火山喷发、泥石流等传统自然灾害的破坏力完全不同。它是潜隐性的，像一只菜叶上的花斑虫，一旦触碰就显示出一张恶魔的面孔，并且以暴雨的节奏和速度吞噬生命——这是何其阴损的招数。人类注定无法与之长期纠缠相处，这给后工业时代飞速发展的文明社会出了一道难题。

（载自《青岛文学》2020 年第 5 期）

阳光、青草以及发霉的身体

　　一切都成了奢望：出门散步、洗车、闲聊和在黄昏里逛一下门前的菜市场。还有每周去万达影院看一场老电影，以及在影院附近的一家重庆面馆吃一碗榨菜肉丝面。因为这次疫情，我更加喜欢朴素的事物，珍惜每一刻被烟火熏染的生活。其实，我还想说出一句发自心底的感受——阳光，可以驱散阴云和雾霾、可以把大地照亮的阳光，我比任何时候都热爱它。

　　在宅居的日子里，我先后依照来自微信朋友圈的说法，对身体进行各种方式的免疫训练，以抵抗随时扑来的病毒的侵害。比如，每天泡制豆根草和丹参，喝了四十多天，歪打正着，竟然治好了我的慢性咽喉炎；再如，每天在客厅的跑步机上慢跑三千米，直到大汗淋淋。一度，我还听信了网友提供的偏方，试图用酒精来做免疫试验，让自己在麻醉中睡去，好在及时打住。网络上，各种荒唐的说法都跳了出来，上演着一幕幕真实而又荒诞的情景。

　　几乎在每年春天，我都要感冒一次，从发病到痊愈需要十几天的过程，像是使用了一年的身体需要进行一次大修整。感冒期间我大声咳嗽，打着喷嚏，行动迟缓地走在路边开花的树下，像一位饱经沧桑的老人。感冒让我反思和觉醒，回望来时的道路，测算着自己在人世的时间。

　　"时间不多了。"我告诫自己，剩下的日子不再姑息迁就，不再违心迎合，不再艳羡或热衷于浮华的表演，尤其不在某些事情上浪费宝贵的光阴。今后，在无法掌控的命运里，我要尽可能平静放松地过好下半生。

第五辑 遥远的火光

在非常时期，一场感冒会给新型冠状病毒肺炎的排查增加麻烦。我就想：如果真的感冒会怎么样呢？自我的精神压力会大增不说，到医院就诊会吓着一批人。值得庆幸的是，直到现在，令人提心吊胆的感冒没有到来，也就避免了虚拟中的尴尬。经此一疫，我的身体基本经受住了考验。但足不出户的日子是见不到阳光的，我已经感觉到自己的身体在发霉，突出的症状是精神紧张、关节生锈般的各种不适。

晨昏颠倒的日子不但消磨意志和灵光，还容易让人麻木倦怠。新年制定的各种计划被迫取消：文学讲座、研讨会、改稿会、新书发布会，以及朋友孩子的婚礼宴会，等等。除了读书、看电影外，我蜗居书房，几乎没有写下像样的文字，尽管有万千思绪，但一下笔就失了形走了样。这是气场造成的，正所谓心力不稳，人站在地面上也会发生倾斜。每天在忐忑不安中度过，通过与几位朋友进行电话交流，发现大致情况都差不多。在非常时期，保命是要紧的，大家互相安慰，说毕竟是和家人在一起，离武汉前沿阵地遥远，个人无力付出，不能添乱。所以要忍住，没理由叫疼，要有耐心，坚持就是最好的抗疫行动。在鲁院同学群，同学们每天交流，互相打气，还进行了视频，为武汉加油。我的鲁院同学、河南女作家柳岸总是感叹："文学真是无力呀，我们能做点什么？"大家都安慰她，说这是一场特殊的战争，最好的方式就是待在家里，不让身体出毛病就是对国家的贡献，如果这时候去武汉等于添乱，除非你是医生。死亡的消息一次次传来，于是，大家进行了集资捐款，略表心意，并委托一位湖北的同学把款项捐给有关部门。

时光慢慢挨到了三月，依照往年的惯例，文友们都要在微信群里吆喝，约个周末到青州南部山区踏青，去看古老的村落和磨坊。尽管时令尚早，积雪还在枯草和瓦砾间闪耀，但仍然不影响我们在山野间支起餐桌，架起炉灶，用木柴文火炖一锅红烧肉，开一瓶红酒，对着远山畅饮。那一刻，阳光从树梢上升起，照耀着早春的大地与山峦，也照耀着我们沉睡了一冬的身体，让发霉的身体注入麦地的气息、树木的气息、青草的气息。自此,我们仿佛被霜雪打蔫了的身体有了生机活力,我们在山野间奔跑,歌唱和舞蹈,像孩子似的大口呼吸新鲜的空气,嘴里发出呜哩哇啦的喊叫,或者干脆扔掉鞋子,在青草地上打个滚儿,伸一下懒腰。

而眼下,这个画面像梦一样在春天的浪尖上摇晃,摇出了人们满脸的悔恨和泪水。

宅居两个月,仿佛度过了数年,内容太多,人人都经历了炼狱般的煎熬。许多优秀的人撒手人寰,省略了告别与悼词。生命只有一次,谁也不愿意不明不白地死去。活着的人应该觉悟和珍惜,从每一个细节开始,认真对待一餐饭、一杯水、一粒米和一棵白菜。在微信朋友圈,有人设计了问卷,问"疫情过后,你最想做的几件事"是什么,答案五花八门,有人说了三件,有人说了四件,有人则说了十件、二十件。我沉思良久,觉得自己再也不能贪心,只要上苍还我从前的正常日子就好了。我会更加珍惜时光,守护生灵,敬畏自然,养成每日三省吾身的习惯,过最简约最朴素的生活,直到永远。

(载自《青岛文学》2020年第5期)

第五辑 遥远的火光

雪乡的营生

有人在清理屋顶上的积雪，上前问究竟，答曰雪乡的木房子屋顶是平面的，中间有凹槽，雪融化了容易储水，房子会很快腐朽坏掉，生出菌类。昨天他们接到管委会通知，说天气渐渐转暖，清理积雪要抓紧，言外之意是游客越发少了，把店里的工作做好，以备来年冬季到来。虽然客少人稀，收摊的人家门前落了锁头，但家家户户的红灯笼依然高挂屋檐，夜晚一律点亮。雪乡的童话景观，如梦似幻。

有几户店家在外面没有其他营生，依然会留下来照看雪乡的客栈。大多是上了年纪的老头老太，他们噙一根长烟袋守在店门口，见到游客就露出一口黑牙。他们的日子过得简单清闲，儿女们也都长大成人，在外地打工赚钱，客栈经营了一个冬天，赚的钱足够花上一年甚至更久。他们很少下山，年轻时疯过闹过。再说山上什么宝贝都有，木屋子后面就是森林，林子里的奇异野物可谓俯拾即是，全部免费。

春天，雪乡的营生开始清淡下来，年轻人闲不住，便背起行囊，远走他乡，去城里打工，他们尝试现代城市生活中的各种消费和刺激。刚开始感觉新鲜，高耸云端的建筑物令人眼晕，超市里琳琅满目的商品也让人挑花了眼，城里的姑娘穿着时髦，敢于暴露腰肢，但他们很快厌倦了。他们野惯了，受不了公司里严格的管理模式：进厂门要打卡，有的是在机器上照脸，每天进出厂门都要刷一遍；每天的劳动强度大不说，出门还要告假，甚至连上个厕所都要向主管打招呼，稍有不慎，便会有一张罚单翩然而至，有时一扣就是几百元钱，一周的劳作白干了。

逢上周末，雪乡人便约到一处，互相抹泪诉苦。然后喝大酒，喝得酩酊大醉，痛哭流涕，大声喊叫，他们开始怀念雪乡慵懒的日子。眼前掠过爹娘的影子，贴心的疼爱或关照的呵斥；怀念漫长的冬夜里滚烫的火炕传递过来的全部幸福。世间有一个悖论：自古以来的游子们在外流浪大半生，到老了突然发现还是自己的家乡最好，但当初为什么要吵闹着离开呢？谁也无法破译其中的奥秘。

有一年，我去南方古镇某名人故居参访，发现那里的小桥流水景观真是养眼。细雨打在乌篷船上，声音美妙到爆，再观岸上行人，撑一把油纸伞真是很有意蕴，像一幅水墨画。名人的童年伙伴还健在，每天搬着马扎在河畔下棋或闲聊，成为古镇一景。他们还依稀记得名人童年时的种种顽劣，叫着名人的乳名。当年，名人考上省城的名校，这些伙伴羡慕到羞愧，不好意思出门来送名人远行，躲在自家木窗棂后面朝名人的背影投去嫉妒的眼神。后来名人就到了北京，成了名人，而这些镇上的老伙伴们则守着旧宅度日。名人成名后偶尔返乡，见了老伙伴们笑容可掬，握手抱拳，但当他们与名人坐下来闲聊几句时，却发现各自的关注点都太偏。终于有一天，伙伴们突然悟到，名人已经走得很遥远了，而他们是永远也撵不上的。他们像一幢房子，一座桥，被命运扔在古镇的水巷与河汊，他们只好服从。

后来，远在京城的名人在一个很美好的春夜自杀了结。在遗书中写有一断意味深长的话，大意是"早知今日死，何为异乡客"，后悔没有和故乡的山水相伴一生，其理想原是一辈子做古镇上的逍遥隐士。然而，像一瓢水泼了出去，一切都晚了。

我想，名人死时不满四十岁。虽说是死后留下了名气，古镇也因之沾了些光，招来了些商机——文化商人利用名人的影响，创办了纪念馆和旅游景点，让游客参观名人生前的旧照旧信，包括穿过的衣帽鞋子，用过的牙刷和一瓶法国香水，但名人悬梁自缢的瞬间苦痛，大概是任谁都不愿尝试的吧。当时，我站在古镇的琵琶桥上，发出由衷感叹：在这里度过一生，啥也不做，该有多好呢。

但人是个怪生物，若此生不到别处经历一番冒险，便会不安，认定自己没有出息，似乎对不起祖宗。他们放下故乡好好的营生不做，偏要到异地他乡去做不熟悉的营生。败了，狼狈地还乡，从此安心守着家门度过一生；成了，则自此醉心于一些花枝招展的东西，到老再患上要命的乡愁病。

在雪乡，我看到这样的情景：一对老年夫妇在一口铁锅前炖狍子肉，男人在一旁温一壶热酒，妇人往灶膛里续木柴。肉炖好了，老人掀开锅盖，汤在锅里泛着浪花，一股纯正的香气扑上来，飘出窗口，飘出院子，在屋顶萦绕。

我盯着他们看了很久，呆愣在一种幸福的幻觉里。

雪乡的地理与节气

三月过后，积雪融化得很快，山溪会顺山而下，响满山谷，是天然的矿泉；河岸边野花怒放，植物茂密生长，比露水更新鲜。蕨菜、荠菜、蘑菇、木耳……各种山珍野菜多得采不完，刚采过一茬，新的植物又迅速生长起来。林间永远都是湿漉漉、暖融融的，气息太好闻了，吸到鼻子里让昏沉的脑子变得清醒，目光也立马变得清澈。野鹿、狍子、山鸡遍地奔跑，各种鸟叫虫鸣声此起彼伏，一支大地合唱队瞬间组成了，要上演一台没有人类听众、超级自恋的节目。

春天入境，到处是雪融化的声音。雪乡的日光是没有雾霾遮挡的，刹那间雪乡就布满了悦耳的融雪声，比下雨还密集。有人把一块油毡布铺到屋檐下，会听到类似擂鼓的声音，当然擂的是小鼓，节奏均匀且悦耳动听；如果把一只空铁桶放在松树下，雪水会顺着树枝流淌而下，顷刻间注入半铁桶雪水，整个过程充满了诗意，连阳光都融进雪水里了。在我的故乡鲁西平原上，家家户户用辘轳从井下汲水，夏天男人光着膀子，把水桶续到井底，打满水，摇着辘轳车把水提上井沿，整个过程很吃力，汲完了水还要把两桶水用扁担挑到肩膀上，搞得全村的男人都早早地成了罗锅，毫无诗意可言。当时全村只有一口甜水井，每天早晨都聚满了挑着扁担排队的人，天长日久，乡亲们难免因此发生各种摩擦。有时因为挑水问题发生口角，打起架来那一刻，扁担就成了攻击对方的武器，凛然变成了武松手中的哨棒。

写到这里，我的脑海里突然跳出一个亲切的意象：水缸。挑回家的水，会储存在水缸里，其实是一口大瓮。村子里讲究的人家还利用其养红锦鲤招运气，图日子过得红火。水缸是我童年印象中最有诗意的物件，因为它摆放在院子里，总是装满了水，夏天的夜晚趴在水缸前，会看到星星和月亮在水里浮游。在那一刻，我顿感天地之间的神秘。

夏天的雪乡其实很好看，但此时已经像一座空寂的花园，没有什么游人来观赏了。偶尔会有几个美术学院的学子们出现，背着画板写生。他们在草木间出没，捕捉森林与河水的气息，画下光影在林间的变幻。沿森林的小路向深处走去，会感觉到一种巨大的阴凉气息，令昏睡的头脑顿然清醒。眼睛恢复了孩童般的明亮，能看到原始森林中强大的生命：半截木桩上生出油绿的枝条，蟒蛇透迤从容地穿越山溪，乌鸦在树枝间聚集聒噪，麋鹿和野猪在风中跳跃奔跑……

在荒凉的雪乡，狼还顽强地存在，只是很难发现它们的踪迹；后工业时代，狼已经构不成种群，连雪乡这样的地方也不是它们的乐园。野猪不同于家猪，它在森林中机敏而聪明，其实很难捕捉。从前有职业猎人，总结了一整套猎获野猪的先进经验。比如，下套子和埋夹子，最干脆的是用双筒猎枪将野猪一枪毙命。如果有人打死了一只重达三百斤左右的野猪是不能独吞的，而是要杀了猪割了肉，东家一条西家一条地挨家分赠，那是雪乡人大碗饮酒、大块吃肉的节日。

较之其他动物，狍子是最容易捕获的，它们模样长得像鹿，但在智力上比鹿差远了，我因此怀疑它们是鹿与鹿近亲交配的产物。除了形象近似鹿以外，它们憨态可掬的容貌也让人顿生同情。我住的那一户客栈，主人养着四五只狍子，老板娘笑着说它们太好捕捉了，随便拿点吃食就能让它们中招。它们从林中尾随到院子里，从此成为没有分文成本的家畜，在木笼子里度过余生，丧失自由。它们先是被主人豢养一阵子，最终的命运只有一个：变成餐桌上的野味。也许是出于对狍子的悲悯吧，我几次婉拒了店主的劝诱，没有把狍子肉列入品尝菜单。我救不了这几头狍子的命，但可以让其中的某一头多活两天。

一年四季，雪乡有三个季节的寂寥时光，它们漫长而乏味，似乎被外面的世界遗忘，无人问津。街上稀稀拉拉地出现无聊的老人，懒洋洋的狗，以及车辆。山上的植物在生长，木耳从树桩上生出来；蔬菜和庄稼也在长，夜晚静得能听到森林的呼吸。

第五辑　遥远的火光

在玛吉阿米餐厅小坐

　　出了大昭寺，立刻置身于高原飞流狂泻的光照下，一片白光闪烁，眼睛被刺激得想流泪。眼前熙熙攘攘的人影，像上演皮影戏，感觉是恍惚的，很不真实。此时，我收到北京的同学西门发来的短信，光线太明亮了，看不清手机屏幕，辨认了半天才看清是三个字："在干吗"。我摸索着写字回复，结果写错了，事后得知写成了一句粗话，指头轻轻一点发了出去。对方反应很快，火急火燎，内容可想而知。此事暂且不表。

　　而大昭寺内，则光线幽暗，酥油灯和佛像的金黄色微光相互辉映，仍是不允许拍照，相机始终挂在脖颈上，似乎不甘寂寞。我寻找着熟悉的面孔，终于看到一位青岛作家在殿堂一角与两位僧人交谈。

　　我出了寺院大门，走在了太阳底下。

　　拉萨的温度并不高，即便在夏季最热的月份，也就20℃的样子，这里不会有内地常见的酷热和雷雨前蒸笼般的闷热感。尽管紫外线很强烈，身上却很难出汗，这反而让身体比较难受，我在游人如织的八廓街上胡乱走着，我急需避开高原阳光的舔舐——进藏以来，我没有戴墨镜，也没有涂抹过防晒霜，在行前的准备工作中，我忽视了这两项。旅行团给每人发了一顶帽子，我也没有戴在头上，因为颜色不太好看。

　　当行至八廓街东南角一带，眼前突然出现一幢米黄色的二层小楼，牌匾上有藏文和汉字：玛吉阿米。我眼睛为之一亮，难道这是仓央嘉措与情人相会的地方？我二话没说，径直踏入，登上二楼，嗅到一股藏香气息，似乎进入了一间艺术展厅。墙壁上悬挂着若干油画，满眼都是佛事器皿：佛像、转经筒、香炉……耳畔响着藏歌《玛吉阿米》。我找到一个靠窗的位置坐下，相对于周围街市的熙熙攘攘，这里倒显出一种闹中取静的意趣。要了一壶酥油茶，侍者走过来，在我桌前放了一盏扑哧作响的酥油灯。

窗外是人头攒动的八廊街，摊主推销小商品的叫卖声和从录音机里流出来的藏地音乐。著名的八廊街给我的印象就是一条商业街，自然洋溢着浓郁的商业气息，和黄山屯溪的老街有点相似，也可以说和各地的小商品街都有相似之处，市井芜杂，车水马龙。据知情人透露，那里假货甚多，我看了几个摊位便没了兴趣，没有给八廊街投入哪怕一分硬币。

现在，我坐在玛吉阿米餐厅内，酥油茶在口腔里芳香漫溢，从喉咙延续到舌尖。我看了一下时间，离午餐时间还远。我不是来这里吃饭的，玛吉阿米餐厅适合一个人静静地品味。关于时光，关于生命，关于灵肉的疼痛。而且，我知道来这里的人大多冲着一个美丽的传说，释放一下内心的伤感与落寞。当然，也有仅为满足食欲大饱一餐的人，但当他们离开时，定然会获得一个久远古老、浸透了浪漫元素的故事，此后这个故事便又多了一个人、一张口的传播。而在我看来，人世间有些故事却是不适合讲述的，一讲述就走了样失了形，这样的故事只适合心领神会，适合在孤独与惆怅里悄悄生长，在灵魂里扎根。我认为仓央嘉措和玛吉阿米的故事即属此类，凄美纯净，带几分情欲的妖艳，便更易被扭曲、误读和误解。在餐桌的一角，我发现一张小小的纸质卡片，起初我以为是谁丢下的小广告，我拿在手里一看才发觉那正是仓央嘉措在几百年前写给玛吉阿米的情诗，这让我的眼睛为之一亮：

　　在那东方高高的山尖
　　每当升起那明月皎颜
　　玛吉阿米醉人的笑脸
　　会冉冉浮现在我心田

诗句很有意境，山峰、明月、美人、心田……把自然景色和内心活动梳理了一遍。短短的四句却散发出勾人心魂的艺术魅力，把人带回到那个古朴得泛黄、原生态的仓央嘉措时代：宫殿里的酥油灯，瓦檐上的雪，长跪不起的叩拜，佛号经声中的仪式，黑压压的信徒，远山的云。而此刻，我恰恰坐在诗人沉思默想、写作诗篇的地方，这种感觉格外曼妙。

传说仓央嘉措在位时不安于每天主持诵经，时常寻机乔装打扮到拉萨街头深入民间生活。在大昭寺外这家藏式酒馆里，遇到一位叫玛吉阿米的美丽少女，她有会说话的眼睛，雪白的牙齿，乌黑的发辫，雪莲花一样动人的声音……他们一见钟情，相叙甚欢，借眉目传情，凭歌舞相拥，最后互赠信物，约定下一次见面的时间。但当仓央嘉措如约再来，玛吉阿米却始终没有露面。夜已深，小酒馆就要关门打烊了，惆怅失落的仓央还迟迟不肯离去。此后，他成了这里的常客，这家小酒馆当时的名字叫"雪"，或者"雪栈"。小酒馆的店主不知道他是谁，但感觉他是一位十分神秘的客人，缄默安静，让人难以捉摸。他坐定，时常不吃不喝，目光茫然地盯着窗外，行人、来客。拉萨的街头，风雪漫漫。

临走，他留下所有的铜板和银圆。每次出来，他都是独自一人，不带一个随从。

这是几百年前的事了，有关仓央嘉措的种种传说，自然掺杂了后人的想象与演绎，用考古学家的眼光去考证其真实性是没必要的。但我觉得，人们至少应尊重两点基本事实：一，仓央嘉措被选为转世灵童时已经是十四岁的少年，他有关于世俗生活的温馨记忆，入宫成为达赖后，对世俗生活的怀恋与高高在上的活佛身份构成矛盾，这让佛界为难，让他本人痛苦不堪，也让他的悲剧命运作为历史个案而成立；二，作为一位天才诗人，他流传于世的诗歌作品，价值远远超过达赖这个职位本身，不管佛界对他本人作何评价，其声名和影响已经远播四方、深入民间。因此，他的名字比死后用金粉塑造灵塔的方式更不朽。

说真的，我在内心将仓央嘉措看作一位伟大的诗人，而不是一位不食人间烟火的活佛。事实上，他一直活在觉悟中，这从他的诗歌中就能读得出来：前世、今生、反省、忏悔、冥思、苦索。只不过他保留着人所具有的天真、性情和任性，拒绝成为概念化的工具和木偶。

写到这里，一壶酥油茶喝光了，我默默起身，怅然若失地离开了玛吉阿米，重新融入八廓街喧嚣不已的闹市中。

（载自《青岛文学》2013年第6期）

第五辑　遥远的火光

羑里之卜——《周易》的诞生

乾：木栅

那一天，殷纣派来的人马宣布了我的罪名，士兵们把我从宁静安详的西部拉上囚车。囚车的轮子碾过深秋遍地盛开的黄花，风吹四野，牛羊哀叫。其实，灾难的来临我早有预料，因此也并未感觉格外的慌乱。我深深地知道，就像一个注定的节日，这一切迟早都会来临。那么，来就来吧，就像一只内心孤苦的飞蛾，我已经做好了奔赴火场的准备。

当告别的时辰像疾风一样到来，我的臣民们纷纷走出帐篷，击缶而歌。人们抬来了三瓮青稞老酒，并且送给了前来押运的士兵们一坛。女人们拿来平日里我爱吃的食物，馕饼、肉干和羊排，新鲜的牛头摆放在供桌上，酒香和烤肉的香气在不合时宜的气氛里冉冉上升。人群像鲜花一样簇拥着他们昔日的王，这是唯有在祭典和出征的时候才有的画面。雨点般的鼓声一阵紧似一阵，篝火也在牛乳的催生下熊熊燃烧起来。平日里快乐的吹埙师，那个可以用鼻子任意演奏的乐师，把今天的曲调演奏得呜呜咽咽，悲悲切切，这让我在悲伤的曲调里参悟了人的一生。刹那间，瓦蓝的河流从荒野深处发出阵阵汹涌的涛声，神秘的歌谣从天而降：

喂，嘎哇咿！
啊嘛嘢嗡！
哈呢呀哈哇咿，
啊嘛嗔喏！

岐山巍巍，漠烟孤直，狗吠与鹿鸣，统统被吉祥的歌谣融化，其中蕴含的祝福我深深领会。夕阳沉落之时，木枷已经套在我的脖颈。在复杂难言的意绪里，我向我的子民们深鞠一躬，再深鞠一躬，当我鞠完了三个躬，混浊的老泪从眼角滚落。在那一刻，人们对我的爱戴让我深感不安，有无数的愧悔掠过心头。我已经是八十二岁的老人了，回顾一生，做过不少错事和意气之事，我觉得对子民们爱得远远不够，诸多计划尚未实施，过失只能由儿子们去弥补了。从此，木枷戴在了我头上，而哺育了我的部落渐行渐远，终于脱离了我的视线。

兑： 羑里城

出了山口，一直向东。囚车在凄凉的深秋行进了七七四十九天，我的头顶始终飞翔着一块浓重的乌云。这块乌云先是落下阵阵冷雨，打湿了蒙在囚车上方的布匹，接着一阵阴风吹来，将布匹吹落车顶，押运的士兵们跑去捡拾，拾到后却将布匹撕扯成几块碎片，裹在了自己肩头和腰间。我缩在囚车里，凭借训练多年的意志也不能战胜扑面而来的寒冷。当车子出了西岐大野，一场雪花扑簌落地，我的手脚很快变得僵直，我已奄奄一息。

这时，我听到上苍的声音，温暖而厚重，及时叫醒了我，说："姬昌，醒来。"

我奋力睁开双眼，却什么也没看到，四周一片黑灯瞎火，仿佛到了人间地狱，连一声狗吠都听不到。后来我想，那也许就是我的祖先的声音，伟大而不朽的伏羲的声音。万般无奈之下，我向押运的士兵发出微弱的哀求："给我喝一口青稞酒吧，将来我会报答你们。"

他们一听"报答"二字，哄然大笑。他们说姬昌，你都这把年纪了，还在做梦，你当我们是三岁的娃娃吗？有个人一把揪住我的胡须，这让我一下子恢复了疼痛的知觉。他说："姬昌，你个老家伙，你当了这么多年的王，享受了这么多年的荣华富贵，现在也该吃点苦头了，这才叫公平。"

我说："我已经掐算过了，上天不让我死。"

其实，说完这句话我就有些许悔意，我知道接下来将是更过分的戏弄，因为我又犯下一个不大不小的错误——忽略了自身的处境和面对的对象。果不其然，片刻之后，他们将两只酒壶呈现在我面前，说一壶盛着青稞酒，一壶装满了尿液，如果我算中了，就让我喝下青稞酒，反之就让我喝下滚烫的尿液。我知道如果我算对了，等待我的是更过分的捉弄。我故意将错就错，喝下了士兵的尿液。

车子在刺骨的西风中继续行进，我的眼前始终游动着一团隐约的亮光，我知道这是那个远古的神灵在护佑着我衰老孱弱的生命，有七颗大星正在天庭中央隆隆运行。我的耳朵变得异常灵敏清晰，仿佛能听得见地下的虫豸们的呼吸之声。

车子终于进入了中原，我感到车身明显一抖，拐了一个大弯，驶向一个我意料之中的去处：朝歌。是的，我太了解殷纣的性情，他不会错过一个享受权利和胜利的机会。那时候先帝还在世，这个叫帝辛的孩子还是那么聪颖伶俐，对我也十分友好礼貌。如今，一个过去受他尊敬的人成了阶下之囚，而这一切，不过是受那个妖精的指使！他被妖魔迷住了心窍。

终于，在我恍惚的意识中，我听到了殷纣的声音，他似乎已经在城门口等候很久了，他的身边站立着两排威严的士兵，他们戴着即便在黑夜里也会闪闪发光的头盔，肩上插满了锐利的箭镞。这时，押送我的士兵命我抬起头来，我没有动弹，士兵就粗鲁地扳起了我的脸。伴随着一阵熟悉的大笑声，殷纣的声音也在风中飘了过来："西伯侯，你知罪否？"

我木然地没有说话，在那一刻，我只是感到口干得厉害，嘴角稍稍一动就感觉到一阵火辣辣的刺痛。殷纣命人赏我一碗酒，我默默地把嘴唇凑近递过来的青铜爵杯，想把酒喝下，却在瞬间被一股浓重的血腥味道差点击倒，就再也没有睁眼。我听到殷纣干咳了两声，然后发出冷冷的声音："去吧！"

就这样，一路上我一边接受着上苍的暗示与恩惠，一边承受着凡间俗子们的戏弄和侮辱。是的，从今天起，我已经不再是往日的西伯侯，我是朝廷的头号要犯，我能做的只有隐忍。为了完成上天赋予我的重大使命，我必须承受更加严峻的考验和折磨。我知道我要去的地方是令人毛骨悚然的羑里城，是殷纣关押死刑犯的监狱。在那里，我昔日的挚友比干被挖出了心肝，他的尸体变成了一把木炭，唯有两只眼睛却像夜明珠一样闪闪发亮，我知道他是有牵挂放心不下。比干死后，把家小托付给我，十二年后，他的儿子成了征战朝歌的大将，用一把火烧毁了殷纣日夜寻欢作乐的鹿台。

在著名的羑里监狱，除了火刑，还有剜胫、割舌、割耳、割鼻、割阴、挖眼、剁手、断臂等各种惨无人道的刑罚。在此之前，我曾经在数年前以诸侯的身份来羑里城进行参观考察，说心里话，正是那一次亲临现场，让我进一步认清了纣的荒淫和残暴。那一天，殷纣似乎格外高兴，整个空荡荡的天空下都回响着他阴森的大笑声。他的笑太有特点了，你怎么也不会想到，世界上有一种笑声，会让人从骨头向外渗透恐怖之气，并且迅速弥漫周身。时值中午，他亲自点了几位犯人的名并赐死，午餐就用他们的心肝招待众臣，还在酒里掺入了一小勺他们的脑浆，自己率先垂范，将血酒一饮而尽，声称可以滋阴壮阳。我没有喝下，悄悄将酒倒在了脚下，用脚踩住，悲愤和厌恶在胸腔内涌动。我在心里暗暗起誓：殷纣不灭，天理难容。

羑里城，现在，我正一步步向你走来。

离： 伯邑考

我的儿子，直到今天，我还时常想起你幼时顽皮的模样，你有一双在黑夜里闪亮如星的瞳仁，你有一排洁白如岐山之雪的牙齿。那时候，父亲经常在繁忙的公务之余，带着你到胡杨林中嬉戏，夏天我们在水草繁茂的河水里游泳和捉鱼，在萋萋的芦苇丛中玩捉迷藏的游戏。渐渐地，你长大了，长成了一个英武俊朗的少年，你身着白衣骑马驰骋的身影为父亲赢得了多少骄傲和赞叹。

伯邑考，我的儿子，从小你就继承了祖先的优良品质，知道谦让和孝敬。在辽阔广袤的西岐大野，你的谦逊和善心为民众所称道。而且，在很久以来，在我的内心有一个无法言说的隐秘的疼痛。准确点说，我的孩子，我曾经对你有过怎样殷厚的期待，期待你将来继承父亲的事业，成为未来的王者，你不但会凭借辛苦的劳作拥有权力和荣耀，还会在人类的历史上彪炳史册。尽管你良善的品性，造成了你性格中有着难以克服的软弱，这与一个王者的必备素养拉开了遥远的距离，这大概也与你从小被溺爱有着直接的关系。在那一年的祭祖仪式上，我看到你在猎场上的表现甚为吃惊，然后是隐隐的失望泛上心头。因为你连一只奔跑的麋鹿都不忍虐杀，你抱着那只小动物流出了眼泪，你的眼泪是真诚和发自内心的。而这些，都使我心中滚过一阵热流之后萌生一长串的不安。

有许多次，当父亲惩罚那些犯有罪过的人时，你是如此泾渭不分，甚至不惜拿自己的头颅为坏人做担保。你一次次地将闪光的锋刃刺向自己的臂膀，在你流血的同时，父亲的心里也鲜血如注，你让国家的律条一次次陷入尴尬。我可亲的儿子，我不知道该用什么方式来让你拥有人生的智慧和过人的胆略。你知道，作为一位统治万民的王者，仅仅具备美德是远远不够的，远远不够！在我们美丽丰饶的西国，父亲实施与殷纣截然不同的仁政，但这并非没有严格的界限与制度。我亲爱的儿子，宇宙存在它的运行秩序，天地万物都在神灵的掌控之中，过度的善或恶都会让这个伟大的原则遭到破坏。

在无数次的矛盾和犹豫后，父亲终于放弃你而选择了你的弟弟，他虽文采粗浅但却英武过人，在这个弱肉强食的年代，似乎更能统领大业。此决定一出，我还担心你会心怀怨恨，但这一次我错了：你的好品质又一次拯救了你，事实证明，你的心如水晶石一样明亮闪耀。

我的儿子，我日日夜夜地思念着你们，我在梦里重温着往昔一家人团聚的情景。我是如此思念西国的千里沃野和山脚下冒着炊烟的帐篷，我尤其思念那些爱戴着我的臣民们，以及岐山上的雪光和节日里的鼓乐。我还思念着美丽可爱的孙女小银娘，她发髻上散发出的阵阵青草的气息让我迷醉。

转眼之间，我来到羑里城已经一年有余，我的身边滚动着两条滔滔不息的大河——清澈的羑河和混浊的汤河。我时常站在高处，望着羑河与汤河闪烁的波光，我的耳畔除了滚滚的流水声之外，就是永无止息的风声。陪伴我的只是一盏微弱的油灯和一个简陋的土台，参天的松柏在深黑的夜里与我对话，天上的飞鸟和流云明了我浩瀚的心事。

我的儿子，从现在开始，父亲决意要完成一件上苍交办的大事情，为了它我可以忍受人间的一切痛苦与磨难！昨天晚上，窗外沉沉的夜幕漆黑如墨，我眼前的油灯突然熄灭，紧接着一阵狂风袭来，把木门吹得叮当作响。这一刻我清楚地听到了一个浑厚清晰的声音："姬昌，你把我未竟的事业来完成吧！这是上天赋予你的使命，你要让众生摆脱这人间的灾厄。"

我在恍惚中愣怔了片刻，很快认出了他，只见他人首蛇身，披着华丽的鹿皮。我急忙跪倒膜拜，昏花的老眼泪水如注，我满腹的委屈有了依托。他把一双厚大的手掌抚在我的额头，他左手摊背，右手伸掌，似乎是暗示着天地间的阴与阳、黑与白、昼与夜。在他再三的抚摸里，我满头的白发感到了丝丝燃烧的灼热。他向我传授机意，反复叮嘱，在这个神圣的过程中，我不知道时光是如何远离我又走近了我。时光在那一刻死亡后又复活了，我感到整个夜空突然光明大放，三颗绿色的流星滑落天际，哧啦一声跌落到荒凉的河岸上，把羑里城照得如同白昼一般。

当我抬起头时，他已消失得无影无踪。

震： 崇侯虎

空荡荡的土牢，最初连窗户都没有，我在很长时间里不知道外面的景色。中原田野上的麦草和豆秸铺在我的炕头，家鼠和蟋蚁与我同宿而卧，被烟火熏染过的墙壁成了我推演卜辞的领地。飞禽走兽，金戈铁马，人类搏杀的景象一幕幕上演。我的白发在黑屋子里垂落下来，比园子里的松树枝还要长；我喉咙里的痰液在夜晚呼呼作响，像灶间拉动的风箱，但我的脑海里却始终有一片比现实世界更广阔的天地，神鸟翻飞，蛛网密布，构成命运的经络和道路。那是奇幻无疆的河图和博大精深的洛书，是手持渔叉的先祖伏羲氏的灵魂在陪伴。

我在长达数月的时间里足不出户，双目微微闭合，却仍然可以望见远处的山顶，春天奔涌而下的雪水滋润大地。内心被信念之火煮沸，如地心喷涌而出的光芒，血液在我体内奔流激荡，雄心像青铜鼎一样坚固而又笃定。

即便如此，干扰仍然不断。一天，土牢里来了一位不速之客，他头戴羽冠，长有一个大大的鹰鼻，整张脸上写满了不可告人的阴谋。我一眼认出，此人是崇侯虎。顿时，一阵阴风从心头掠过，我疑窦丛生，心思对策。崇侯虎神情诡秘，似笑非笑，拱手施礼道："西伯别来无恙乎？"

"甚好。"

见我手捧甲骨，没有停止阅读的意思，崇侯虎翻了翻白眼，捋了捋下巴上的胡须，他故作镇定，脸上始终挂着拘谨的微笑。见我如此态度，他示意随从把带来的鱼干和牛粑放到门后，就灰溜溜地离开了。他前脚刚走，我立即让看守将他带来的东西取走，随意处置，扔掉，喂狗，喂柴垛中的黄鼠狼。

崇侯虎走后，我沉思良久。

然后有两滴咸涩的老泪从我的眼角滴落到地上，变成了两朵火苗，呼呼地燃烧起来。面对这个人，我无法掩饰复杂的心绪，在憎恨的同时，更多的是自责。

我想起那一年，崇侯虎曾以朝歌使者的身份来到西岐，纯朴的西歧人以嘉宾相待，鼓乐齐奏，锦瑟合鸣，沃野千里，一派祥和。整个过程在友好的气氛里进行，没有烟火，没有戟戈。青黝黝的城墙上挺立着威武的哨兵，巡逻的马匹在山脚下走过，天色蓝得像新织就的锦缎。

七天省察，崇侯虎对西岐国的治理赞不绝口。他啃着喷香的烤羊肉，他操着堂而皇之的说辞，他睡着铺了丝绒毯的帐房，他搂着前来献舞的歌伎。

然而，在其回朝后，这个两面三刀的小人即向殷纣摇唇鼓舌，巧言令色，大进谗言。他说："西伯积累善行、美德，诸侯都归向他，这将对大王十分不利！西岐国正在紧锣密鼓地备战朝歌，请大王速速决断，抓捕姬昌。"

多年之后，我知道人世间拥有为数众多的告密者群落，他们前赴后继地发展着崇侯虎的事业，生生不息。告密者的诞生使真理变形，使美好的事物蒙尘受辱。我知道这一切不过是出于狭隘的妒忌，原来人在一时的失衡下会导致心理变态，而变态会让人的内心丧失正直与良知，人性的恶欲会脱离规则与秩序。

正是因为这个人，我来到了羑里城。

困人羑里以来，我对人这种无法定义的生灵产生排斥，我一度怀疑一切人类。令我甚感悲哀的是，我推算人的寿命，人的运气，却不能测出人心的深度，更测不出变幻万端的人性。面对残酷的现实，我一点也不轻松，更多的时候，我什么也看不见，眼前只剩下一片白茫茫、迷离离、混沌如烟的气体。

巽：苏妲己

你是降临人间的九尾妖狐。你使朝野之大厦和宫殿倾斜倒塌，使国家至高无上的宝剑锈蚀糟烂。我甚至固执地认为，是你挟持了可怜可悲的帝辛！

总之，你已不再是苏护的女儿。苏护的女儿死了，死在通往宫廷的路上。

否则，她怎会在瞬间忘记了自己曾经是身着布衣的清纯少女？她曾有的善良品性，她曾获得的家教与素养，怎会在一夜之间消失殆尽？

妖孽，自从你入宫之后，整个朝歌被一种淫荡和浮浪的气息笼罩，你是酒池肉林的主谋，你是包藏祸心的一千亩罂粟。你使原本不失良善的帝辛由人变成一代暴君，变成一个比豺狼虎豹更为可怕的动物，人的仁慈和理智被一一清除。朝纲崩坏，律条不存，宫廷内处处飘荡着淫声浪语。

可笑的帝辛，昏聩到了什么地步！竟然提出了一个"美乳治国"的方针！试问列祖列宗，古往今来，哺育之乳，可治国乎？

妖孽，你将可怕的毒液注入一个帝王的灵魂，让他一只手沾满人类的鲜血，另一只手滑向欲望的泥潭。而恰恰在当时，东夷边地战事未定，百姓食不果腹，哀鸿遍野，大地上到处是流亡与乞讨的难民。

有一次，我奉诏千里赶来朝觐，进入朝歌商谈国事，却惊讶地发现议政大厅成了舞池，上百名朝中官员正在拥着美貌歌伎起舞狂欢。作为帝王的殷纣身着虎皮，端坐王位，神态自如地欣赏着眼前歌舞升平的假象。然而，更让我惊讶的事情还在后头：年逾六旬的纣王，经不住妖孽的一番挑唆，竟然在席间发号施令，命满朝文武官员全部除衣裸舞，违者立斩……我目睹到地狱之景：群魔撕咬，丑态百生，一时鬼火跳跃，阴风飕飕，吹奏着走调的丝竹管弦。

那是我一生中经历的耻辱之一。

仁慈的上苍！当我以老迈之躯加入群裸的队伍，唯有你知道我的内心掠过何等悲凉和绝望？和众多的宫廷大臣一样，我一边含羞而舞，一边把拳头攥得啪啪作响。

而那个妖孽，正躲在一片灯火的背后冷笑。明眸潋潋，皓齿皎皎，又怎能遮掩一具肉身下的元神骷髅？此刻，你居心叵测、阴谋得逞的表情令我作呕，你的外貌有多么美艳，你的内心就有多么歹毒。

妖孽！你挖比干之心，嗜人脑浆成性；你剖孕妇之腹，取其幼婴作乐；你胸戴叮当作响的人骨珠链，你每天进入乳奶与婴血荡漾的浴池美身。

坎： 吐儿冢

伯邑考，我的儿子，半夜时分，我被一个可怕的噩梦惊醒：我梦见你头戴枷锁，满脸血污地出现在我面前。你全身颤抖，哆嗦着苍白的嘴唇，像是要对我倾诉衷肠，又像是在对神灵祈求。但当我走近你时，你却走了。

在你像空气一样消失的地方，我捡到一块被火焚烧过的木片，被我握在手里，变成了一把粉碎的灰烬。

然后，我醒来，被一种不祥的预兆紧紧地攫住。

伯邑考，我的儿子，从半夜到天明，我都待在窗前祈祷你平安。风在窗外一阵紧似一阵，夹杂着零星的落雪。

我知道你为了父亲能够早日脱厄解困，奔走于西岐与朝歌之间。苍茫的大地之上，散发着刀子般的寒意。眼见就到西岐的年节了，而你却千里迢迢，固执地乞求可恶的殷纣和妖孽妲己。

你迎风冒雪，携带着马匹和丝绸，冰雪遮盖的道路上，是你乘坐的马车闪光的影子。透过牢窗，我仿佛看到你一次次地从马车上跳下来跺脚，你的眉毛上结满了雪霜，你的牙齿还是那样洁白，你的瞳仁依然明亮如星。你率领的队伍在身后，从春到夏，又从秋到冬，受尽磨难。

而我要说：我的儿子，这真是大可不必的事情。

北风呼啸，囚室冰冷而寂寞。没有火炉，没有柴草可以取暖，也没有肉香和酒香。严冬的阳光虽然无力，但它照耀在众生的身上，也照耀在我的身上。尽管我已日渐衰弱，伏羲交给我的大业行将完成，哪怕死亡之神前来叩门，吾亦将坦然含笑而去。

我的儿子，人生苦短而沧桑，但该经历的我都已经历，而你，却正值壮年！你冒险与妖魔博弈斗法，面对如此强大的黑暗，你注定是个莽撞的失败者。

这一天，恰逢我八十七岁的生辰，黄昏时分，牢门被两个看守打开。他们把一个带有绳纹的陶盆端到我的面前，说是大王和王妃记得我的生辰，特意送来美食佳肴作为贺礼，并以前所未有的温和态度吩咐我尽快趁热吃下。

他们走后，我小心翼翼地揭开盆盖，看到里面有三个肉饼和一只木碗，还有一壶喷香的热酒。但碗里盛着的肉汤的颜色和质地让我大吃一惊！然后我听到自己的心脏怦然碎裂的声音。

伯邑考，我的儿子，在那一瞬间，如豆的油灯被破门而入的狂风吹灭，室内响着空荡荡的回音。我的信念像冰山一样一点点垮塌，它们全部化为混浊的泪水。

我在陶盆前坐了整整一夜。

这一夜，长过我多灾多难的一生。

天亮之后，看守又来了，他们提来了一只冒着热气的木桶，说里面是大王赏赐的鸡汤，味道和昨天的一模一样。看守见昨晚的肉饼原封未动，说："请伯侯务必食用，大王还等着禀报。"

就这样，我当着两位看守的面，默默地吃下了陶盆里的肉饼，又大口喝下了木碗中的肉羹。

我说："请禀报大王，我吃下了他的赏赐，要谢谢他。"

我的声音出奇的冷静，冷静得让我自己都感到惊骇。

他们互相对视一眼，满意地离开了。

然后，我拉开牢门，像往常一样到园中奔跑，我跑到一个僻静之地，把含恨吞下的食物全部吐出，一直到呕出一摊鲜血为止。远远看去，雪中开出一片灿烂的梅花。

伯邑考，风吹着我满眼的泪花，在我回首的瞬间，惊见一只白兔在雪中跳跃。它飞快地跑过来扑到我的怀里，明朗的眼神里没有一丝感伤。我亲爱的儿子，它是你哀愁的化身吗？你究竟想对我说些什么？

夜里，风仍然顺着屋檐上的碎瓦尖叫不止，像无数鬼魂和幽灵在呜呜地推响巨大的碾盘。

艮：城门

那一日城门轰然大开，一道天光自空中降落。哦，七年了，我已不适应扑面而来的自由之野的空气，我那被风雨和岁月腐蚀的关节支撑不住纸灯一样的身体，走起路来跌跌撞撞。我当时想，如果有一阵秋风吹来，我极有可能会被吹上天空，化为一缕青烟。

这时候，伯邑考已经死去两年，他小小的坟墓是被我从嘴里一点点吐出来的。两年过去，上面已经长满了小小的白菊和柔软的香草。一想到这件事我就会忍不住老泪潸潸。哦，我的儿子，当我终于要离开时，你却永久地留在了这里，成为无法赦免的人质。古柏森森，冷月狰狞，再也没有父亲的陪伴。

告别的时刻已经来临，呜咽的箫笙悲欣交集，伴随秋露点点洒落。儿子，请接受父亲对你行跪拜之礼！让整个西岐为你举行隆重的祭典，让你的名字随旗幡高高飘扬。我手里的经卷，将献给后世的子孙，那上面有你勇敢不屈的身影，有你壮怀激烈的牺牲。

迎接我的马车队伍候在城门之外，我的二儿子姬发搀扶着我，他的眼睛里也泪水荡漾。几年不见，他已经历练成一个成熟干练的首领，思路清晰，处事果断，这让我颇感欣慰。我的耳畔嗡嗡作响，像有一千只蜜蜂在飞。姬发一脸虔诚地对我诉说的许多话，我都没有听清，只是凭借猜测做出反应。

我迈着缓缓的步子走出城门。就这样，在众人的目光中，我又成了一个王。

我看到城门外大片荒芜的田地，光秃秃的葵花杆。西风阵阵，拉车的瘦马像过江游鱼，遍地都是金黄的野菊。而远处，是一些采石或耕种的农人。

我问姬发："时令快到寒露了吗？"

姬发说："是的，"他接着说，"父亲的头脑依然如此清醒，是儿臣之福，也是西岐国的荣耀呀。"我望了一眼天上正在匆匆行走的太阳，没有搭腔。

过了很久，我的耳朵恢复了听觉，可以清晰地听到地上落叶滚动的声音，更令我喜悦的是，我的嗅觉依然灵敏如初，对大地上的事物依然保持着亲切与敏感的判断。

我甚至闻到了久违的马尿的气味，它与腥馊的囚室味道完全不同，与河流的气味也迥然有别。

我的左眼布满了云翳，像是大地上布满了氤氲的雾气，使得我在这个秋天看不清白茫茫的芦荻花。空气微凉，寒露将至，坐在回西岐的马车之上，我的内心五味杂陈，再也难辨七年前来时的道路。车行渐远，回首城门，它已经变得模糊不清，渐渐消失成一个黑影。这时候，悬挂在城门下的沉钟被敲响了，受惊的乌鸦掠过松枝，绕城飞翔和聚集。

在悠扬的钟声里，我的眼前浮出一个画面：青青牧野，杀声震天；尸横遍野，血流成河，弥漫的狼烟中闪动着戟戈长矛，地上焚烧着拆散的毂轮和破损的鼙鼓。

刹那间，我预测到自己肉身消失的日期：在征伐殷纣的战场，在胜利即将破晓的黎明之际，灯油已经耗尽，一只衰老的田鼠返回到幸福的洞穴。

坤：你们

孩子们，我亲爱的孩子们，今天是个什么日子？远远地，我看到了你们。满园参天的古木知道我每天的心思：它们的祖先曾经见证过我的命运，我头戴木枷步入羑里城的情景，我脸上的血口比西天的残阳还红，蓬乱的白发遮住了我忧戚的表情。如今，园子里的这些树木，已经不知道是第多少代了，它们不过是凭借一点点幼时的记忆，向世人传达有关我的信息，我的精神将在人间萦绕。而且，我清楚地知道：误解是难免的，误读是难免的——被无耻的政客利用，被贪婪的赌徒践踏，被走街串巷的冒牌弟子们欺骗黎民百姓口袋里那沾满血汗的铜钱。

我已老眼昏花，坐在你们看不见的地方。耳边滚动着窸窣的声音，有时是人的声音，有时是兽的窜动，有时则是一颗硕大的流星滑落天际。多年之后我积累下一点经验，认识到一条真理，那就是不管世间的生灵多么渺小，只要它们在草间觅食悲欢，在地上走动，就会留下声音，就会拥有自己的天命。凭借这些声音，我活到了今天。准确地说，是我的灵魂一直活在混沌无边的大气之中，活在每一个神秘的符号里。我与人类的一切慰藉为伴，与时间为伴，哪怕是一丝微小的空间就能让我存活下去——在城楼的瓦砾之上，在村庄的屋檐之下，在泼满月光的大地中央。

但我要说的是："我能预测人类的吉凶成败，却无法使众生回避永恒的痛苦。"

（载自《青年文学》2019 年 3、4 期合刊）

遥远的火光（三题）

飘落的神韵

十多年前与朋友驱车至淄博桓台采风，这里是一代诗坛领袖王渔洋故里。史料记载：王渔洋，名王士禛，字子真，号阮亭，别号渔洋山人。生于明崇祯七年（1634），卒于清康熙五十年（1711），身后因避雍正（胤禛）讳追改士正。到乾隆时，乾隆认为"正""禛"相差太远，恐流传日久，后人不知为何人，诏改士禛，补谥"文简"。其二十六岁开始为官，至刑部尚书，是著名的清官廉吏。从政之余勤于著述，一生著有36种560多卷。独创诗论"神韵"说，主盟诗坛半个世纪之久。王渔洋一生著述甚多，被誉为"一代诗宗""文坛领袖"，是中国文学史上的著名诗人。

那一日，我们先看水波潋滟的马踏湖，后观王渔洋纪念馆。车子驶出湖区，来到位于城区西南隅的新立村。王渔洋故居改建的纪念馆便在一处地势开阔的街口位置出现，远远看上去，像是一幢明代忠勤祠堂风格的建筑，矗立在一片乡村屋舍之上，幽幽地散发着苍凉的古意。当时的纪念馆尚未开放，铁门紧锁，我们是从偏门进去的，门口有一老者把守，据说是王氏后裔。老人得知我们是从事文学写作之人，态度大变，热情地引领我们走进院内。院子很宽敞，古柏参天而立，石桌石凳散落其间，遍布风雨剥蚀的痕迹，鸟儿在荒芜的园子内哀伤啼鸣。

老者打开堂屋陈旧的木门，让我们观瞻一代诗人的早已破败的故居。室内陈设简陋，一张八仙桌，接挨着一张条几，墙壁上挂着几张画像，分别是其祖先正襟危坐的模样。王渔洋的画像十分有特点：长袍飘飘，头戴一顶斗笠，右手捻须，左手执带，一派仙人气象。王渔洋为官长达四十五年，一路顺风顺水，最终栽在一场酒宴上——他与废太子礼密亲王诗酒唱和，康熙皇帝知道后龙颜不悦，借"王五杀人一案处理失当"将其罢黜，这只是一个借口罢了。直到今天，仍有坊间传闻，说康熙听信了小人谗言，导致王渔洋成了官场内斗的牺牲品。事情突如其来，他由一品大员连降三级，在家赋闲了半年，心理落差可想而知。但王渔洋毕竟是王渔洋，是名满天下的智者，长期以来诗歌带给他的素养和觉悟拯救了他。他及时调整心态，认为"以微罪被贬，于愿足矣"，吟了一句陶潜的名诗"归去来兮，田园将芜，胡不归"。于康熙四十三年离京，回归故里山东桓台县新城镇，做起了一介布衣乡民。由于他为官期间很是清廉，平时待人宽厚，且时常着布衣出没于市井街巷，深入民间考察民情，帮助百姓解决了一系列困难，做了不少积德行善之事，百姓听闻王大人要解甲归田，便相互转告，一时间送行者堵塞了京城街巷，造成了交通堵塞。不少人趴在车辕上哭泣，王渔洋吩咐随从停下马车，含泪与京城百姓拱手辞别。此时的他，没有衣锦还乡的荣耀，更没有满载而归的金银财宝，他随身携带的是"图书数簏，万首诗"。他忍受着官场同仁的诸多误解与非议，两袖清风地回归了新城故里，一住就是八年，至此与自然山水和乡间文友和睦相处，度过余生。

直到今天，在淄博大地上，有关王渔洋的典故众多，且广泛流传，他的名字可谓家喻户晓。有人专门搜集整理著书，出版了《王渔洋故事集》之类的读物，把王渔洋一生的功德用故事的方式向世人传达，颇具传奇色彩。众多故事中最令人感动的，则是他与蒲松龄之间的友情。在康熙二十六年（1687），时年四十八岁的蒲松龄，生活里发生了一件有意义的大事。那一年春天，身居高位的京城官员、当朝文坛领袖王渔洋回故乡新城料理父亲的丧事，依照风俗，需还乡丁忧两年。当时的蒲松龄正在乡绅毕际有家做家教，擅长社交的毕际有邀请王渔洋来毕家做客。就这样，蒲松龄与王渔洋不期而遇，且一见如故，两人相谈甚欢，自此结下友谊，开始了漫长的书信往来。这也成为后人美谈。我时常想，王渔洋与蒲松龄之间纯粹的友谊，放到任何朝代都是极其宝贵的个例。因为这两个人的社会地位相差实在太大，当时的蒲松龄不过是一家乡绅的雇佣员工，每月收入仅仅8两银钱，而身为京城一品高官的王渔洋，却没有以世俗的价值眼光来看待这位坎坷落魄的家乡文友，而是慷慨真诚地向他伸出了友谊之手。这对于当时正在埋头创作、一文不名的蒲松龄来说，是何其大的鼓励。我们甚至完全有理由猜测，如果王渔洋对这位写鬼写妖的底层文友不屑一顾，冷淡疏离，或者说几句打击挖苦的话，还会不会有蒲公对写作的坚持？如此推理，那么兴许世上就不会有流传千古的《聊斋志异》了。而事实是，两个超拔的灵魂都摒弃了世俗偏见，并且因此互相成就了对方的不朽风范，这是两个人之间真正实现了伟大的双赢。除了流传于世的《池北偶谈》和《渔洋诗集》，王渔洋最有名的一首诗，即是附在《聊斋志异》书后的"跋言"：

  姑妄言之姑听之，豆棚瓜架雨如丝。
  料应厌作人间语，爱听秋坟鬼唱时。

  检索王渔洋一生的历程，不知怎的，我时常会联想到另一位名垂史册的大诗人苏东坡。两个相隔三个朝代的诗人，灵魂与气脉有着诸多相似点。比如，两人都出身书香门第、官宦之家，自幼聪慧，品学兼优，拥有出众的才华，敦厚的美德，身上具有超强的人格魅力和一副海纳百川的博大胸怀。纵观王渔洋的诗歌创作，从风格到气韵，都有苏氏诗风的潜在影响，可以说王渔洋是苏东坡的铁杆粉丝。两个人在被罢官后，都靠文学的滋养度日，守住了内心清洁的底线，终成一代大师，只不过苏东坡在中国文化的历史长河中影响更大。值得一提的是，两人在晚年都得到平反昭雪，官复原职。当时的王渔洋已经身染重疾，无法应诏入朝了，而一代文豪苏东坡，则以年迈之躯，死在赴任的路上。
  一年之后，闷热的夏天。一代诗人王渔洋病逝于新城故里，享年七十八岁，也算实现了落叶归根的古老夙愿。

遥远的火光

在齐国故都临淄这片古老的土地上，埋葬着几代历史文化层和优秀人物。稍加点数，这些名垂青史的星辰可谓如雷贯耳：一代名相姜太公衣冠冢、晏婴墓、管仲墓、著名的三士冢、殉马坑、车马馆，传说中孟姜女的丈夫杞梁墓，以及小学课本里三岁让梨的孔融墓等。毫无疑问，这些人物在中国文化史上都产生了影响，但我今天要叙述的，则是一处更为重要的遗址坐标——稷下学宫。从某种意义上说，如果没有稷下学宫，就没有中国历史上的"百家争鸣"，没有"百家争鸣"就没有儒家、墨家、道家、法家，以及阴阳家、纵横家等文化，如果那样，对中华文明而言，将是多么重大的缺失。正是因为有了稷下学宫这一基地和学术平台，诸子百家才如凤凰涅槃，冲出沉闷的火海，遨游于历史的天空，并成为一面面猎猎作响的思想旗帜。

稷下学宫始建于战国时期的齐国，它原本是齐桓公"养士纳贤"的产物，被誉为世界上最早的官办高等学府，也是中国最早的社会科学院和智囊团队。它只存在了大约一百五十年的时间，但却改写和完善了中华文明的历史航道。想当年，战乱频仍，百姓流离失所，尸骨成堆，饥荒遍野，面对万古长夜，人们的出路在哪里？这时候稷下学宫出现了，给迷茫中的人们社会点亮了一盏明灯。这是一盏文化之灯，智慧之灯，它的出现意味着一个民族的觉醒，很快照亮了中华大地的幽暗角落。那些求索者、混沌者、迷茫者、沉沦者和蒙昧者，都顺着这盏灯而来，聚集在齐国都城临淄。人们放下艰辛的劳作，换上洁净的布衣，让心灵回归安静——就这样，一个亘古未有的思想启蒙时代拉开了序幕。人们开始接受文明教育，以一双持农具的手捧起竹简，以埋头于田野耕作的姿势俯视一首民谣、一篇文章；用习惯于倾听鸡鸣、牛叫、马嘶与树间蝉声的耳朵，开始倾听悲怆的韶乐之音，体验一下孔子"子在齐闻韶，三月不知肉味"的新奇感受和人间滋味。

第五辑　遥远的火光

齐国彼时的当政者齐桓公创办稷下学宫，原本是出于招揽人才的目的实施的一项举措，但他万万没有想到的是，自己颁发的这道手令，已经被历史命名，成为一座伟大史诗般的纪念碑。自此，基于当时的历史局限，一个民族被注入了一股清流，这股清流延续到今天，就成了一脉书香。在2020年的读书节，人类面对新型冠状病毒的威胁之时，读书仍然是安定心灵的一剂良药。一家晚报约我写几句读书感受，我不假思索地记下这样的话："读书决定了一个人的思维方式和审美标准，体现在生活中的诸多取舍中——哪场电影不看，哪个款式的衣服不买，哪个人不可以交往，哪一场聚会不去参加等，可见读书的影响力是全方位的，改造到灵魂，武装到牙齿。"

稷下学宫诞生后，很快就有一批优秀人物参与进来，较早的是赵国人荀子。荀子是思想家和文学家，儒家代表人物，辞赋鼻祖，著有《荀子》等名著，中学课本中的《劝学》即来自此书。他是后来的秦国宰相李斯的老师。在稷下学宫讲学期间，他曾三次出任校长（时称"祭酒"），其学说倡导的"人性恶"至今成为一脉哲思。随后，另一位伟大的圣贤孟子来到稷下学宫讲学，根据《史论·亡国篇》记载："齐桓公立稷下之宫，设大夫之号，招致贤人而尊宠之，孟轲之徒皆游于齐。"此种说法学界至今存有争议，多项考证认为齐恒公主政时孟子没有来过齐国，但历史记载孟子曾两次来齐国讲学。第一次在齐威王即位期间，但当时孟子还寂寂无闻，并未受到齐国的重视。孟子第二次游齐，是在齐宣王时期。这时的孟子已经声名大噪，来到稷下学宫便受到了统治者的厚待，被赐予了卿位。但当时主政的齐宣王推崇的是黄老学说，对孟子的儒家思想并未完全采纳，在现实行动中也没有实行孟子主张的"仁政"，长此以往，令孟子甚感失落。鉴于学说与"三观"的冲突，思忖再三，孟子便辞去卿位离开了齐国。

写到这里，应该说明的一点是，尽管稷下学宫成立之初，以海纳百川的胸襟包容了各家各派的思想学说，学术氛围一度空前浓厚。在稷下学宫的兴盛时期，诸子百家的各个学派几乎都汇集于此，各个门派相互之间进行辩论，取长补短，求同存异，开启了一个伟大的争鸣时代。但随着时间的推移和执政者的主张，稷下学宫开始大力奉行"黄老之学"，并将此推举为官学。学界给出的理由是，当时的齐国政权需要给出合理性的理由来巩固田氏政权的统治地位，故而才将黄老之学推上前台。而随着时代的变迁，稷下学宫在齐宣王时期达到巅峰。秦国灭齐后，稷下学宫随之消亡于纷飞的战火中。那些稷下学宫中的饱学之士，便散落各地，开始了流浪与逃亡生涯。于是，这盏飘摇的智慧之灯终于熄灭了，消失在茫茫夜幕中。

数年前，我曾与朋友一道拜谒稷下学宫遗址，开车穿越临淄齐都镇刘家庄，转至东北方向，但见大片麦田，以及当地菜农承包的大棚蔬菜种植基地，瓦蓝的晴空下，田野一望无际，这里便是战国时期齐国的"稷门"了。稷下学宫遗址便矗立在萧瑟的风中，遗址并没有留下片瓦建筑，只有一块写着"稷下学宫遗址"的碑石，标注着这是当时稷下学宫的所在。而在临淄城以南三十公里外的一片荒山中，还有一处叫作公泉峪的地方，我曾与友人数次探访。那里有一座白龙庙，庙门下方，借自然巨石雕刻有卧虎一只，形神兼备，吼吼有声。而与白龙庙对冲，则是一处亚圣祠，独门独院，幽静而奇绝，一株老杏树枝繁叶茂果实累累，仿佛在向世人传递历史的信息。相传，当年孟子曾手摇蒲扇，在院内的树荫下讲学。如今，微风依旧，同样的天空与星月，我们只剩下了仰望。

醉酒的战马

> 齐东负海而城郭大，古时独临淄中十万户，天下膏腴地莫盛于齐者矣。
>
> ——汉武帝刘彻

如果一个外地人来到齐国故都临淄，会为田野上随处可见的大片古墓群感到惊讶。它们存在的时间已达两千多年，令每一位活着的人产生自己尚年幼的错觉。它们是风化的坐标，向人们折射悠远与苍茫，如夜晚时分的蝙蝠翩翩起舞。

作为两千多年前的一国之都，坟墓里葬埋的多为历代王相、大臣和皇亲贵族。一度，曾纳闷这些传说中的风云人物究竟去了哪里，成了何方神圣，万没想到的是，原来都在眼前"藏"着哩！三尺之下，便见白骨。

他们没有走远，只是不再说话，留下一堆土丘，让人看了心生悲凉。

外地的朋友来了，观瞻著名的殉马坑是必不可少的，看一堆两千多年前的马骨头，然后发一通文人的感慨。这个殉马坑可不简单，现在谁都无法想象，此事在当时引起的轰动效应多么大。那是齐国第二十五代君主齐景公之死为后人留下的"杰作"。

一个帝王死了，这不奇怪，因为人最终都要死掉，但帝王的死就与众生不同，就要弄些动静。找几个穷人家的孩子陪葬已有些俗套，况届时大人小孩要一齐哭闹，撕心裂肺，令观者心生恻隐。齐国强大，才人辈出，这时，就有人忽发奇思：景公生前爱玩，老大不小的却一直童心未泯，喜欢狗马之类的宠物，用来殉葬岂不妙哉！一番商议，举手表决，通过采纳。要活马，而且正值壮年，立过战功，计有600余匹，个个都是马家族中的英雄好汉。另有会叫的小狗30余条，个个活蹦乱跳，摇尾乞怜。将它们系上铜铃，统统用酒灌醉，也好下手。

事后，出点子的人得了个最佳创意奖，晋了官级，得腊肉若干，数量之多够全家人吃上一年，满心欢喜地悬于屋檐之下，以示炫耀。这就是旧社会呐，人残害起生灵来，眼睛都不眨一眨。

对于殉马事件，孔子在《论语·季氏篇》中曾有记载："齐景公有马千驷，死之日，民无德而称焉。"

十年前，南京女散文家苏叶来，在下陪同参观，竟看得女作家大哭了一场。细细一问，原来此君属马，系惺惺相惜焉。听了此番表白，不禁暗唬一跳，一为亏了景公不是叶公，二为亏了自己没生在那个朝代——若景公好龙，在下便是属龙，而恰恰世上无龙，怎么办？一声号令：那就让天下属龙的人来陪葬吧。想到这里，不觉出了一身冷汗。

直到今天，每在乡村土路遇一马拉车，便会条件反射，想起临淄殉马坑中那600余匹奔马。我默默祈祷：老弟，莫贪杯，扬起你的长蹄，飞出这古老的墓穴……

（原载《岁月》2020年第5期，收入漓江出版社版《2020中国年度随笔》）

竹：完整或残缺的器皿

笋的命运之书

要么尖锐，要么顽固，要么温驯，要么狂放，要么抵抗，要么顺从，要么锋利，要么破碎……总之，一株笋的诞生不是那么简单。首先，泥土决定了笋的品质。在春天，冰冻刚刚结束，大地尚处于板结期；乍暖还寒，天空有零星的雨和飞鸟出现，而成千上万的植物种子却在地下萌动发芽，经历着破土的熬煎。我要说，这时候土地的内部是多么温热！它不同于地表的僵硬，而是像母亲受孕一样承受着子宫剧烈的活动——它顺应地球的转动而日益膨胀、壮大，直至突然发生爆裂。应该说明的是，这堪称巨大的爆裂之声往往在夜间发生，沉睡的人们是听不到的，连同河岸边的茅屋和牛栏也听不到。还有隐藏在水中的鱼，岸上的虫子，村子里的打更夫，击鼓的大汉和吹埙的送葬师。

如果用一把利刃小心翼翼地切开一块温热的泥土，会看到一枝嫩黄的幼芽。它拥有尖锐的头颅，斗士的身躯，百折不挠的意志，注定不甘埋没于泥土之下，神灵赋予它向上的冲力和能量。瑞士心理学家荣格说过一句名言：性格决定命运。

而笋的命运瞬间注定，它的一生由无数个不确定元素和要件组合而成：它要时刻警惕人类的毁灭性猎食，在飒飒奏鸣的风中长大，要么是一把剑，一把锋利的匕首，要么做一件安静的器皿，温润如玉。总之，固执中的吸收，坚守中的迂回，断裂后的复原，伤口上的结痂，跌倒后的爬行，失败后的出发，太阳下的哭泣，长夜里的希冀……是一部笋的命运之书。

竹筒饭

炊烟从屋顶上升起来。简陋的茅屋，被烟火熏黑的灶台下，老阿婆手持一根拨火棍，在做竹筒饭。夜色渐暗，火塘映照着一张满是皱纹的脸。人生苦短，任何人都无法想象，在几十年前，这张脸曾经是整个村寨最诱人的火苗。如今，在人生的黄昏，她无儿无女，孤苦伶仃，凭借竹筒饭的香味咀嚼从前，味蕾里有残存的好时光：谷垛、灌木丛、雨后的积水洼，以及青春、骄傲和爱情的欢愉。门前的溪水，绕过屋后的竹林走远，而这一切无论出现还是消失，都似乎短暂得像一个恍惚的梦境。

老阿婆大概永远也不会知道，当一株株幼笋破土而出，经历了七灾八难，终于长成一片竹林，会构成一种怎样的景观。远山沉默，大地无言，云朵飘散，只有站立的竹在秋风中诉说——竹叶在风中发出铮铮的歌唱。竹林装饰着荒凉的茅屋，让寂寥与贫穷化为稀有的回忆，让远行客在林边驻足休憩。在一幅古画中，我读到一位骑马的高士遇到一片竹林，便忍不住翻身下马，把一匹瘦马拴在怪石桩上，自己倒在竹林边鼾然长睡，长袍腰间的酒壶木塞已经脱落在地。这幅画令我联想到"竹林七贤"。

而祖先发明了竹筒饭，便意味着竹又一次被雪亮的斧头伐倒，然后身体被残忍地劈开缺口，碧绿的鲜血喷涌而出，自此一根竹不再完整。那一刻，竹王在林间发出低语，它忍受着怎样的丧子之痛啊。秋风吹来，竹叶沙沙，大地上响起一支庄重的安魂曲。

一株难逃劫数的竹，就这样走向一把斧头，走向比活着更妖冶诗意的死亡，走向石头垒砌的柴寮土灶和一口被火煮沸的鼎。

乡间梆声

小时候，冬天的清晨，我时常被窗外响起的梆子声吵醒，声音响彻悠长的胡同。我知道只要一出门，便会看到一个长相黝黑的男人手持一只梆子在敲，他的身边是一辆手推车，白色粗布下是刚出笼的鲜豆腐，或者一篮子馒头，它们来自光线幽暗的乡间作坊。作坊的屋顶之上落满了麻雀，门前被废弃的石磨上落满了雪。做豆腐的过程虽然谈不上十分复杂，但对火候的把控要求却很严格。比如，点卤水，要精确到分秒，毫厘不差，否则做出的豆腐就会"老"或"哏"，有的干脆"溲"了。那么，一晚上的劳作就白费了。在胡同内，我率先注意到豆腐小贩的手被冻得通红，像一只大水萝卜。而他手中的梆子是用竹子做成的，一根完整的竹子变成了器物，衍生出一种味道独特的乡间格调，自此一根竹脱离了团队的局限，成为一株出家游走的竹。竹子完成了角色的转换，开始见识广大的世界：道路、山川、河流、旷野、形形色色的人，以及风物。它用响亮的声音把小贩的心思传达给沉睡的食客，也震醒了乡间的羊圈和鸡笼，它见过一只鸡怎样在咯血中死去，祭奠黎明。从此，人们发现在广袤的乡间有一个十分有趣的现象：一株尖锐的竹，像个衣衫褴褛的光头僧人，在大地的心脏游走。它让古老的风俗里多了另一种被敲击而成的语言——小贩省去了费力的叫卖，淳朴的乡村生态向文明的方式靠近了一步。

成年之后，我从更多的现象中解读到了竹给人类生活带来的变迁：由一副梆子到一面铜锣，由一面铜锣到一个扩音器；由扩音器到广播喇叭……直至人类发展到网络时代，手机微信大行其道，信息量呈辐射状爆炸，人们再也不需要一副梆子来代替微弱的呼喊。

箫之呜咽

箫之呜咽让人联想到远古的城墙，在垛口之上的被暗箭射杀的士兵，火攻计实施，城池被袭劫一空。月黑风高，偷袭成风，入侵者总是堂而皇之地用一大堆词汇掩饰卑劣行径，把谎言与无耻打扮成正义。厮杀过后，狼烟滚滚，尸横遍野，一切回归死寂。这时候一支竹做的古箫幽幽响起，自长天贯穿而下，穿云破雾，实现对亡灵的超度。在某种时刻，音乐像一张纸，或者一只手掌，轻轻地盖住了人间的哀伤，而这一切都需要一只箫来完成。在我看来，竹箫与笛子虽然都取自同一个母体，但使命却截然不同，恰如一奶同胞的两个性格迥异的兄妹。竹箫总是对自己的妹妹爱护有加，让她隐居在象牙塔内，而自己主动承担起一份现实的残酷和扑面而来的血腥气息。

笛子是用来表达欢快的，适合吹奏轻浅的牧歌和童谣，或者在马灯照耀的打麦场演奏一曲《庆丰收》式的乡间小调。总之，它承载不起重大的主题，庄严的仪式，辉煌的祭典，以及历史沉重的喘息。在一只古箫面前，一支短笛的乐曲显得多么肤浅。这充分说明一个争论不休的问题，快乐总是肤浅的，具有短暂和虚无的本性。清代文人郑板桥以画竹咏竹闻名于世，其实他是以竹寄情，喜欢竹的散淡风范，"自然淡淡疏疏，何必重重叠叠"。身居官场，他有诸多不为人道的无奈与悲哀。一介文人在那个时代，若想保持一份清高与独立，何其之难，遂选择一枝竹节自勉自慰，直至成为灵魂的符号。板桥先生在鲁地为官，故乡尚在淮扬一带。有一年春天，我曾到其故居驻足逗留。眼前是一处农家院落，三间低矮的瓦屋，门前自然是植有一片葱茏的竹子。江苏兴化是盛产文人的地方，除了板桥先生，还有《水浒传》的作者施耐庵，等等。我去时正值油菜花开时节，柳堤和垛田一派灿烂金黄，油菜籽榨出的麻油带有一丝野树根的生涩味道。

郑氏画的竹子和书法，我都喜欢。但他却忽略了竹的副产品：竹箫和竹笛。在我眼中，如果一支竹笛老去，就将它置于阁楼的窗台老去吧。而一支老年的箫，却像一位沉默的先哲。如果一支箫死亡了，不妨挖掘一个深深的土坑，将其挺立的身躯下葬。

竹的艺术家

南方篾匠，本是一门古老的职业，我乐意将其称为竹的艺术家。在篾匠的作坊里，细细地观察其完成一件竹制器皿是一种莫大的享受。篾匠手里的工具并不复杂，除了一把将竹子盘成细篾的篾刀，还有一把锋利的锯齿。一根竹被"度篾齿"特制的凹槽牢牢固定，柔韧的竹被残忍劈开，变成一片片篾条，篾条在篾匠的手中像竖琴般发出声响，更像是一根根幻想的触须。在那一刻，我的脑海里突然涌出一首顾城的短诗《弧线》："鸟儿在疾风中/迅速转向/少年去捡拾/一枚分币/葡萄藤因幻想/而延伸的触丝/海浪因退缩/而耸起的背脊。"

一名出色的篾匠，在乡间拥有受人尊崇的地位，门徒遍布周围十几个村镇，他因此迈着蟹子的步伐横行乡野，鼻孔朝天，熟人老远就向他打招呼，他也只是抽动一下鼻头算是应答。起初，我对他的傲慢十分不解，甚至当面嗤之以鼻，他朝我眨眨眼睛，也不做任何解释，只是专注地埋头做手里的活计。我注意到他是在细细编织一件器皿，图案复杂，这件东西他已经制作了两个多月。后来，我知道这件竹子制作的器皿被高价售出，有人花了近三万元的价格买走了它。几乎就在一刹那，我终于明白了一个乡间篾匠傲慢的来由。

事实正是如此，篾匠因竹的存在而成就了自己的尊严，竹骄傲了一生一世，却也难逃篾匠之手的摆布。在篾匠的世界里，一捆竹是一张张扩张的蛛网和一个个绳索的死结。他可以把一根看上去模样不错的竹变成柴火，变成炉灶里的灰烬，也可以把一根长相怪异的竹变成艺术品，在拍卖会上追涨至天价，令人咋舌。

一名篾匠和一名职业魔法师有着惊人的相似之处，境界高超的魔法师可以随时把自己变没，人间蒸发，或者变成一条鱼顺河水游走；而端坐如雕像般的篾匠，是把指间的一根根活蹦乱跳的竹子变成一部乡间博物志。

在天地间倾听

竹作为一位清癯的哲学家，它从不遮掩自己对事物的鲜明立场，但也对世事保持某种笃定、冷静和客观姿态，拒绝夸大和八卦式的假想。

多年来，它时常向周围的人们传达一种有趣的说法："如果大声吼叫可以解决问题，那么驴子早就统治了世界。"我想这是竹在众声喧哗中沉默不语的缘由。从某种意义上来说，它活着的目标既不是被过早地砍伐折断，也不是成为乡间耀眼的植物明星，而是调整好健康强大向上的精神状态，让自己在风雨中节节生长，成为顶天立地的竹。

它认为与其在广场上大声演说，莫如做一个孤独的倾听者——在黑夜浩渺广袤的天地间，在隐约的秋声里，耐心细致地倾听月光下露的滴落。它发现一滴透明的露水居然隐藏着如此巨大的哀伤，在整个夜晚，露的讲述令它唏嘘不已。通常，一滴露从水的胎盘里蒸发上升，被风吹上天空，又经过一夜的霜冻，在月光的发酵下才凝结为露。露水的夙愿其实是插上一朵七彩的羽毛，像鸟儿那样飞向太阳的宫殿，自此获得自在的欢乐。而如今，无论它的上升或降落，都背离了心灵的初衷。在此之前，它曾认真倾听过一只青蛙的哭诉，青蛙在池塘中受虐的细节令它同情；而一只羽翼透明的蝉，在它怀中"知了知了"地表达苦闷。它及时送上安慰，用枝叶紧紧护住这从地下钻出来的民间歌手，希望上天给其搭建一个广阔的舞台施展才华。不料，在突然的某一天，蝉停止了歌唱，变成了一具枯叶似的标本，而蝉的理想还没来得及实现。

一根伫立在河畔的竹，它深谙人性的浮躁与局限。在它看来，没有比人更难以捉摸的生物了。比如，这个村子里的人一年四季都在筑路，却在阴雨天满村都是泥泞，牛和驴滑倒了，木轮车也深陷在沟壑里。他们在晴天举行祈雨的仪式，手摇着神秘的巫鼓：砰砰砰，砰砰砰！而在雨天的屋檐下编织草绳，暗暗期盼太阳出来，好晾晒潮湿的棉被和烟叶。他们希望冬天的荒地上长出一片竹而不是一片土豆；当竹长成一片竹林时，他们又希望竹是飞翔的暗器。

一盏摇曳的竹灯

你不能否认，片片金属般的竹叶是闪电的形状。当暴风雨来临，竹叶在雨中战栗和哭泣，它们被上天注入了无穷的能量，因为闪电要在竹林中落脚安家，休养生息。而我——文字的奴婢，此刻躲在竹林边的一幢小茅屋里，倾听远山的呼啸，雨水自屋檐狂泻而下。

夜幕降临。我吃过老阿婆做的腌笋丝炒青豆，喝了一杯酱香酒，然后泡了一壶福建老白茶。老白茶是一位湖南友人寄来的，那年九月，我们一起在雾灵山摘梨，观赏秋月，大碗品茶。从春季开始，掐指数算，我在这幢竹林边的茅屋里已经居住了整整两个季节，对我而言，这是一段至为宝贵的南方生活。仅仅半年时间，却让一个自幼生活在北方的人完成了一个小小的跨越。准确点说，我已经不可救药地迷上了南方生活：寂静的河湾，简陋的木桥，镜子般闪闪发光的稻田。我迷上乡间小道上的悠然而行的水牛，在水沟里捡拾黄泥螺的女孩儿，以及我居住的这幢百年茅屋——它在夜间散发出一种凉薄气息，渗入骨髓，让我有醍醐灌顶、大彻大悟之感。

在无数个停电的夜晚，我手持一盏竹灯寻找某件被时光遗忘的物什，昏暗的光线打在陈旧的墙壁上，我的影子皮影戏般移动，一本旧年历还在墙壁上固执地述说从前。竹灯摇曳，微弱的光束照在仓房里一口盛过酒的黑釉色瓦瓮上，房梁上的旧农具锈迹斑斑。最终，我找到一件盛米的百年竹器，它细密的编织胜过万千华丽的语言。

第二天，我把竹器悬挂在屋檐下，将点亮的竹灯放入其中，我要每天给竹灯添加燃料，让它保持明亮直至久远。如果它在中途不幸熄灭，我将即刻收拾行装下山，不再回还，像一粒倔强的稻米不再归仓。

灰烬之美

而冬天终于如期来临。大雪纷飞之日，火塘正红，散发着木柴的热量——我奇怪这木柴居然散发出一股浓郁的香味。老阿婆告诉我说她烧的不是木柴，而是废竹劈，这让我微微一愣。望着灶前纸糊的窗户，我知道河岸上风雪正急，山林中落叶随风飞旋，一批竹在入冬前倒下，优质的竹早已被篾匠做成器皿，甚至连竹根也被挖出，制作成了竹雕。我远在城市的书房里，就有一件用竹根做成的美髯老翁，根须代替天然的胡须，栩栩如生。他始终保持微笑，持有一种可容天下难容之事的乐观表情。按理说竹全身都是宝物，但任何东西都有派不上用场的下脚料，竹也莫能例外，剩下的一些废竹劈便用来填灶膛。令我感到惊讶的是，在竹劈融入火焰后，并没有发生想象中的令人惊惧的爆裂声响，而是从容愉快地投入到一场火的盛典中。这是竹一生最后的狂欢，对于这一刻的来临它好像期待很久了，急切、彻底而决绝地投入火焰，像期待一场热恋，一次与久别情人的亲吻。在干净的燃烧里，它张开柔韧的双臂，奔向两片火焰的嘴唇……我目睹到世上最惊心动魄的景象：在最美的瞬间，竹节在火焰中舞蹈，无声地歌唱，成为火焰本身，然后化为灰烬……对于死亡，竹其实早已参悟——作为一种具有思维能力的灵性植物，它曾经在世间开花，根须扎向大地深处，并且繁衍后代，因此已经没有遗憾。

不管怎样，面对一堆死亡的灰烬，我难免在心中掠过一丝伤感。灰烬，总让人联想起翩翩飞舞的蝴蝶，而竹子的灰烬，是一块完整的铁。

（原载《中国校园文学》2021 年第 4 期，获得第三届丰子恺散文奖评委奖）

图书在版编目（CIP）数据

大地谷仓／周蓬桦著．—济南：山东文艺出版社，2021.12

ISBN 978-7-5329-6474-1

Ⅰ.①大… Ⅱ.①周… Ⅲ.①散文集—中国—当代 Ⅳ.①I267

中国版本图书馆 CIP 数据核字（2021）第 249822 号

大地谷仓

周蓬桦　著

主管单位	山东出版传媒股份有限公司
出版发行	山东文艺出版社
社　　址	山东省济南市英雄山路 189 号
邮　　编	250002
网　　址	www.sdwypress.com

读者服务	0531-82098776（总编室）
	0531-82098775（市场营销部）
电子邮箱	sdwy@sdpress.com.cn

印　　刷	山东临沂新华印刷物流集团有限责任公司
开　　本	650 毫米×960 毫米　1/16
印　　张	19
字　　数	224 千
版　　次	2021 年 12 月第 1 版
印　　次	2021 年 12 月第 1 次印刷
书　　号	ISBN 978-7-5329-6474-1
定　　价	59.00 元

版权专有，侵权必究。如有图书质量问题，请与出版社联系调换。